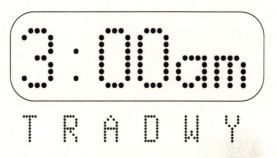

3:00am TRADWY

ALED ISLWYN

Gomer

Cyhoeddwyd yn 2013 gan
Wasg Gomer, Llandysul, Ceredigion SA44 4JL.
www.gomer.co.uk

ISBN 978 1 84851 420 1

Dymuna'r cyhoeddwyr gydnabod cymorth Cyngor Llyfrau Cymru.

Argraffwyd a rhwymwyd yng Nghymru gan
Wasg Gomer, Llandysul, Ceredigion.

Cydnabyddiaethau

Dewi Emrys piau'r cwpled a ddyfynnir ar dudalen 118. Ar wahân i hynny, traddodiadol yw pob rhigwm a phennill telyn, ag eithrio'r un ar dudalen 148. Amrywiad llafar tafodieithol o un o dribannau traddodiadol Morgannwg a geir ar dudalen 74.

Carwn ddiolch i 'nghyfaill Ioan Kidd am ei sylwadau craff wedi iddo ddarllen drafft cynnar o'r gwaith, ac am bob cefnogaeth gydol y daith.

Rwyf hefyd yn dra diolchgar i Luned Whelan am ei thrylwyredd, ei doethineb a'i hamynedd hithau wrth olygu'r testun gorffenedig.

Yn olaf, diolch i Elinor Wyn Reynolds a phawb yng Ngwasg Gomer am eu gwaith, eu gofal a'u hynawsedd.

ALED ISLWYN

Yr un stori'n gwmws a adroddir gan bob cloc y byd drwyddo. Mae'n stori na fu fawr at ddant y ddynoliaeth erioed, gwaetha'r modd. Hon yw'r awr pan ddaw Danny Thomas i ddechrau deall hynny drosto'i hun.

Mae ffawd wedi ei ddihuno'n unswydd er mwyn datguddio iddo faint ei hunanddirmyg. Cyn hyn, bu'n weddol ffyddiog nad oedd wedi casáu ei hun ar hyd ei oes. Ond yn sydyn, dyw e ddim mor siwr.

Taclau sy'n huawdl heb gadw fawr o sŵn yw clociau. Fyddan nhw byth yn sgrechian y caswir. Nac yn rhuo'n groch am yr hyn sy'n anorfod. Er bod amryw ohonynt yn taro'n gyson, yn eu distawrwydd y teimlir eu hergydion cryfaf. Mae clociau'n rhugl mewn iaith na all meidrolion byth mo'i meistroli.

Y cyfan a wêl Danny o'i obennydd yw rhifolion piws-goch yn treiglo'n ddisymwth, gan fflicio ffawd i'w gyfeiriad ar draws y tywyllwch, fel llwch.

Try 2:59 yn 3:00 o flaen ei lygaid.

Tröedigaeth driphlyg.

O fewn ffrâm fetalaidd, hirsgwar, deil gip ar ei dynged. Am nano-eiliad yn unig y mae'r ddedfryd sy'n ei wynebu'n hongian yno yn y düwch, wrth i'w lygaid gael eu serio gan wawl y ffigurau'n gloywi i'w gyfeiriad. Diflanna ar amrantiad. Ond gedy'r arswyd o wybod nad ar fur y gwelir yr ysgrifen bellach. Cyfrwng cyfoes sydd ar waith yma. Teclyn twt i gyfleu neges oesol. Yr hen, hen stori. Am yr hen, hen frad.

Gŵyr mai digidol yw technoleg y cloc o'i flaen, ond niwlog braidd yw ei ddealltwriaeth o'r dechnoleg mewn gwirionedd. Er ei fod yn ei wely ei hun, mae e mas o'i gynefin. Teimla'n ddiffrwyth am eiliad, gan holi ei hun ai i hyn y cafodd ei ddadebru mor glatsh? Simsana ennyd gan roi cyfle i'w amheuon gydio ynddo'n dynn.

Does dim angen bys i gyhuddo wedi'r cwbl.

Tair awr a thri diwrnod? Neu deirawr a thridiau? Yn ieithyddol, dyw e ddim yn sicr a yw un o'r ffurfiau hyn yn rhagori ar y llall. Ond pa ots? Pendilia holl oblygiadau'r geiriau yn ôl a blaen trwy ofod ei resymeg wrth iddo ffwndro dros y gwahanol bosibiliadau.

Gan bwyll bach, mae'n troi ei ben tua'r nenfwd, i'w arbed ei hun rhag gorfod rhythu ar y rhifau mwyach.

*

3:00a.m. Awr pydew a phader. Awr tresmas a thrythyllwch. Awr, weithiau, yn y gorffennol, pan fyddai'r gwirioneddau hynny oll yn un ac yn drewi o drais. Er gwaetha'i ofid, ni all lai na gwenu wrth gofio. Dyw e ddim yn falch o bopeth mae e wedi ei wneud erioed, ond dyw e ddim yn gyfarwydd iawn â theimlo cywilydd chwaith. Nid dyn fel 'na yw Danny. I'r gorffennol y perthyn popeth bellach. Nid i'r heno hon mae e ar ei chanol.

Hon yw'r un y mae'n rhaid iddo dynnu trwyddi. Yn hon y triga nawr. Ac mae awr ddua'r heno hon yn dal i'w aros – a chymryd bod y gwybodusion hynny a ddosrannodd oriau'r düwch yn ôl eu dwyster i'w credu.

Tybed ai'r un tacle fu wrthi'n ddiwyd yn casglu'r ystadegau a bennodd pa awr o'r nos yw'r beryclaf? Rhwng chwech a saith o'r gloch y bore yw'r awr honno, os cofia'n iawn. Dyna pryd y caiff y nifer mwyaf o farwolaethau eu cofnodi ledled y byd. Dyna, mae'n debyg, pryd mae hanfod grym bywyd bodau dynol ar ei fwyaf brau. Ond a ddylai dyn fel ef roi coel ar wybodaeth o'r fath?

Wrth orwedd yno'n betrusgar, ymdrecha'n ddewr i fod yn herfeiddiol trwy ddweud wrtho'i hun mai derbyn y dystiolaeth fel ffaith wna trwch y ddynoliaeth. I filiynau, dyw bywyd yn ddim ond ymdrech ofer i geisio osgoi'r anochel. Cadw'n fyw. Cadw'n iach. Cadw ar ddi-hun tra medran nhw. Dyna'r nod.

A methu hynny, derbyn. Ym mêr ei esgyrn, gŵyr mai cachgi fydd pawb ar ddiwedd y dydd.

Ond mae Danny eisoes ar ddi-hun. Eisoes yn barod i herio'r drefn. Pa ots pa awr fydd hi pan ddaw'r 'cysgu mawr'? Pa ddiben aros teirawr arall, dim ond i fodloni'r ystadegwyr? Newydd droi 3:00a.m. y mae hi. Cystal awr â'r un.

Try ar ei ochr drachefn. Y tro hwn, mae'n gofalu bod ei wyneb tua'r wardrob a'i gefn at y cloc.

Y sawl a dorro nyth y dryw,
Ni chaiff byth weld wyneb Duw;
Y sawl a dorro nyth y frân,
Ef gaiff fynd i uffern dân.

1

Y Diwrnod Hwnnw

HANNER CHWINCIAD wedi iddo roi cic droednoeth i'r gwresogydd ar y landin, canodd cloch y drws ffrynt. Ddylai hynny ddim fod wedi ei synnu. Gydol ei oes, roedd clychau wedi canu ar adegau annisgwyl ac anghyfleus. Wrth i'r ding-dong anhyfryd ferwino'i glyw, cafodd ei hun yn sefyll yno'n borcyn, hanner ffordd rhwng ei ystafell wely a'r tŷ bach, newydd godi, ac yn mwytho bys bawd ei droed dde, oedd yn chwistrellu poen trwy ei gorff ag arddeliad.

Hen beth peryglus, paraffîn oedd y gwresogydd. Dim ond yn ddiweddar, mewn ymgais i dorri ar y naws ben bore, yr oedd wedi mynd i'r arfer o'i osod yno peth ola'r nos. Llechai yng nghysgod y gist ddroriau drom a dra-arglwyddiaethai dros y gofod a'r goleuni. Taflai wres da, ond nid oedd iddo fymryn o harddwch.

Gyda chwsg yn dal i ddatod y clymau yn ei ben, roedd Danny wedi llwyr anghofio amdano wrth gamu trwy ddrws ei ystafell wely. Rhegodd i gyfeiliant y boen, ond trechwyd ei afledneisrwydd gan sŵn y gloch yn seinio drachefn. Rhegodd eilwaith. Eto'n ofer.

Tŷ oer oedd Ardwyn ar y gorau. Safai'n unig ar ei ben ei hun, ac er iddo gael ei godi mewn cyfnod a ystyrid yn un da am dai, roedd rhywbeth gwachul am ei wneuthuriad. Edrychai braidd yn od, fel pe na bai'n gwbl gartrefol yn ei gynefin. Tybiai Danny na wnaeth y ffaith iddo fod yn dŷ haf am rai blynyddoedd helpu'r achos. Trwy sefyll yno'n wag a mympwyol ei groeso cyhyd, ofnai fod y meddylfryd hwnnw wedi datblygu'n ail natur i'r muriau a bod y tŷ bellach, o ran anian, yn dannod gorfod byw gyda phreswyliwr parhaol.

Roedd wedi disgwyl i'r hen adeilad werthfawrogi cael cwmni yno'n llawn amser, ond bu Danny'n byw o dan ei do ers deunaw mis bellach, a daeth i amau hynny'n fawr. Weithiau, byddai'n holi tybed ai ef ei hun oedd ar fai nad oedd y tŷ wedi cymryd ato.

Rhyfedd fel y gall dyn ddyheu am weld diwedd rhywbeth nad yw ond megis ei ddechrau. Y llyfr a godir gyda'r bwriad o'i ddarllen. Y pryd bwyd a baratoir gyda'r bwriad o'i fwyta. Y briodas yr ymrwymir iddi o dan y dybiaeth mai angau'n unig fyddai'n datod y cwlwm . . . Neu'r dydd i gyd yn grwn, efallai? . . . Fel yn achos Danny heddiw.

Newydd gychwyn yr oedd yr heddiw hwn yn ei hanes, ond roedd eisoes yn crefu am gael ei alw'n ddoe. Byddai cael ei alw'n echdoe wedi bod yn felysach byth ganddo. Meddyliau o'r fath a ddeuai i'w lethu ar ddechrau pob diwrnod, bron yn ddiwahân. Doedd yr angen presennol i sefyll ar un droed a rhwbio bawd ei droed yn ychwanegu fawr ddim at lwydni ei feddyliau.

Rai munudau ynghynt, wrth ddod ato'i hun, roedd wedi codi ei galon yn sydyn o gofio o'r newydd bod Martin wedi addo dod i fwrw'r dydd gydag ef yfory. Dyna fu'r sbardun i'w annog o'i wâl. Am heddiw o leiaf, roedd ganddo reswm da dros roi cic yn nhin ei ddiflastod a gweld gobaith mewn rhyw fan gwyn fan draw.

Tua'r un amser ddoe roedd wedi cymryd cysur o'r hen air, 'Dim ond heddiw tan yfory; dim ond fory tan y ffair' – o dan y dybiaeth y byddai Martin yn darparu tipyn o ffair pan ddeuai, mae'n rhaid. Ond geiriau perthnasol i ddoe yn unig oedd y rheini bellach. Doedden nhw ddim gwerth taten iddo heddiw, neu ni chyrhaeddai Martin tan drennydd. A wnâi hynny byth mo'r tro.

Canodd cloch y drws am y trydydd tro. Yn hirach a ffyrnicach y tro hwn. Erbyn hyn, roedd ôl bawd go bendant ar y gwasgu.

*

Mary Lloyd oedd yno. Fe ddylai Danny fod wedi dyfalu hynny cyn rhuthro i wisgo'i drowsus loncian a thynnu un o'i hen siwmperi coslyd dros ei ben er mwyn ateb yr alwad. Nawr ei bod hi wedi gadael, wyddai e ddim i sicrwydd pam alwodd hi yn y lle cyntaf. Roedd hi wedi bod fel iâr glwc yn clochdar heb ddodwy dim yn y diwedd.

Gadawsai nifer o gopïau o rifyn diweddaraf *Y Fegin*, mae'n wir. Dyna lle'r oedden nhw wrth ei ymyl, yn bentwr testlus ar fwrdd bach y rwm ffrynt. Ond siawns nad oedd mwy i'w hymweliad na *Megin Bro Fawnog*. Dyna oedd teitl llawn, mawreddog y papur bro lleol, ond fel *Y Fegin* y câi ei adnabod gan bawb. Pan gyrhaeddodd Nant Castell gyntaf, roedd hi wedi gwneud ei gorau glas i'w gael i chwarae rhan fwy gweithredol yn ei gynhyrchu, ond rywsut roedd Danny wedi llwyddo i'w wrthsefyll, gan gyfaddawdu ar helpu i'w ddosbarthu. 'Fe allwch chi nawr gyfri'ch hun yn rhan o'r tîm!' roedd hi wedi ei sicrhau ar y pryd.

'Fi sydd ar ddyletswydd y plant heddi,' fu'r unig eglurhad gynigiodd hi pan gamodd gyntaf dros y rhiniog. 'Do'n i ddim yn meddwl y bydde ots 'da chi 'mod i'n galw ar y ffordd adre. Lladd dau dderyn ag un ergyd, fel petai.'

Oedd, roedd ots gan Danny a dywedodd hynny wrthi'n blwmp ac yn blaen, gan dynnu sylw at y ffaith ei bod hi'n fore, mai prin allan o'i wely roedd e ac nad oedd eto wedi cael cyfle i fynd i'r tŷ bach, ymolchi na gwisgo'n iawn.

'Twt! Chi'n edrych yn ddigon deche i fi. Nawr, chi ddim am 'y 'ngorfodi i i ishte mas fan'co yn y car yn sythu am ddeg munud tra'ch bo' chi'n eillio, odych chi? Mae'n oer drybeilig y bore 'ma.'

Roedd hi wedi gwthio heibio iddo wrth siarad, fel petai ganddi hawl ar y lle, tra'i fod yntau wedi rhynnu fymryn yn ias yr awel fain a ddaeth i'w chanlyn. Clywai ei draed noeth yn fferru yn yr oerfel wrth i'w haerllugrwydd ei orfodi i gau'r drws ar ei hôl. Yna arweiniodd hi'n ddiseremoni i'r ystafell ym mlaen y tŷ, lle'r oedd peth dodrefn, ond fawr o groeso. Ystafell farw oedd hi i bob pwrpas. Yn bendant, doedd hon ddim yn ystafell fyw.

Gadawyd Mary Lloyd yno ar ei phen ei hun am bum munud a mwy, heb dderbyn gair o eglurhad, a phan ddychwelodd Danny, roedd wedi gorfod straffaglu i agor drws yr ystafell am ei fod yn cario dau fỳg o goffi poeth. (Yn ystod ei absenoldeb, bu lan yn y tŷ bach, cyn dod i lawr drachefn i ferwi'r tegell a tharo llwyaid o bowdwr coffi yr un yn y mygiau.) Sarnodd peth o'r ddiod ar y carped a thasgodd diferion ar ei droed dde boenus. Yn ei ruthr, roedd wedi anghofio hel pâr o sanau o'r drôr neu wisgo sliperi ac o'r herwydd roedd yn dal yn droednoeth.

Ni symudodd y wraig yr un gewyn i'w helpu. Yn hytrach, roedd hi wedi aros fel delw yn yr union fan lle safai ef yn awr yn synfyfyrio, ger y bwrdd bach, yn syllu allan tua'r lôn.

'Chi'n iawn,' roedd hi wedi doethinebu, fel petai rhythu allan i gyfeiriad y ffordd wag wedi cynnig rhyw ysbrydoliaeth gudd iddi. 'Fe gafodd yr Ardwyn 'ma 'i godi mewn hen le digon od. Mae e reit ar y tro, on'd yw e? Do'n i erio'd wedi meddwl am y peth tan i chi dynnu'n sylw i ato pwy ddiwrnod. Sdim rhyfedd eich bod chi'n unig 'ma.'

Lladdodd Danny unrhyw hygrededd a berthynai i'r rhagdybiaeth honno'n syth – nid trwy wylltio neu arthio, ond â geiriau cadarn, dethol a ynganwyd ag argyhoeddiad. Llwyddodd i sarnu rhagor o'r coffi wrth osod y mẁg a fwriadwyd ar ei chyfer hi ar y bwrdd o'i blaen.

'Fi sy'n camgymryd, 'te, ma'n rhaid,' daeth ymateb gofalus y fenyw. 'Ond fi'n lico meddwl 'mod i'n gallu synhwyro'r pethe 'ma fel arfer. Wedi'r cwbwl, sda chi'r un llun o neb o'r teulu yn unman. Dim un. Dim o'ch plant na neb.'

'Wela i ddim pam bo' hynny'n 'y ngwneud i'n ddyn unig,' dadleuodd Danny. 'Sdim angen llunie'r plant ar hyd y lle ym mhobman i'n atgoffa i o shwt rai y'n nhw, diolch yn fowr.'

'Na, na, wrth gwrs . . . Do'n i ddim yn 'i feddwl e fel 'na.'

'A falle bo' 'da fi lunie ohonyn nhw wrth ochor 'y ngwely. Sdim modd ichi wbod o's rhai 'co ai p'ido . . . o's e, Mary fach? Fuoch chi erio'd ar gyfyl 'y ngwely i, do fe?'

Gwgu'n go gadarn wnaeth hi'n ymateb i hynny, gan ymwrthod â'r demtasiwn i ddweud dim.

'Fel y cofiwch chi, rwy'n siwr,' aeth yn ei blaen, 'fi oedd y person cynta i alw arnoch chi ar ôl ichi symud 'ma i fyw.'

Cafwyd distawrwydd llethol wedyn, fel petai hi'n disgwyl gair o ganmoliaeth am ei gwrhydri, neu o leiaf ryw air o gadarnhad. Ond ni ddaeth y naill na'r llall o du Danny, a gorfodwyd hithau i fynd yn ei blaen heb ei phorthi: 'Rwy'n credu'n gryf mewn estyn gair o groeso i newydd-ddyfodiaid. Hen arferiad gwerth cadw gafel arno yn 'y marn i. Symoch chi'n credu? Yn enwedig pan fydd Cymry'n symud i'r ardal i fyw. Allwch chi ddweud beth fynnoch chi, ond ma' cymdogeth dda yn dal i gyfri am rywbeth o hyd, yn 'y nhyb i, ta beth. Neu fel arall, diflannu wnawn ni. Fydd neb yn perthyn. Fydd neb yn becso dam. A fydd dim siâp ar ddim.'

Ymateb Danny i hynny fu dioddef pwl o beswch cyfleus. Er cymaint y carai dynnu'n groes i hon, câi ei hun yn gorfod cytuno â hi'n aml. Ond nid oedd wedi dweud na dangos dim y bore 'ma. Yn hytrach, roedd wedi atgoffa'i hun o'r modd y gwnaeth iddi chwerthin y tro cyntaf hwnnw y galwodd hi arno drwy ddatgan yn groch mai 'boi'r Blaid' oedd e wrth natur ac mai fel cenedlaetholwr yr oedd e wedi gweld ei hun erioed. 'Ro'n i'n PC ddegawde cyn bo'r ddwy lythyren fach mor ffasiynol ag y'n nhw heddi,' roedd e wedi mynnu.

Rhaid ei bod hi'n rhy oer i'w chael i chwerthin ar ddim a ddywedai e bore heddiw, meddyliodd wrth bendroni dros y sgwrs. A rhaid na fu'r coffi a ddarparodd yn ddigon poeth i'w dadebru chwaith.

*

Rhannai'r ddau ddaliadau digon cyffredin i'w gilydd, Mary Lloyd ac yntau. O ran oedran hefyd ymddangosai'r ddau yn bur agos ati, er ei bod hi tua phum mlynedd yn hŷn na Danny mewn gwirionedd. Ond nid dyna oedd i gyfrif am y ffaith ei bod hi'n gwisgo'i siomedigaethau â mwy o gyfrwystra nag a wnâi ef. Mater o anian oedd hynny, nid oedran.

'Ond nid dyna pam ddes i 'ma.' Cafodd ei hun yn gorfod torri ar ei thraws i wneud safiad drachefn, wedi iddi ddechrau rhestru'r holl resymau dilys pam ei bod hi'n bwysig iddo fwrw iddi i gynnal yr achos yma a chefnogi'r gymdeithas acw. 'Whilo am lonyddwch odw i.'

'Fe ddylech achub mantais ar y cyfle i wneud rhywbeth yr un pryd,' aethai hithau yn ei blaen yn ddi-ildio.

'Dyna chi'n 'i feddwl ddylen i neud, ife?' gofynnodd Danny wedyn, gan wawdio'r awgrym. Roedd e wedi danto arni. Ddylai hi ddim fod wedi galw mor fore.

O edrych 'nôl dros yr ymweliad nawr, ystyriai mai tua'r adeg honno yr oedd wedi meddwl y dylai gynnau'r tân bach trydan oedd yng nghôl y grât, ond cymaint fu ei awydd i gael gwared arni nes iddo ymatal rhag gwneud dim a fyddai wedi ei hannog i aros.

'Mae'n amlwg i unrhyw ffŵl eich bod chi'n gyforiog o ddonie. 'I gweld hi'n bechod 'ych bod chi'n 'u bradu nhw ydw i.' Roedd hi wedi rhygnu ymlaen yn ddilyffethair, heb ystyried oerni'r ystafell na'i sarugrwydd ef yn rhwystr o fath yn y byd i'w huotledd.

'Whare teg ichi!' Roedd wedi meirioli â gwên, er ei waethaf. 'Ond rhyngoch chi a fi, Mary, wy'n credu y bydde unrhyw ddonie llachar o'dd i ddeillio ohona i wedi hen shino trwodd erbyn hyn, symoch chi? Mae braidd yn hwyr yn y dydd arna i i ddisgleirio mewn dim.'

'Pan alwes i 'ma'r diwrnod 'ny a chwrdd â chi am y tro

cynta, rown i'n grediniol mai wedi dod 'ma i fod yn greadigol o'ch chi.'

'O'ch chi, wir?'

'Wel! O wbod popeth rown i wedi'i glywed amdanoch chi, Dr Danny Thomas . . . o'n! Dychmygu mai wedi dod 'ma i ysgrifennu o'ch chi wnes i'n benna, rhaid cyfadde. Meddwl y galle ysgrifennu fod yn fath o gatharsis ichi.'

'Sa i'n credu, rywsut!'

'Dyw hi ddim yn rhy hwyr arnoch chi. Ddylech chi ddim cwato'ch donie. Fe allech chi gyhoeddi popeth chi'n 'i ysgrifennu yn Gymraeg gynta ac yna yn Saesneg wedyn,' cynigiodd yn bryfoclyd. "Na'r ffasiwn y dyddie hyn, yntefe?'

'A chael 'y nilorni . . . ddwywaith . . . mewn dwy iaith?' brathodd Danny'n ôl ati. 'Dim diolch.'

'Fe dreies i godi Cylch Llyfre Cymrâg yn yr ardal cwpwl o flynydde'n ôl, ond do'dd dim diddordeb. Sda'r rhieni ifanc 'ma ddim amser i ddim ond be sy'n 'u siwto nhw.'

Doedd e ddim wedi disgwyl iddi aros yn hir – a thrwy lwc, ni chafodd ei siomi. Un hoff o roi'r argraff fod ganddi fwy na digon ar ei phlât yn barhaus oedd hi. Ei theulu oedd yn bennaf gyfrifol am ei diwydrwydd. Trigai ei phlant, Seimon a Gillian, o fewn dalgylch o bum milltir iddi, ynghyd â'u plant hwythau – yr wyrion hynny na allai Danny byth gofio'u henwau. Adeiladydd yn berchen ar ei fusnes ei hun oedd ei gŵr, Bernard, ac roedd hi'n ymddangos ei fod e'r un mor annwyl iddi â'r ddau gi a rannai eu haelwyd. Chlywodd Danny erioed mohoni'n yngan gair difrïol am yr un o'r tri. Cartre'r teulu oedd tŷ mawr estynedig y byddai'n rhaid mynd heibio iddo wrth yrru o Nant Castell i Lanbedr Fawnog. Roedd yn dŷ na chafodd Danny erioed wahoddiad i alw ynddo.

Ond gwyddai nad oedd hynny ond hanner yr hyn a âi â bryd Mary Lloyd. Roedd hi'n llawn 'achosion', fel y byddai eraill yn llawn annwyd. Ac onid oedd ef ei hun yn un o'i 'phrosiectau'?

'Fi'n gallu deall nad pawb sydd am ganu mewn côr neu gymryd rhan mewn cwis neu fynd i'r cwrdd ar y Sul, ond siawns na all pawb ohonon ni wneud rhywbeth.' Ar wahân i roi ei ordors iddo parthed dosbarthu'r *Fegin* o gwmpas tai Nant Castell, dyna oedd byrdwn ei neges iddo am heddiw, mae'n ymddangos – ac roedd wedi mynnu cael gorffen ei pherorasiwn cyn gadael.

Nawr ei bod hi wedi mynd a gadael llonydd iddo, gwelai rywbeth trist a smala yn y cysyniad y bu hi'n ceisio'i werthu iddo. Roedd meddwl am aelodau cymuned, neu genedl gyfan hyd yn oed, dan bwysau i 'wneud pethe', dim ond er mwyn profi iddyn nhw eu hunain eu bod nhw'n dal i fod, yn wrthun ac yn ddoniol yr un pryd.

Dros y misoedd diwethaf, roedd Danny wedi dod i sylweddoli'n raddol mai ffordd lwfr ac anfoddhaol iawn o ddelio â Mary Lloyd oedd cymeradwyo'i daliadau 'mewn egwyddor' drwy'r amser. Ond, fel gyda chymaint yn ei fywyd, gallai fyw gyda'i lwfrdra ei hun ar yr amod nad oedd yn amlwg i neb arall.

Gwirionedd arall y gallai fyw gydag e'n ddiddig – ar yr amod nad oedd disgwyl iddo'i wynebu'n aml – oedd y ffaith ei fod yn gweld rhywbeth secsi am Mary Lloyd. Roedd hyd yn oed defnyddio'r gair 'secsi' yn yr un gwynt â'i henw yn wyrdroëdig braidd, ond dyna ni. I wneud pethau'n waeth, pan edrychai arni weithiau, ystyriai fod ganddi wyneb fel dyn. Nid wyneb 'gwrywaidd' fel y cyfryw, ond un a allai'n hawdd iawn berthyn i ddyn. Roedd yn wyneb mawr, ag esgyrn sgwâr, a phe na bai ganddi lond pen o wallt yn disgyn yn osgeiddig o bobtu ei bochau, a hwnnw wedi ei lifo yr un lliw â 'hen ŷd y wlad' slawer dydd, y peryg yw y byddai'n edrych fel bocsiwr.

Efallai mai ymateb i gryfder ei phersonoliaeth yr oedd e? Neu ai ei edmygedd agored o'i dyfalbarhad fyddai weithiau'n tresbasu dros y ffin i dir trythyllwch? Ddôi e byth i wybod. Ond roedd menywod o ddaliadau cryfion wedi ennyn ei flys erioed – hyd yn oed pan fyddai'r daliadau a goleddent yn wrthun ganddo.

O ddilyn y trywydd hwn, synhwyrodd ei fod ar fin agor y glwyd i gae na fyddai'n ei groesi'n aml – un yr oedd yn well gadael ei bridd heb ei droi. Ac yna'n sydyn, dechreuodd ddeall nodweddion penodol ei oerfel. Oni safai yn yr union fan lle y bu hi'n sefyll tan ryw ddeng munud yn ôl? Gallai blaenau ei fysedd gyffwrdd â thop y bwrdd a modfeddi'n unig oedd rhwng gwydr y ffenestr a blaen ei drwyn. Roedd hi wedi gadael rhan o'i hanian ar ei hôl. Rhywbeth amgenach na swp o bapurau. Nid persawr. Na gwenwyn. Dim byd mor amlwg â hynny, meddyliodd. Bellach, roedd hyd yn oed ei llais wedi mynd i'w chanlyn. Ond lle bu ei chadernid yn llenwi'r lle, daethai ias rhyw hen eco rhynllyd i gyfannu'r gwacter.

Camodd yn ôl o olwg y ffenestr a dyna pryd y sylwodd ar y mŵg a gawsai ei adael ar y bwrdd, nesaf at y pentwr papurau, drwch blewyn yn unig o ewinedd bysedd ei law dde. Roedd wedi ei adael yno'n hanner gwag – ac roedd bellach, fel yntau, yn oer.

*

Wyneb Marian fu'r peth cyntaf a welodd wrth ddihuno'r bore hwnnw. Hi fyddai'r peth cyntaf yn ei feddwl bob dydd, hyd yn oed cyn i'w lygaid agor. Ni lwyddodd yr arswyd a oedd wedi gafael ynddo yn y nos i ddiorseddu'r ddelwedd honno. Roedd fel petai hi'n gywely iddo o hyd. Dyna'r eironi. Wrth iddo ddod ato'i hun yn feunyddiol, dyna lle byddai wyneb Marian yn dal i rannu ei obennydd – 'blaw bod yr amgylchiadau bellach yn waeth o lawer na blynyddoedd eu priodas. Bu'n naturiol iddo ddisgwyl gweld ei annwyl wraig o flaen ei lygaid ar ddechrau pob diwrnod bryd hynny. Ond nid o flaen ei lygaid yr oedd hi bellach. Roedd hi'r ochr arall iddynt nawr. Yn ei benglog. Ynddo. Yn ei feddiannu o'r tu mewn.

Gorfoleddu wnâi Marian pe gwyddai. Ond doedd dim modd iddi wybod, wrth gwrs. Ddeuai hi byth i wybod ei bod hi, o'r diwedd, wedi llwyddo i ffwcio'i ben go iawn. Ffwcio fel y bydd dyn yn ffwcio, meddyliodd. Nid tu mewn oedd hi, yn gwneud ei gorau i weithio'i ffordd mas. Fel arall roedd hi. Ar y tu fas yn hwpo'i ffordd mewn. A dyma hi wedi llwyddo i'w gorseddu ei hun o dan ei groen. Ar ôl yr holl flynyddoedd. Weithiau, byddai'n meddwl amdani fel rhyw grachen yn llawn crawn a gâi ei phigo o'r newydd ganddo beunos yn ei gwsg, gan ledaenu ei llysnafedd drwyddo. A thro arall, byddai'n dwrdio'i hun am fod yn gymaint cachwr. Sut allai e feddwl mor giaidd am Marian o bawb?

Ar atgofion roedd y bai. Gormod ohonynt, yn un peth. Mwy ohonyn nhw nag oedd 'na ohono fe, doedd dim yn sicrach. Ac roedd rhestr y ffyrdd y gwnaethai gam â nhw ar hyd y blynyddoedd yn un faith. Roedd wedi . . .

. . . eu cam-drin,

. . . eu dibrisio,

. . . eu twyllo,

. . . eu datgymalu,

. . . eu hamharchu,

. . . eu gwyrdroi,

. . . eu hesgeuluso,

. . . eu hanwybyddu,

. . . eu llurgunio,

. . . eu hambygio,

. . . eu camddehongli

. . . a'u claddu'n fyw.

Gallai fyw gyda'r rhan fwyaf o'i gamgymeriadau, ond bu'r un ola 'na'n uffarn o fistêc. Doedd fiw i neb gladdu ei atgofion yn fyw. Ofnai ar ei galon fod atgofion fel gangsters mewn hen ffilmiau du a gwyn – yn siwr o ddod ar ôl y sawl a feiddiai bechu yn eu herbyn.

Twyllo ei hun oedd e, wrth gwrs. Os taw fel dihirod yr ystyriai ei atgofion o Marian, gwyddai'n burion nad oedd angen iddyn nhw gwrso ar ei ôl i ddial arno am ddim. Roedden nhw eisoes wedi ei ddal.

*

Nid wedi marw yr oedd Marian. Roedd hi'n dal yn fyw, o fath.

Ar yr achlysuron prin pan gâi alwad ffôn gan un o'i blant, byddai Danny wastad yn gwneud yn siwr ei fod yn holi am eu mam. Atebion swta gâi e fel arfer. 'Iawn,' efallai. Neu weithiau'n ffyrnicach: 'Pam ffyc fydde ots yn y byd 'da ti shwt mae 'ddi?', er enghraifft. (Rhys atebai felly, fel arfer.) Ni fyddai Danny byth yn ateb 'nôl. Dim ond symud i sôn am rywbeth arall llai poenus.

Plant! Mwy o gambl nag o fuddsoddiad oedden nhw i rieni ar y gorau, ebychodd. Cymaint roedd e wedi ei wneud dros y ddau dros y blynyddoedd a hwythau, erbyn heddiw, yn gallu ei drin mor egr.

'Paid â chymryd y pethe 'ma mor bersonol,' fyddai cyngor Martin bob amser. Ond doedd gan hwnnw ddim plant. A doedd gan Danny ddim dewis. Roedd wedi ei fagu i gymryd y pethe 'ma'n bersonol.

*

Funudau wedyn, ar y teledu, dyna lle'r oedd rhyw druan afiach o chwyddedig yn dyrnu'r awyr. Gwisgai fŵts bocsio am ei draed, trôns bocsio am ei lwynau a menig bocsio am ei ddyrnau. Wynebai'r camera gan weiddi sloganau arswydus megis, 'Cwffio cancr! Trechu'r aflwydd! KO i'r cnaf!' yn ddi-baid. Edrychai'n bur debyg i Danny mai'r gwybodusion anweledig oedd yng ngofal y rhaglen oedd wedi ei gyfarwyddo i ymddwyn fel hyn.

Cymhelliad y dyn oedd tynnu sylw at ryw antur arwrol yr oedd ar fin ymgymryd â hi i godi arian at achos da. Effaith steroids oedd ei floneg a'i chwys. Difyrru'r gwylwyr oedd nod yr eitem.

Estynnodd am y teclyn llaw i ddiffodd y set. Roedd optimist-iaeth ofer yn rhy grotésg i'w stumogi yr adeg hon o'r dydd.

Wrth i'r llun a'r sain ddiflannu, gallai Danny glywed cloch yn cael ei chanu yn rhywle allan o olwg y camera, tebyg i'r gloch a glywir pan fydd rownd ar ben.

*

Hwiangerdd i'w nerfau fyddai'r ddiod hon, darbwyllodd ei hun wrth arllwys y fodca o'r botel i'r gwydryn bach yn araf a gofalus, fel petai e'n anghyfarwydd â gwneud y fath beth. Roedd gormod o wewyr yn ei berfedd y bore 'ma iddo allu ei dawelu ar ei ben ei hun.

Dwy fenyw. Dau fyd. Un ddiod fach foreol i ymdopi.

Cododd ei olygon tua ffenestr y gegin fach a gweld nad oedd yr olygfa trwyddi wedi newid iot yn ystod y pum munud a aethai heibio ers iddo edrych ddiwethaf. Digon tlawd fu ei ddisgwyliadau wrth godi ei ben ac ni chafodd ei siomi. Un o amryfal fythau'r syndrom Symud 'Nôl i'r Wlad i Fyw oedd y gred fod y 'wlad' o'i hanfod yn bert. Cred gyfeiliornus iawn, o'i brofiad ef. Un o'r gwersi a ddysgodd Ardwyn iddo'n dda.

Golygfa siomedig o swrth oedd yr un a'i hwynebai. Gallai'r digyfnewid fod yn gain ar brydiau, addefodd, ond byth yn brydferth. I danio'r synhwyrau, roedd galw am gic go egr o du'r elfennau – tanbeidrwydd gwres neu gynddaredd corwynt, efallai. Dyna roddai rin i unrhyw dirlun. Heb ryw arlliw o angerdd, doedd dim ar wyneb daear yn haeddu cael ei alw'n wirioneddol hardd.

Bore llwyd a llonydd oedd hi. Doedd gan natur na hinsawdd yr un cyffro gweledol i'w gynnig. Oedd, roedd hi'n oer, ond rhywbeth i'w deimlo yn hytrach na'i weld oedd oerni, mae'n rhaid. Heddiw, doedd dim dafn o ddisgleirdeb i'w weld yn unman i dystio i'r llwydrew a fu'n llyo'r tir dros nos. I'r llygad noeth, ymddangosai tyfiant pob deilen a chnu a glaswelltyn yn berffaith gymesur ac yn ddi-ddim o normal, cystal â dweud, 'Fel hyn y dylai'r olygfa o gegin gefn Ardwyn edrych yr adeg hon o'r dydd a'r adeg hon o'r flwyddyn. Bydd fodlon, ddyn.'

Gwyddai Danny'n burion fod un o'r pedwar tymor ar ei brifiant ym mhobman o'i gwmpas. Ond doedd dim tystiolaeth o ddim. Symudai'r rhod yn slei o araf a rhaid nad oedd y gath eto'n barod i gael ei gollwng o'r cwd. Cyfrinach oedd hi o hyd, a daethai'n amlwg iddo nad oedd e'n un o'r etholedig rai a gâi ei rhannu'n rhwydd.

So what? Naw wfft i driciau budron bywyd! Dim ond cof a mymryn o ddychymyg oedd eu hangen arno i allu cofio'n iawn beth i'w ddisgwyl wrth i un tymor droi i'r nesaf. Nodweddion y naill yn edwino a'r llall yn blaguro'n anweledig o dan ei drwyn.

Am ennyd, bron nad oedd wedi meiddio amau y gallai pethau fod yn wahanol rywsut. Pam? Pwy oedd e'n meddwl oedd e? Yna, cofiodd cymaint y casâi ei hun. A godrodd rywfaint o gysur o'r olygfa wedi'r cwbl. Yn sydyn, nid oedd y boen o sylweddoli o'r newydd cymaint y cawsai ei siomi gan y byd cynddrwg. Nid mas fan'co, lle gallai weld bod oerni Ceredigion yn cnoi, yr oedd y golygfeydd gorau, ta beth – ond ar gof a chadw yn ei ben ei hun.

Caeodd ei lygaid cyn cydio yn y gwydryn. Llyncodd y cynnwys ar ei dalcen. Yn ddefodol. Heb ffwdan yn y byd.

*

Un arall o ddefodau dyddiol Danny oedd aros i'r cyfrifiadur 'gynhesu'. Weithiau cymerai hynny gwta funud. Dro arall gallai gymryd pum munud a mwy. Ymddangosai'r cyfan yn rhwystredig o fympwyol iddo, a dywedai wrtho'i hun am fod yn amyneddgar wrth iddo gamu'n ôl a blaen rhwng y gegin gefn a'r gegin fach yn ddiddiwedd yn y gobaith o weld arwyddion o fywyd. Ei gymhelliad pennaf oedd ei awydd i graffu'n gyson ar enwau'r myrdd perthnasau, cyfoedion a chyfeillion gynt nad oedd mwyach yn cysylltu ag ef. Pwy o'u plith *na* fyddai'n anfon gair ato eto heddiw, tybed? Bob dydd, fe chwiliai trwy restr ei e-byst. Enw'i fab, efallai? Enw'i ferch? Neu un o'i gyn gyd-weithwyr? Unrhyw un, yn wir, a allai fod yn enw cyfarwydd iddo o'i orffennol.

Wythnos yn ôl, roedd Tom Penn Jones wedi anfon e-bost yn ei wahodd i draddodi chwe darlith ar ryw gwrs esoterig roedd yn ceisio'i sefydlu ar feirdd yr ugeinfed ganrif, fel petai e dan yr argraff fod Danny'n arbenigwr o ryw fath. Atebwyd ef yn syth – fu dim angen amser i feddwl ar Danny – yn dweud i'r cynnig gael ei werthfawrogi, ond yn honni bod meddwl am orfod ailymweld â Waldo, Gwenallt ac Euros a'r criw yn codi arswyd arno. Yr hyn a godai arswyd arno mewn gwirionedd oedd meddwl y byddai byth yn gorfod ymdopi â chancr, ail ymweld â Chaerdydd neu ddelio drachefn â Tom Penn Joneses y byd 'ma.

Ei ego amgen, hunanbwysig, feddyliai felly, a dweud y gwir. Barn y Danny go iawn oedd mai un elusengar oedd Tom. Doedd e ddim yn gyfarwydd iawn â'r dyn, a bod yn onest, ond gallai ddychmygu mai un felly oedd e – yn addfwyn ac anhunanol, ac wrth ei fodd gyda defaid colledig am eu bod nhw'n ategu ei ddelwedd o fod yn fugail da.

Eithriad oedd derbyn negeseuon felly. Enwau fel Tanya, Morgana a Tatyiana oedd y rhai a ymddangosai amlaf ymysg ei e-byst y dyddiau hyn. A gwerthwyr Viagra, wrth gwrs. (Sut gwydden nhw, tybed?)

Y bore arbennig hwn, bu'n rhaid iddo ddisgwyl a disgwyl i'r adnodd lwytho, a phan roes ei ben rownd y drws a gweld o'r diwedd bod pedair neges newydd wedi cyrraedd dros nos, rhuthrodd yn awchus draw at y sgrin.

*

Dad – Jest gadael ti wybod dwi wedi cael cyfweliad am y swydd 'na yn Aber nes i son wrthot ti amdani wythnos diwethaf. Dau ddiwrnod i ffwrdd. Nid bo fi moyn mynd i fyw yn Aber llawer, ond bydd raid, sbo.

Neges oddi wrth Rhiannon oedd yr un gyntaf iddo ei darllen.

'Dau ddiwrnod i ffwrdd', pendronodd Danny am ennyd. Nid heddiw. Na fory. Na thrannoeth. Trennydd, felly, barnodd. Roedd 'na air Cymraeg da amdano. Beth yn y byd oedd yn bod arni? Ond roedd darganfod bod ei ferch wedi dewis cyfathrebu ag e o gwbl yn ddigon i liniaru ei gerydd. Siawns nad oedd y ffaith iddo fethu trosglwyddo coethder iaith i'w blant ymhlith y lleiaf o'i ffaeleddau fel tad.

Y drafferth oedd fod popeth a oedd wedi golygu cymaint iddo gydol ei oes wedi cael ei lusgo o fewn trwch blewyn at ymyl y dibyn. Gwallgofrwydd, braidd, oedd gofidio am ansawdd pob un glaswelltyn bach a gafodd ei ddamsang dan draed yn y broses. Ac eto, ni allai lai na theimlo'n euog a than lach ellyllon. Holl werthoedd ei ieuenctid am ei waed, tybiodd, fel petai e wedi methu yn ei ddyletswydd.

Er iddo helpu i gynllwynio sawl chwyldro yn y Cŵps slawer dydd, prin oedd y brwydrau roedd e wedi chwarae rhan yn eu hennill erioed. Doedd e ddim yn grac ag ef ei hun am hynny. Doedd e ddim yn drist. Ond roedd rhywbeth am yr anorfod a wnâi iddo deimlo'n euog.

O ran tlodi geirfa ei ferch, dim ond adlewyrchu'r to ifanc wnâi hi, siawns. Enghraifft oedd Rhiannon, nid eithriad. Dyma ddagrau pethau. *Patois.* Poitsh. Dyna'r pris i'w dalu er mwyn i ryw lun ar y Gymraeg gael goroesi. Dyma'r dyfodol. A doedd fiw iddo ef na neb arall wneud môr a mynydd o'r sefyllfa a bradychu'r gwir ar goedd. Yn wleidyddol, y consenswm oedd y byddai hynny'n beth peryglus iawn i'w wneud. Ond consenswm y daethpwyd iddo heb i neb erioed ei drafod oedd hwnnw.

Mor eironig oedd hi fod dagrau iaith yn fud.

*

'Sdim stêc a myshrwms 'da chi, nago's e? Dim ond stêc a cidni, ife?'

Chwifiodd Danny'r pecyn rhewllyd i gyfeiriad y wraig a eisteddai ger y til. Prin godi ei golygon o dudalennau'r rhacsyn oedd ar agor ar y cownter ganddi wnaeth honno. Cododd fys a bawd at ei thafod ag arddeliad ac yna, ar ôl eu lleitho, defnyddiodd nhw i droi'r tudalen. 'Dim ond be welwch chi sydd ar gael,' atebodd, heb ddiddordeb yn y byd.

Cafodd Danny ei demtio i luchio'r pecyn yn ei ôl i'r rhewgist, ond doedd arno fawr o awydd tanio injan y BMW a mynd i siopa'n unman arall heddiw. 'Diolch yn fawr,' gwawdiodd dan ei wynt ac yn Gymraeg.

Saesneg weithredai fel *lingua franca* rhwng y ddau ohonynt. Nid oedd ganddo affliw o syniad beth fyddai iaith gysefin y fenyw. Roedd wedi tybio'n wreiddiol mai un o India neu Bacistan oedd hi, ond erbyn hyn, cawsai ar ddeall mai Koreaid a symudodd yno o Runcorn oedd hi a'i gŵr. Gydol y deunaw mis y bu'n gwsmer achlysurol yn y siop, nid oedd erioed wedi trafferthu i edrych ar enw deiliad y drwydded uwchben y drws. A fyddai heddiw ddim gwahanol i'r arfer.

Wrth iddo adael, funud neu ddwy'n ddiweddarach, nododd mor ddi-lun yr olwg oedd yr arwydd Castle Brook Stores uwchben y drws. Di-lun hefyd oedd y drws ei hun. A'r buarth roedd yn rhaid ei groesi i gyrraedd y ffordd fawr. Bu garej brysur yno ar un adeg – pympiau petrol a phrysurdeb – ond dim ond olion dyddiau gwell oedd ar bopeth bellach. Fel gyda chymaint yn ei fywyd, roedd rhywbeth cynhenid siabi am y gofod a adawyd gan yr hyn a fu.

Anelodd am adre fel dyn wedi ei siomi o'r newydd. (Bob diwrnod, deuai rhywbeth newydd i dorri ei galon.) Ond gwyddai yr un pryd nad siom oedd y gair cymwys. Roedd siom yn awgrymu rhywbeth annisgwyl a doedd dim byd annisgwyl am y craciau yn y concrid roedd e newydd ei groesi, na'r ddau litr o laeth a phastai galed fel haearn a gariai mewn cwdyn plastig. Wrth iddo dalu, roedd y wraig wedi bod yn gyndyn i roi un o'i bagiau plastig prin iddo. Fe gostiodd iddo, fel petai penyd i'w dalu am afradlondeb y gorffennol.

Dyma'r norm bellach, tybiodd. Ceisiodd ei ddarbwyllo'i hun nad fe'n bersonol oedd ar fai. Roedd cymdeithas a fagodd floneg trwy roi'r pwyslais ar gael mwy o bopeth yn araf orfod dysgu byw ar lai. *Fel 'na mae hi arnon ni nawr*, meddyliodd. *I hyn mae'r byd wedi dod.*

I hyn roedd byd Danny wedi dod. Dyna a olygai, mewn gwirionedd, ond nid oedd yn ddigon dewr i ffurfio'r geiriau hynny'n fud o fewn ei benglog, heb sôn am eu hyngan yn uchel yn ei glyw ei hun. Haws oedd bytheirio dan ei wynt wrth gerdded 'nôl i'r tŷ, a'i hen *bovver boots* cadarn yn mesur ei gamre: amser o'i blaid a'r byd yn ei erbyn, fel y barnai ef.

Nid oedd i wybod eto nad oedd hyd yn oed yn agos ati.

*

Lôn brysur oedd y ffordd fawr a redai trwy ganol Nant Castell. Honno a'r ysgol gynradd ddiffiniai'r lle. Ar wahân i'r siop, doedd yno'r un man cyfarfod i'r rhai a drigai yno, na'r un rheswm amlwg dros i neb a wibiai trwyddo aros. I ddod o hyd i'r dafarn agosaf ac eglwys y plwyf rhaid oedd mynd i Lanbedr Fawnog. Doedd Danny erioed wedi t'wyllu drws yr eglwys a dwywaith yn unig fu e yn y Stag's Head – unwaith trwy yrru ar hyd y ffordd ac unwaith ar droed, pan gafodd ei arwain ar draws y caeau.

Heddiw, doedd neb i'w arwain yn ôl at Ardwyn. Bu'n rhaid iddo weithio'i lwybr ei hun ar draws y ffordd, cyn troi i'r dde yn fuan wedyn a pharhau ar hyd lôn wledig ddibalmant a dechrau dringo mymryn o riw. Ond o fewn cwta ddau ganllath, cymerodd droad arall i'r dde gan fartsio yn ei flaen yn fwy talog na chynt. Darbwyllodd ei hun ei fod nawr ynghudd rhwng y cloddiau tal a theimlai'n fwy diogel, fel petai'n ddihiryn ar ffo oedd newydd gyrraedd un o'r ychydig lochesi lle gallai deimlo'n saff. Yn rhydd o grafangau Marian a'r mob.

Ni chodwyd arwydd *cul-de-sac* ar ben y lôn gul hon erioed, ond dyna oedd hi i bob pwrpas. Prin chwarter milltir o ffordd yn arwain at ddau dŷ yn unig – a'r rheini'n dai nad oedd gwacter yn anghyfarwydd iddynt.

Rose Villa oedd enw'r ail dŷ. Safai rownd tro neu ddau

heibio Ardwyn ac ar ochr arall y ffordd. Tŷ haf fu hwnnw hefyd ers rhai blynyddoedd. Dyna ydoedd o hyd.

Os bu enw ar y ffordd honno mewn oes a fu, roedd wedi hen ddarfod o'r tir. Ni wyddai Mary Lloyd, hyd yn oed, am yr un enw hynafol arni. Petai un yn hysbys, byddai wedi gwneud ei gorau glas i'w gael i'w ddefnyddio, tybiodd, gan synhwyro y byddai hi wrth ei bodd yn listio help y byw wrth geisio atgyfodi'r meirw.

Yn sydyn, clywodd sŵn car yn dod i'w gyfarfod. Digwyddiad digon anghyffredin. Roedd wedi bod yn byw yno am dri mis cyn cael ei ddihuno'n gynnar un bore gan dractor yn gyrru heibio. Tan hynny, nid oedd wedi sylweddoli bod y trac gwledig a ddechreuai lle terfynai'r tarmac, lathenni'n unig heibio Rose Villa, yn cael ei ddefnyddio gan ffarmwr lleol i gyrraedd ei dir. Yn fuan wedyn aeth ar sgowt a darganfod nad oedd y trac yn arwain at ddim o bwys – dim ond mwy o ddefaid a disberod.

Tybiodd mai pwy bynnag oedd wedi llogi Rose Villa am yr wythnos oedd yn dod i'w gyfarfod a chyfeiriodd ei olygon yn reddfol tua bôn y clawdd, gan ddisgwyl cael ei anwybyddu. Ond canwyd corn y car wrth iddo ddynesu a thynnwyd ei lygaid yntau'n reddfol o glais y clawdd yn syth i fyw llygaid y gyrrwr. Gwraig ifanc oedd wrth y llyw a gwaeddodd ei enw'n uchel, gan roi ei throed ar y brêc a gwenu'n serchus arno yr un pryd.

'Hylô! Sut mae?'

Erbyn i Danny gamu'n ôl at y car, roedd y ffenestr eisoes wedi ei gostwng a phwysai'r wraig hanner ffordd ar draws y sedd wag nesaf ati.

'Bore da, Hannah,' ymatebodd yntau'n lletchwith. (Er nad

oedd Danny'n sylweddoli hynny, roedd ei ddefnydd o'i henw wedi gwneud i'r fenyw ddeall iddo orfod brwydro am eiliad i'w ddwyn i gof.) 'Dach chi o gwmpas 'te?'

'Edrych yn debyg, tydi,' atebodd hithau, a'r arlliw o acen ar ei siarad yn ychwanegu at y wên yn ei llais. 'Fe ddes i i lawr neithiwr. Dw i ar fy mhen fy hun y tro hwn. Mae Kyle dros ei ben a'i glustiau . . . Gwaith!'

'O! Wela i,' ebe fe'n ddifeddwl. 'Druan ag e.'

O ganolbarth Lloegr yr hanai perchenogion Rose Villa. Fe gofiai gymaint â hynny, er na allai gofio o ba ran yn union.

'Mae 'na ddigon i'w wneud, yn toes?' ebe hithau.

Heb fod â barn arbennig ar y mater, wyddai Danny ddim sut i ymateb. Er iddo ryw hanner plygu ei war at lefel y ffenestr er mwyn gallu siarad â hi, gwnaeth ei orau i osgoi edrych eilwaith i fyw ei llygaid.

'Mi fydd hi'n oer acw,' mentrodd.

'Mi oedd hi pan gyrhaeddais i ddoe,' eglurodd y wraig, 'ond buan iawn y cynhesodd y lle. A chodwch eich calon, maen nhw'n addo'i bod hi am gynhesu wrth i'r dydd fynd yn ei flaen.'

'Ydyn nhw?' atebodd Danny'n sinigaidd o ddifater.

'Dach chi'n dal i gymryd arnoch bod yn feudwy, dw i'n gweld,' ebe hithau'n chwareus.

'Ydw i?' atebodd Danny. Gwnaeth ei orau i fod mor ddifynegiant ag y medrai a phrin fod goslef cwestiwn ar y dweud o gwbl. Oedd hi'n ceisio gadael iddo wybod bod golwg y fall arno? Yn sydyn, ofnai y gallai fod gwynt drwg ar ei anadl a chymerodd gam yn ôl o'r ffenestr, rhag ofn.

'Wel! Gwell imi fwrw ati,' meddai Hannah'n serchus. 'Neis eich gweld chi eto.'

'Ie,' ebe yntau, fel rhyw eco gwan oedd am gyd-fynd heb swnio'n rhy frwdfrydig. Yn ystod einioes dyn, roedd 'na lonydd a fyddai'n siwr o'i ddenu i'w tramwyo eilwaith – ac eraill a wnâi iddo deimlo'n ddrwgdybus o wneud hynny. Lôn felly oedd Hannah. Oedd, roedd Danny wedi tramwyo yno unwaith, mae'n wir. Ond petrusai rhag ailadrodd y daith. Doedd dim arwydd wrth y troad.

Ffarweliodd Danny â hi gyda gwên lugoer a geiriau llipa cyn iddi gau'r ffenestr, rhoi ei throed yn ôl ar y sbardun a mynd ar drywydd pa bynnag berwyl roedd hi arno.

*

Yn ei wardrob, hongianai pedair siwt o ansawdd da a dwy arall led ddeche. Wrth barhau â gweddill ei siwrne, tyngodd lw iddo'i hun ei fod am wneud ymdrech lew i'w wisgo'n amlach.

Y funud y cyrhaeddodd 'nôl i'r tŷ, fodd bynnag, y peth cyntaf a wnaeth oedd gollwng y bag plastig ar fwrdd y gegin (fel petai'r ddwy eitem o'i fewn yn pwyso tunnell) a rhuthro lan y stâr i lanhau ei ddannedd. Un o'r ychydig bethau na chawsai eu hesgeuluso ganddo dros y blynyddoedd diwethaf oedd ei ddannedd. Byddai'n ceisio cofio'u brwsio o leiaf unwaith y dydd – hyd yn oed ar y dyddiau pan fu'n mwyaf di-hid o lanweithdra.

Addunedodd yr un pryd y byddai'n siwr o eillio a chael cawod cyn mynd yn ôl i'w wely'r noson honno. Doedd fiw iddo groesawu Martin yn edrych fel tramp, neu fe gâi bryd o dafod go iawn. Hen bryd iddo siapo'i stwmps, dwrdiodd ei hun.

Wrth bwyso a mesur ei bryd a'i wedd yn yr ystafell ymolchi, ei unig gysur oedd y ffaith fod ei wyneb mewn gwell cyflwr na'r drych a dystiai iddo. Ond wrth edrych i fyw ei lygaid, gwyddai mai ofer fyddai ei addewidion eto heddiw. Suddodd ei galon wrth iddo sylweddoli hynny. Suddodd popeth.

'Chi yw'r dyn mwya dapyr yn yr adran. 'Sna'm dwywaith am hynny, Dr Thomas.' Gallai gofio Gwennan, ysgrifenyddes yr adran slawer dydd, yn sefyll o flaen pawb un tro a gwneud ei phroclamasiwn. Bod yn gellweirus gyfeillgar yn yr ystafell goffi oedd hi. Tipyn o dynnu coes diniwed, fe wyddai hynny'n iawn ar y pryd. Ond roedd wedi lledu ei ysgwyddau, serch hynny. Er na fu mwy na chydweithio cyfeillgar rhyngddo ef a Gwennan erioed, sut allai e beidio? Ugain mlynedd yn ôl, bu ganddo ysgwyddau cydnerth y gallai eu lledu â balchder ac roedd fflyrtio'n ail natur iddo.

Rywsut, yn dawel bach, roedd wedi llwyddo i gadw'r olygfa honno dan glo ymysg ei atgofion. I'w thynnu allan ar adegau prin yn unig, mae'n rhaid. Fel rhyw bleser cudd o'i lencyndod.

Wyddai e ddim beth ddaeth o Gwennan. Na'i falchder. Ond wrth roi'r brwsh dannedd yn ôl ar y silff fach wydr, gwahanodd ei wefusau'n ddefodol o flaen y drych. O leiaf roedd wedi cadw'i ddannedd ei hun.

*

Dychwelodd at neges ei ferch gyda'i ben yn gliriach. Y fodca wedi troi'n gysur yng ngodre'i gylla, a llais Mary Lloyd yn ddim namyn eco o ddinasyddiaeth dda o'r parlwr ffrynt. Aethai awr a mwy heibio ers iddo'i darllen am y tro cyntaf, ac ar ôl eistedd o flaen y sgrin ar un o'r seddi swyddfa hynny a droellai ar ei hechel, ail ddarllenodd eiriau Rhiannon mor araf ag y gallai.

Syllodd arnynt am rai munudau. Doedd e ddim am fod yn fyrbwyll. Pwyll piau hi, dywedodd wrtho'i hun, gan wthio'r gadair rownd ddwywaith. Rownd a rownd ag e. Fel plentyn ar gylchdro yn y parc. Tacteg i ladd amser oedd hynny, ond gwyddai 'run pryd nad oedd fiw iddo gymryd gormod o amser cyn ymateb. Chwiliai ei blant am bob cyfle posib i'w gollfarnu a phe oedai'n ormodol gallai greu'r argraff ei fod yn ddi-hid.

Annwyl Rhiannon,

O'r diwedd, torrodd y garw a dechreuodd deipio. Ond cafodd y ddau air yna eu dileu'n syth. Rhy ffurfiol.

Rhiannon – newyddion gwych, bach! Llongyfarchiadau.

Rhythodd ar eiriau agoriadol ei ail ymdrech. Dileodd y gair *bach* – fe allai godi ei gwrychyn trwy swnio'n nawddoglyd. Gwyddai ei bod hi'n dal o'r farn nad oedd ganddo hawl i ddefnyddio'r fath anwyldeb tuag ati, boed e'n dad iddi ai peidio. Doedd dim modd gorfodi cymod, dim ond ei gymell.

Fe fydda i'n croesi 'mysedd . . .

Na. Naff ar y naw. Awgrymai 'croesi bysedd' fod arni angen holl lwc y greadigaeth am nad oedd ei galluoedd cynhenid yn debyg o fod yn ddigon i fachu'r swydd iddi.

Faint o'r gloch mae'r cyfweliad gen ti? Fe fyddaf yn meddwl amdanat. Gobeithio'n fawr iawn y cei di hi. Dy gam cyntaf ar ysgol gyrfa. Meddwl amdani felly.

Roedd hi'n dair ar hugain ac wedi graddio ers blwyddyn. Onid oedd perygl y byddai hi'n dehongli ei eiriau i olygu ei bod hi'n hen bryd iddi ddod o hyd i rywbeth, waeth beth? Penderfynodd mai gwell fyddai dileu'r ddwy frawddeg olaf. Cododd ac aeth i'r gegin fach. Doedd dim wedi newid yno ers iddo fod ynddi ddiwethaf funud neu ddwy ynghynt. Beth ddiawl oedd e wedi ei ddisgwyl? Sylwodd fod y bwyd a brynodd yn y siop yn dal ar y bwrdd fan lle y cafodd ei adael a phrysurodd i roi'r pastai a'r llaeth yn eu hoerfannau priodol.

Yn ôl yn y gegin fyw, bu'n rhaid iddo ysgwyd y llygoden i godi'r sgrin o'i chwsg.

Gobeithio'n fawr iawn y byddi di'n lwcus – os wyt ti'n siwr ei bod hi'n swydd rwyt ti wirioneddol am ei chael, hynny yw, cywirodd ei hun.

Dyna ni. Teimlai'n weddol fodlon ar hynny. Darllenodd y neges eto, ond oedodd rhag ei hanfon. Fe ddôi'n ôl ati ymhen awr neu ddwy i wasgu'r botwm hollbwysig. Dyna fyddai gallaf. Petai e wedi bod mor bwyllog cyn anfon pob neges a drosglwyddwyd ganddo erioed, fe allai pethau fod wedi bod yn wahanol iawn arno heddiw. Ond nid dyn i feddwl felly oedd Danny.

*

'Petai dy fam wedi marw, mi fyddwn i'n mynd â blodau i'w rhoi ar ei bedd.'

Dyna'r math o ddyn oedd Danny. Un a allai yngan brawddeg felly gan dybio'i fod yn mynegi tynerwch. Fe'i dywedodd neithiwr ar y ffôn, heb freuddwydio y gallai hi dramgwyddo Rhys.

'Ti'n dal 'na, Rhys?' holodd wedyn, gan ddehongli'r tawelwch fel nam technegol yn hytrach na mynegiant o gynddaredd.

'Odw, wrth gwrs 'mod i'n dal 'ma,' cafodd ateb o'r diwedd.

'Wel, 'na ni!' aethai Danny yn ei flaen. 'Jest am iti ddeall nad wy'n dal unrhyw ddig at dy fam ydw i.'

'Nagwyt ti, wir? Ocê. Wel! Ma' 'na'n gysur i ni i gyd.'

'Ti'n ifanc. Sdim disgwyl iti ddeall . . .'

'Fi'n chwech ar hugain oed, Dad!' torrodd Rhys ar ei draws. Dim ond wedyn yr oedd Danny wedi dechrau dirnad maint ei gamddehongli o drywydd y sgwrs.

'Wel! Wy'n falch o glywed dy lais di, ta beth,' fu'r unig eiriau y gallai Danny ddod o hyd iddynt wrth geisio bod yn gymodlon. 'A wy wir yn falch o glywed fod dy fam yn ymdopi'n weddol.'

'Ie . . . Wel! . . . Nid mewn bedd mae 'ddi, ife?'

'Nage, diolch byth.' Gofalodd Danny fod ei lais yn swnio mor ddidwyll ag y gallai wrth ddweud hynny. 'Fe ddaw hi trwy hyn eto, gei di weld . . .'

'A chymryd na fydd neb arall yn ei bradychu hi ar hyd y ffordd, yntefe?' ymyrrodd Rhys yn goeglyd.

Cafwyd ennyd arall o dawelwch wedyn, tra oedd Danny'n cnoi'i dafod.

Cyn pen dim, roedd ffonau'r ddau ddyn wedi'u diffodd. Y tad wedi diolch i'w fab am gysylltu â'i 'Gofala edrych ar ôl dy hunan' arferol wrth gloi. A'r mab wedi ymateb yn llywaeth: 'Ie . . . Reit. Ocê 'te,' cyn cloi â'i 'Ta-ra!' terfynol.

*

Pan dasgodd y tost o'r peiriant daeth â moment o ddrama i'w fore. Llanwyd y gegin ag ysbryd o ysblander a rhyddhad – fel yr ymdeimlad a geir pan fydd rhywbeth y bu disgwyl mawr amdano 'wedi cyrraedd'. Bron nad oedd wedi bod ar bigau'r drain am funud neu ddwy . . . yn aros ac edrych ac awchu. Nid oedd i'r ddrama fach hon yr un cyffro â phetai'n disgwyl i losgfynydd ffrwydro, neu i roced esgyn o'r ddaear neu i fardd godi ar ei draed i gipio cadair, mae'n wir. Ond, serch hynny, tybiai na fyddai wedi bod yn gwbl amhriodol petai utgyrn wedi seinio.

Dechreuodd daenu'r menyn yn syth. Er bod ganddo ddant melys, ni chaniatâi na marmalêd na jam ar gyfyl ei dost. Gallai fod yn od o lym ag ef ei hun mewn rhai ffyrdd. Yn biwritanaidd hyd yn oed. Mewn ffyrdd eraill, wrth gwrs, roedd yn gwbl ddiddisgyblaeth ac yn lwmp o hunanfaldod.

Cnôdd y dafell yn egnïol. Rhaid oedd ei bwyta ar beth brys, oherwydd un o'i gas bethau mewn bywyd oedd tost oer a'r menyn wedi cael cyfle i geulo'n ddiflas ar yr wyneb.

Yr unig beth a dynnai oddi ar foddhad y foment iddo oedd ail-fyw'r alwad ffôn honno neithiwr. Mor anodd oedd hi o hyd i ddal gafael ar ei blant. Roedd wedi bod yn bresennol ar enedigaeth Rhys a Rhiannon ill dau, a bryd hynny nid oedd wedi chwennych utgyrn gwell na chael clywed sgrechiadau iach y ddau wrth iddyn nhw ddod i'r byd. Bu cyfathrebu a chreu cyswllt y pethau hawsa yn y byd. Dim ond eu dal yn dynn yn ei freichiau a siarad dwli oedd ei angen i greu perthynas. Tad gyda'i blant pan oedd y ddau'n ffres o'r groth. Babanod diddig yn ei gôl. Beth allai fod yn haws? Bron nad oedd e'n hiraethu am symlrwydd eu cyswllt bore oes. Ond doedd hiraeth ddim yn wedd ar faldod a arddelid gan Danny ryw lawer.

Efallai mai dyna pam yr oedd popeth a ddigwyddodd dros y pedair blynedd diwethaf bron â rhoi'r farwol i'w berthynas â'i blant. Fedrai'r un ohonyn nhw ymddiried yn ei gilydd mwyach. Ac yn eu gwahanol ffyrdd doedd yr un ohonynt yn fodlon maddau i Marian.

Teimlai yntau yn y canol, yn cnoi tost a chnoi cil dros alwad ffôn bigog ei fab neithiwr a'r neges e-bost oedd yn dal yn aros i gael ei hanfon at ei ferch – dau na wyddai'n iawn beth i'w ddweud wrthynt bellach.

*

Ar fympwy, bron, dychwelodd i'r gegin fyw ac at y sgrin, ei fysedd yn ludiog gan fenyn, a briwsion yn dal i fritho'i siwmper.

Darllenodd yr hyn yr arfaethai ei anfon at Rhiannon unwaith eto. Doedd e ddim am ddarganfod ar ôl i'r neges fynd ei fod yn ei gasáu ei hun hyd yn oed yn fwy na chynt. Un cynnig oedd i'w gael ar gyfer popeth yn y byd hwn. A siawns na fyddai pethau fawr gwell yn y nesaf, tybiodd.

Rhiannon – newyddion gwych! Llongyfarchiadau.

Faint o'r gloch mae'r cyfweliad gen ti? Gobeithio'n fawr iawn y byddi di'n lwcus – os wyt ti'n siwr ei bod hi'n swydd rwyt ti wirioneddol am ei chael, hynny yw.

Dim un newydd yma. Dal ddim yn siwr wnes i'r peth iawn fy hunan.

Gad imi wybod sut aeth pethe. Dyw Aber ddim cynddrwg a hynny, cofia. Wedi'r cwbl, dyna lle gwrddes i a Mam.

Hwyl

Dad

Clic!

Bu'n fyrbwyll yn y diwedd. Cawsai ddigon ar ddarllen a digon ar bendroni.

Petai e wedi llunio cywydd neu *haiku* i'w ferch, go brin y byddai wedi gallu rhoi mwy o sylw i bob sill nag y gwnaethai i'r neges honno. Ond er yr ymdrech, fyddai dim yn tycio, tybiodd. Arhosodd ei wyneb yn stoicaidd ddiemosiwn, gan adael i sigl a swae'r gadair oddi tano fynegi ei deimladau ar ei ran. Gwyddai yn ei galon nad oedd yn debyg o fod ronyn yn nes at gael maddeuant ganddi. Y diffyg difaru oedd ar fai.

Welai e ddim fod ganddo ddim i deimlo'n edifar drosto. Dyna'r gwir. A dyna'r drafferth. Roedd yr Hyn Roedd e Wedi ei Neud wedi ei wneud. Rhagrith ar ei ran fyddai honni ei fod yn dymuno cael y Noson Pan Ddigwyddodd Popeth yn ei hôl er mwyn cael cyfle i wneud dim byd yn wahanol.

Onid oedd e wedi mynd drwy drefn y digwyddiadau'n ofalus fil o weithiau? Pa ddewis arall fu ganddo o dan yr amgylchiadau? Ffonio'r heddlu fu'r peth cyntaf ddaeth i'w ben.

*

Ffonio'r heddlu fu'r peth cyntaf a ddaethai i'w ben am mai dyn o'r dosbarth canol oedd e. Dyna fu dadansoddiad Martin o'r hyn a ddigwyddodd o'r cychwyn cyntaf.

'Fe alli di wastad ddibynnu ar y dosbarth canol i ddilyn llwybr go gytbwys a chyfiawn. Os wyt ti am weld gweithredu "yr hyn sy'n iawn", fe alli di fentro dy fywyd mai at y dosbarth canol y dylet ti droi.'

Afraid dweud na chytunai Danny â'r ddamcaniaeth honno,

ac ar y pryd mynegodd ei wrthwynebiad gyda thoreth o ddadleuon croch ac ebychiadau coch. Wedi'r cwbl, roedd credensials gwerinol/dosbarth gweithiol Danny Thomas o'r iawn ryw a thu hwnt i bob ensyniad i'r gwrthwyneb, thenciw fawr!

Ond un amyneddgar iawn oedd Martin wrth gyflawni ei amcanion a meddai ar ei ddirgel ffyrdd ei hun o dawelu'r dyfroedd.

'Pwy sy'n ysgwyddo baich pob argyfwng?' aethai yn ei flaen. 'Pwy sy'n cynnal y safonau? Troi olwynion cymdeithas o ddydd i ddydd? Cadw fflam dyheadau'r ddynoliaeth am well byd ynghynn?'

Prin y tynnodd anadl, rhag ofn i Danny ddechrau bytheirio eto.

'Hyn oll a gorfod diodde dirmyg pawb trwy'r cyfan. Maen nhw wedi 'i chael hi o bob cyfeiriad ers iddyn nhw gael eu creu. Dyna pam maen nhw yn y canol, siwr o fod. Ma'n nhw'n gorffod rhoi lan 'da cachu'r ciaridýms a'r crach fel 'i gilydd.'

''Na beth ti'n meddwl wnes i'r noson 'ny? Rhofio cachu mas o'r ffordd?'

'Wedes i mo 'ny, nawr, do fe? Ond fe wnest ti'n gwmws beth fydden i wedi dishgwl iti ei neud,' ymresymodd Martin yn gadarn. 'Dyn proffesiynol, parchus, dosbarth canol fel ti? Danny bach, pa ddewis arall o'dd 'da ti? Ffonio'r heddlu o'dd yr unig ateb.'

Aethai peth amser heibio ers i'r bregeth honno gael ei thraddodi, ond cymerai Danny gryn gysur ohoni o hyd, gan ryw regi dan ei wynt yr un pryd. Gresynai nad oedd hi eisoes yn fory arno. Byddai Martin yno gydag e'n gwmni erbyn hyn pe byddai. Dechreuodd deimlo'n euog wedyn nad oedd wedi rhoi ei feddwl ar waith i gynllunio dim o bwys ar gyfer yr ymweliad. Dyheai am ei weld, dyna i gyd. Roedd arno angen dogn go dda o'i ddoethineb. Ei watwar. A'i wên.

*

Er mor annelwig oedd ei fwriadau ar gyfer treulio yfory gyda'i ffrind gorau, gwyddai Danny i sicrwydd fod un pwnc trafod na châi ei grybwyll. Ychydig iawn, iawn o gyfrinachau a gadwai rhag Martin, ond roedd rhai pethau y tu hwnt i'w hymddiried hyd yn oed iddo ef. Ac roedd ei Gapel Gwag yn un o'r dirgel fannau rheini.

Yn fuan wedi iddo ddod ar draws y lle am y tro cyntaf, soniodd amdano wrth Mary Lloyd, gan ddisgwyl mai hi oedd yr union fenyw i ddiwallu ei chwilfrydedd. Ond nid felly y bu.

'O, Capel Cae Bach chi'n 'i feddwl?' fu ei hymateb didaro. 'Wy'n gwbod yn gwmws ble ma' hwnnw, reit i wala.'

Chafodd e glywed yr un gair ganddi am nac enwad nac achos, na hanes neb a fu ynghlwm â'r fenter. Yn hytrach, roedd hi wedi rhuthro'n ddi-oed i droi'r sgwrs at rywbeth dibwys o fewn ei libart ei hun – gan ei siomi'n ddirfawr. Dysgodd wers am Mary Lloyd yn y fan a'r lle ac addawodd iddo'i hun yn syth mai cyfrinach rhyngddo ef a'i gydwybod yn unig fyddai'r Capel Gwag.

Ar ddamwain y darganfu'r lle. Ar ddamwain yr oedd Dyn wedi dod o hyd i gynifer o bethau, ymresymodd – penisilin a Teflon yn eu plith. Câi gysur anghyffredin mewn rhyw ffeithiau smala o'r fath. Yr unig wahaniaeth arwyddocaol rhwng y gwŷr doeth a ddaethai o hyd i'r rheini ac yntau oedd eu bod nhw wedi bod ar drywyddau penodol eraill ar y pryd.

Ond dod ar draws ei Gapel Gwag pan nad oedd wedi bod ar drywydd dim wnaeth Danny. Ni fu'r un nod neilltuol yn ei feddwl y diwrnod yr aeth i gerdded – dim byd amgenach nag awydd i ddod yn fwy cyfarwydd â'i gynefin newydd. Toc wedi iddo symud yno roedd hi. Roedd e'n dilyn ei drwyn. Crwydro. Ceisio gwneud y gorau o brynhawn sych. Ar ddiwrnod di-nod felly y dewisodd y fangre gudd amlygu ei hun iddo. Hoffai feddwl bod y dirgelwch wedi bod yn swatio yno yn ei lecyn cudd ers degawdau, yn disgwyl yn unswydd amdano.

Go brin fod llen wedi ei chodi wrth iddo ddynesu. Bu'r darganfyddiad yn fwy o ddamwain nag o ddatguddiad. Ond doedd hynny ddim wedi lleihau dim ar gred Danny taw fe oedd piau'r lle bellach. Nid yn faterol, efallai. Ond o ran teilyngdod. Haeddai'r hyn a ddarganfu. Roedd e wedi dod o hyd i drysor diymhongar, pitw bach. Fel perl golledig sy'n dal llygad dyn ar fin y ffordd.

*

Ger talcen pellaf Rose Villa roedd camfa ag arwydd pren pydredig yn hongian oddi arni, ac arno'r geiriau 'Llwybr Cyhoeddus'. Llyncu'r abwyd hwnnw arweiniodd Danny gyntaf at y drws.

Roedd wedi dringo dros y gamfa'n ddifeddwl, gan ddilyn y llwybr a wyrai i'r dde iddo nes dod at glwyd ym mhen pella'r cae. Rhydlyd braidd oedd ei sgiliau cefn gwlad ond dringodd drosti hithau hefyd yn gymharol rwydd. Yna, cafodd fod y llwybr yn parhau ar oleddf, gan redeg ar hyd godre'r ail gae hwn. Ymhen dim, roedd gwigfa wywedig yr olwg yn cadw cwmni iddo. Nid coedwig fawr fygythiol yn llawn bwci-bos mohoni. Tebycach i goedlan a esgeuluswyd gan bawb, gan gynnwys natur ei hun. Allai Danny ddim honni ei bod hi'n hardd. Edrychai'n rhy ddi-lun i hynny. Ond serch hynny, roedd adar wedi ymgartrefu yno – clywai eu trydar – a gwyddai fod hynny'n arwydd da.

Cyn hyn, bu'n amau'n gryf mai dim ond niwl a nythai yn y coed o gwmpas ei gartref newydd, tra oedd yr adar brodorol a arferai fyw yno oll wedi mudo am y môr. Dychmygai weld cymylau duon ohonynt yn arnofio'n fygythiol dros wyneb dyfroedd yr arfordiroedd cyfagos.

Yn sydyn, tynnwyd ei sylw gan rimyn llwyd, caregog yr olwg yn y pellter. Er mai cloddiau o bridd a pherthi a frithai'r ardal yn gyffredinol, tybiodd am hanner eiliad mai rhan o wal gerrig oedd yno. Neu dalcen tŷ efallai. Ond chymerodd hi fawr o dro iddo ddeall mai capel oedd yno.

O feddwl yn ôl, wyddai e ddim pam y bu mor siwr o hynny ar y pryd.

Pan gyrhaeddodd ben pella'r llwybr, cafodd fod yno wal gerrig wedi'r cwbl. Un isel iawn. (Oedd lefel y tir wedi codi rywsut dros y blynyddoedd? Neu a oedd cyfran o bridd y cae wedi cael ei dyrchu ymaith er mwyn cuddio'r capel mewn ceudod?) Dringodd drosti'n ddibetrus a chamu ar un o'r clogfeini enfawr a lenwai'r gofod a fodolai ar un adeg rhwng y wal amgylchynol a muriau'r capel.

Yr unig nodwedd a gymhathai'r cerrig cawraidd â'u lleoliad oedd eu lliw. Ymdoddent yn un â gwyleidd-dra llwyd y capel. Er mor annisgwyl eu canfod yno, ni wnaeth odrwydd y cerrig ei daro go iawn tan iddo orfod dringo drostynt. Pam gawson nhw'u cludo yno, tybed? Yn rhwystr ac yn amddiffynfa yr un pryd. Cymerodd ymdrech ar ei ran i weithio llwybr. Rhaid oedd camu'n ofalus a defnyddio'i ddwylo i'w sadio'i hun wrth chwilio am ei droedle nesaf. (Daeth sawl atgof i'w feddwl o wyliau tramor, pan oedd e wedi mynnu llusgo'r teulu ar hyd llwybrau peryglus tebyg er mwyn eu harwain at dywod rhyw draethau anghysbell yr oedd e wedi rhoi ei fryd ar eu cyrraedd. Yn styfnig a digyfaddawd. A phrotestiadau Marian y tu cefn iddo, yn pigo ar ei war.)

Pan gyrhaeddodd flaen yr adeilad o'r diwedd, gallai weld bod y wal gerrig yn diffinio tiriogaeth y capel. Gyferbyn â'r unig ddrws roedd bwlch yn y wal lle safai gatiau dwbl di-nod a ddefnyddid er mwyn mynd a dod mewn oes a fu. Roedd eu hurddas, fel eu haearn, yn rhwd. A'u defnyddioldeb wedi hen fynd i ddifancoll. Ni ddaethai na cherbyd, na cheffyl, na'r un pererin ar eu cyfyl ers sawl cenhedlaeth. Rhedai'r lôn gulaf bosibl o flaen yr adeilad, â chloddiau gwyllt o boptu iddi a glaswellt a rhedyn yn ffynnu ar hyd ei chanol.

Ofnodd mai ceisio cael mynediad i'r hen dŷ cwrdd fyddai'n rhoi'r Amen olaf ar ei antur annisgwyl. Ond er mawr syndod iddo, ildiodd y drws yn rhyfeddol o hawdd. Un hwb go egr gymerodd hi. Ni phetrusodd wedyn rhag ei wthio'n llydan agored. Camodd i mewn ac i fyny dwy ris beryglus o gul. Safodd yn stond am ennyd. Amrannodd, er mwyn cynefino â'r tywyllwch. Deallodd yn reddfol ei fod newydd gamu i fyd lle'r oedd tywyllwch a thawelwch yn dod law yn llaw.

Wrth i'w lygaid addasu, daeth i sylweddoli bod y corau wedi eu gosod fel mosaig o'i gwmpas – nid y ffurfiant cyfarwydd o resi twt a geid mewn capeli mwy o faint o gyfnodau diweddarach. Safai'r pulpud bychan nid mewn safle canolog yn erbyn y wal o'i flaen, ond ar y chwith iddo ac ar fymryn o ongl. Heb ddim a ymdebygai i sêt fawr o'i gwmpas, edrychai fel bocs sebon braidd – ond un a fynnai sylw, serch hynny. (Oedd gwir angen safle dyrchafedig ar fugail i gadw llygad ar ei braidd?)

O bren y gwnaethpwyd popeth.

Yn hongian ar y wal gyferbyn mewn ffrâm ddu roedd y geiriau 'Duw Cariad Yw' mewn llythrennau Fictoraidd, blodeuog. Ymddangosai'n gyfeiliornus o addurniedig. Fel rhyfyg. Bu'n rhyfeddod rhwysgfawr yn ei ddydd. Ond bellach, dim ond amlinelliad y llythrennau mursennaidd oedd yn aros – y lliwiau a fu'n foethus unwaith wedi pylu a dim ond ffurfiant gwag y geiriau i ddal sylw'r darllenydd. Hynny a'u hystyr.

Ni fennai dim arall ar symlrwydd y lle.

Nid oedd Beibl wedi ei adael ar y pulpud.

Muriau moel.

Dim cloc.

Gorfoleddodd Danny yn y gwacter. Nid oedd ei bwysau'n llethu'r ysbryd, yn wahanol i'r hyn a ddeuai drosto'n aml mewn neuaddau mawr. Dechreuodd ddirnad naws y Capel Gwag, gan ddeall nad oedd yno orthrwm o fath yn y byd.

Ystafell oedd hi, wedi'r cwbl. Dyna i gyd. Gallai fod yn hen sgubor neu feudy. Siambr, efallai. Siambr, yn yr ystyr o ystafell wely. Siambr, fel y byddai Gogs yn defnyddio'r gair 'llofft', meddyliodd. Llonyddwch llofft. A düwch seler.

Yn sydyn, sylweddolodd nad oedd ei gwmni ei hun yn fwrn arno fel y byddai fel arfer. Er mor affwysol o wag oedd y gofod rhwng y muriau hyn, câi gysur ohono. Roedd wedi dod o hyd i gyfeillach gudd.

O gofio'n ôl am y diwrnod hwnnw nawr, ni allai ddychmygu pam iddo feddwl rhannu'r lle â neb erioed.

*

Âi yno'n aml. Ddwywaith neu dair o fewn yr un wythnos weithiau. Dro arall, byddai wythnos neu ddwy'n mynd heibio rhwng ymweliadau. Roedd yn gyrchfan wrth fynd am dro neu fel galw ar hen ffrind pan yn digwydd taro heibio, fel petai ... ond o fwriad. *Dim ond digwydd pasio o'n i!*

Efallai mai'r unig ryfeddod i'w daro o'r newydd bob tro oedd cystal cyflwr oedd ar adeiladwaith y lle. Nid oedd amser na dyn wedi peri fawr o'u hanfadwaith arferol. Roedd hi'n wir fod peth o'r plastar wedi dod yn rhydd ger y ffenestr fechan hanner ffordd i lawr y wal gefn, a bod gwydr y paen uchaf wedi torri, ond hyd yn oed wedyn, nid oedd y darnau i gyd wedi disgyn o'u lle. Ac er i leithder greu crygni yn ei lwnc pan fyddai yno ambell dro, roedd y to'n dal yn gyflawn a fyddai'r peswch byth yn para.

Dirgelwch arall oedd y diffyg bywyd gwyllt. Er na chafodd byth wybod pryd ddaeth oes yr adeilad fel addoldy i ben, tybiai fod hanner canrif a mwy wedi mynd heibio ers i'r weddi olaf droi'n wacter yno. Byddai wedi disgwyl i haid o lwynogod neu lygod mawr neu afancod drefedigaethu'r lle ers blynyddoedd. Ond nid felly y bu. Roedd glendid yn dal yn un o'i brif nodweddion. Nid oedd yno ôl gwynt na charthion dim byd byw. Y gorau y gallai ei Gapel Gwag ei gynnig iddo oedd corryn neu ddau'n sgrialu i'r cysgodion yn awr ac yn y man – ac unwaith, cyrraeddodd yno a darganfod aderyn caeth oedd wedi hedfan drwy'r ffenestr doredig ac wedi methu dod o hyd i ddihangfa.

Er na allai honni bod golwg lewyrchus ar ei Gapel Gwag, roedd ei gyflwr yn awgrymu'n gryf bod rhywun neu rywrai'n dal i gadw llygad achlysurol arno. Rhyw warchodwr rhadlon. Rhywun a welai ryw werth i'r hen le. Unigolyn yn edrych ar ôl ei fuddiannau ei hun? Y ffarmwr a oedd piau'r tir a'i hamgylchynai, efallai? Neu ryw gorff treftadaeth a gredai mewn gwarchod 'y glendid a fu'?

Cawsai'r lle ei adael, ond nid oedd wedi cael ei adael i fynd â'i ben iddo. Rhaid bod rhyw gyfundrefn ar waith. Dechreuodd amau y gallai ambell achos colledig fod yn llai colledig na'i gilydd.

*

Nid Capel Cae Bach oedd yr unig gapel gwag o fewn lled dau gae i Ardwyn. Safai Carmel ar gyrion y pentref, tua dau ganllath heibio'r hen garej ar y ffordd tua'r gogledd. (Rhaid bod Ardwyn hanner ffordd rhwng y ddau, fwy neu lai, mewn rhyw dir neb di-gred.) Er nad oedd yn arbenigwr ar bensaerniaeth capeli, cymerodd Danny'n ganiataol fod yr horwth hyll o frics coch yn dod o ddiwedd yr Oes Aur – cyfnod hwyrach o lawer na'i Gapel Gwag ef. Adeilad a godwyd i ddiwallu gofynion oes a oedd ond y dim â diflannu o'r tir, meddyliodd. Siambr gladdu.

Fel cromlechi cyfoes y gwelai Danny'r holl gapeli gwag a frithai'r wlad. Adfeilion oedd yn mynd i gael eu gadael i genedlaethau'r dyfodol, yn greiriau o gynfyd y genedl. Fel cregyn moel. Fe allai ambell un fod o ddiddordeb hanesyddol, o bosibl. Yn eiconig hyd yn oed. Ond fyddai'r un ohonyn nhw byth yn cael ei ystyried yn egsotig. Ac o hyn ymlaen, byddent wastad yn wag.

Yn yr ymadrodd 'capeli gwag', ofnai Danny fod peryg i'r rhan fwyaf fethu'r ergyd, heb sylweddoli mai'r gair gweithredol bob amser oedd 'gwag'.

*

'Newyddion da dros ben. Gobeithio'n wir y bydd hi'n llwyddiannus, weda i.'

Pan wasgodd Danny'r botwm priodol mewn ymateb i ganiad y ffôn, roedd wedi disgwyl clywed llais Martin, yn llawn trefniadau ar gyfer trannoeth. Ond yn lle hynny, yr hyn a ddaeth i'w glyw oedd llais ei chwaer, Selena. Prin iawn y gwelai'r ddau ei gilydd, er eu bod nhw'n byw yn yr un sir. Dydd Sul oedd eu diwrnod arferol ar gyfer cadw mewn cysylltiad ac anesmwythodd Danny pan ddeallodd mai hi oedd yno. Nid dydd Sul oedd hi heddiw. Oedd e'n iawn i ofni'r gwaethaf? Wrth i'r dydd fynd rhagddo, daeth i gredu'n gryf bod rhywbeth tyngedfennol, os nad terfynol, wedi ei fwriadu ar ei gyfer.

Difarodd bron yn syth iddo sôn gair o'i ben am gyfweliad Rhiannon. Clecs teuluol fyddai prif fyrdwn sgyrsiau ffôn ei chwaer ac yntau fel rheol. Doedd ceisio rhoi'r argraff iddi fod Cymraeg cyson rhyngddo ef a'i ferch ddim yn debyg o ddal dŵr. Fe wyddai Selena'n well na hynny.

'Dyw hi ddim yn swno'n rhy *keen*, a gweud y gwir,' ceisiodd Danny ei pharatoi am siom.

'Ond mi fydde'n braf 'i cha'l hi 'nôl fan hyn, yn nes at 'i chynefin.'

'Wel! 'Na'r peth, ti'n gweld, Sel. Sda hi ddim i'w ddweud wrth Aber a gweud y gwir. A Chaerdydd yw 'i chynefin hi.

Ar wahân i ddyddie coleg, dyw hi erio'd wedi byw yn unman arall.'

'Ond walle welet ti fwy ohoni.'

'Go brin.'

'O, wel! Gwed ti.'

Roedd Selena'n gredwr cryf yn yr athroniaeth, 'Mynd yn Ôl i'r Wlad i Fyw'. Dyna fyddai hi'n ei argymell ar gyfer ei chyd-Gymry bob cyfle gâi, er nad oedd ganddi unrhyw brofiad personol o'r ffenomenon, gan na fu ganddi erioed ddigon o gyts i fadael yn y lle cyntaf i'w galluogi i 'fynd yn ôl' at ddim.

'Sdim rhyfedd nad o's arni fawr o whant galw arnat ti,' aeth hithau yn ei blaen yn chwim. 'Alli di feio neb ond ti dy hunan.'

'Diolch, Sel! Wy'n gwerthfawrogi dy ga'l di'n gyment o gefen ifi . . .'

'Mae'n hen bryd iti ffeindo menyw arall i roi trefen arnat ti,' brathodd ei chwaer yn ôl. 'Ma'r tŷ 'na fel amgueddfa 'da ti. Gest ti rỳg newy' yn yr *hall* 'na byth? O'dd isie rhoi ffling i'r hen un o'dd 'na y diwrnod symudest ti mewn. A 'se llond sgip o gelfi erill wedi ca'l eu towlyd ar ei ben e 'ed, 'sen i wedi ca'l 'yn ffordd y diwrnod 'ny . . .'

Hen bregeth oedd hon. Un nad oedd ar Danny angen ei chlywed drachefn. Fe'i clywsai gan amryw eisoes, nid Selena'n unig. Bu sawl un yn swnian arno i roi ei stamp ei hun ar Ardwyn. Cael gwared ar lawer o'r hen ddodrefn a ddaeth gyda'r lle. Troi'r ardd. Gwneud ymdrech i roi ei farc ei hun ar ei gartref newydd.

Cysgai beunos mewn gwely yr oedd ei ffrâm wedi dod o le anhysbys rywbryd yn ystod saithdegau'r ganrif ddiwethaf. Gan iddo ddod â matras newydd sbon gydag ef o Gaerdydd y diwrnod y symudodd i mewn, roedd wedi taflu'r hen un i waelod yr ardd – ond ar wahân i hynny, nid oedd wedi newid fawr ar ddim. Gorweddai'r hen fatras yng ngwaelod yr ardd o hyd. Siawns nad oedd wedi cael cyfle i ymgynefino â'i rôl newydd erbyn hyn – yn cynnig lloches i fywyd gwyllt y fro. Tybiai Danny ei bod hi'n hen bryd iddo fod o gysur i'r brodorion o'r diwedd, ar ôl oes o swcro cwsg a chwantau creaduriaid o bant.

Ym meddylfryd Danny, doedd bod yn salw neu'n anffasiynol ddim yn ddigon o esgus ynddo'i hun dros gael gwared ar ddim. Wyddai e ddim pam fyddai neb yn breuddwydio gwneud y fath beth os oedd y gwrthrych yn dal i ateb y galw. Tra perthynai rhyw 'ddefnyddioldeb' i ddodrefnyn, câi aros.

Yr un athroniaeth a weithredai gyda'i ddillad hefyd. Mewn dyddiau a fu, Marian fyddai'r un i 'glirio dy wardrob o lanast', chwedl hithau, trwy gludo llwyth o hen ddilladach i siop rhyw elusen neu'i gilydd pan fyddai hi wedi laru eu gweld amdano. Ond o'i ran ei hun, ystyriai ambell ddilledyn yn hen ffrind yr oedd yn dychmygu mynd i oed yn ei gwmni. Nid ar chwarae bach y diystyrai gerpyn o'r fath. Gallai Danny fod yn driw drybeilig.

Hoffai ambell ddodrefnyn er ei fwyn ei hun hefyd, nid dim ond am ei fod yn ddefnyddiol. Y bwrdd gwisgo *art deco* yn ei ystafell wely, er enghraifft. Hoffai hwnnw'n fawr. Hwnnw oedd y darn a hoffai fwyaf yn y tŷ.

Dychmygai Danny iddo fod yn was ffyddlon i'w feistres wreiddiol o'r dydd y prynwyd ef iddi. Ac roedd wedi cadw ei chyfrinachau ar hyd y cenedlaethau. Fe'u cadwai o hyd – os bu ganddi rai. Nid oedd ar y dodrefnyn olion dannedd yr un grib a ddigwyddodd sgathru wyneb y pren rywdro, na staen yr un botel bersawr a sarnwyd ar ddamwain. Gyda'i ddrych a'i ddroriau crwn, edrychai'r celficyn fel petai'n perthyn i'r un cyfnod â'r tŷ ei hun.

Bob nos, wrth glwydo, byddai Danny'n tynnu ei oriawr oddi ar ei arddwrn, yn gwacáu ei bocedi o arian mân ac allweddi ac yn gadael ei betheuach oll ar ben y pren sgleiniog. Hyd yma, roeddynt wedi bod yno o hyd yn disgwyl amdano bob bore.

Celficyn rhywun arall, o bosib. Ond trugareddau Danny.

*

Dim ond ar ôl i'r alwad ddod i ben y gwawriodd hi arno mai gwir reswm ei chwaer dros ffonio oedd dweud wrtho bod ei mab yn ymddangos ar ryw sioe deledu drennydd.

Cafodd Danny bwl o euogrwydd. Roedd y sgwrs wedi dirywio'n goethan diwerth rhyngddynt. Rhyfedd sut y gallai brodyr a chwiorydd yn eu llawn oed a'u hamser ddal i droi'n blant ar brydiau!

Roedd ei atgofion ef a Selena o'u magwraeth yn wahanol iawn i'w gilydd. Er mai'r un amgylchiadau a'r un bobl oedd wedi dylanwadu arnynt, dwy stori gecrus, groes i'w gilydd fyddai ganddyn nhw i'w hadrodd yn aml. Tan yn ddiweddar, roedd Danny wedi bod yn argyhoeddedig mai fe wyddai orau, ond erbyn hyn, doedd e ddim mor siwr. Ofnai ei fod wedi cam-drin gormod ar atgofion ei blentyndod i allu ymddiried ynddynt.

Yn ôl ei arfer, dihangodd Danny at gysur esgusodion. Onid oedd hi'n amhosibl rhoi coel ar bopeth a ddywedid wrtho? Roedd pawb yn cyfeiliorni weithiau. Y gwir oedd na allai hyd yn oed ymddiried yng ngeirwirdeb y rhai a aethai o'i flaen i enwi dim yn onest. Er enghraifft, chafodd Ardwyn mo'i godi ar dwyn o fath yn y byd. Pan sylweddolodd hynny gyntaf, cafodd ei demtio i newid yr enw, ond adeg codi'r tŷ lluniwyd chwe llythyren y gair Ardwyn mewn concrid i'r chwith o'r drws ffrynt. Ar ben hynny, doedd dim rhif nac enw stryd i'w gyfeiriad, a fu ganddo mo'r amynedd i fynd i'r afael â'r dryswch biwrocrataidd a fyddai'n siwr o ddilyn.

Roedd y celwyddau a'i hamgylchynai'n frith. Doedd 'run rhosyn i'w weld ar gyfyl gardd Rose Villa. A doedd dim castell yn Nant Castell . . .

'Ond *mae* 'ma nant!' Rhuthrodd Mary Lloyd i'w gywiro pan geisiodd dynnu'i sylw hithau at yr holl gamenwi a fu yn y fro. 'Mae'n llifo ar hyd y cyrion, tu cefn i Carmel. Os ewch chi am dro i'r cyfeiriad hwnnw rywdro, edrychwch draw i'r chwith, ar bwys y troad at y Pandy . . . i lawr i gyfeiriad y coed. Fan'na ma'r nant yn llifo. Slawer dydd, rwy'n cofio fel y bydde llawr y glyn yn ferw las o n'ad fi'n angof.'

Dygasai'r atgof hwnnw i gof â'r fath dristwch yn ei llais, fe'i clywai byth. Ac roedd hi'n llygad ei lle, wrth gwrs – roedd yno nant.

Addawodd Danny iddo'i hun yn ddi-ffael y byddai'n cofio gwylio'i nai ar y teledu drennydd ac yna rhoi caniad sydyn i Selena i roi gwybod iddi pa mor dda oedd e. Dylai hynny fod yn ddigon i dawelu'r dyfroedd, meddyliodd.

*

O'r holl greiriau a geriach a ddaeth gydag Ardwyn, y stôf oedd yr eitem fwyaf anniddorol o bell ffordd. Edrychai'n anhygoel o gyfoes – un o'r ychydig bethau yno a edrychai fel petai'n perthyn i'r unfed ganrif ar hugain. A doedd hi ddim yn anneniadol chwaith, yn ei ffordd ei hun. Yn wir, hi oedd seren y sioe yno yn y gegin bren, gan ei bod yn sbloet o grôm a gwydr adlewyrchol du.

Ar ben pellaf un o'r unedau eisteddai peiriant coffi drudfawr a oedd hefyd yn ddigon o ryfeddod. Ond ef ei hun oedd wedi dodi hwnnw yno, ar ôl ei brynu ar-lein, tra oedd y stôf yn rhan gynhenid o'r hyn oedd Ardwyn o'r diwrnod cyntaf y daeth i gymryd golwg ar y lle.

Ni fu fawr o ddefnydd arni cyn ei ddyfod, mae'n ymddangos. Efallai mai dyna oedd o'i le arni. Edrychai'n rhy lân a digymeriad o'r hanner.

Wrth rythu'n hurt arni, ystyriodd fel yr oedd iddi bedwar cylch. Cyfrodd nhw fesul un ac un, fel plentyn yn dysgu rhifo. Petai e'n rhwbio'i fys yn ysgafn dros y panel cywir (doedd dim angen gwneud dim byd mor ddi-chwaeth â gwasgu), fe loywent oll er ei fwyn yn dyner eu lliw a chrasboeth eu gwres . . . fel cusanau tinboeth rhyw hudoles nad oedd eto wedi ei chwrdd.

Yna, cynddeiriogodd wrtho'i hun a thorrodd toreth o regfeydd drwy ei feddwl. Bron na allai glywed ei hunan-barch yn cleisio'n ddu-las oddi mewn iddo, cymaint y ffieiddiai ei hun. Gweld ei stôf yn nhermau menyw, wir! Onid dyfais ar gyfer twymo ffa pob a berwi ambell daten oedd dan sylw? Nid gwrthrych serch.

Efallai mai am iddo dynnu blaenau ei fysedd mor dyner dros yr wyneb gwydrog yr oedd e wedi synhwyro'r perygl. Doedd e erioed wedi gwneud hynny gyda Marian. Synhwyro'r perygl.

Er gwaetha'r ffaith annisgwyl nad oedd Danny'n gwbl ddi-glem mewn cegin, prin y rhoddai e'r holl gampau coginio a oedd o fewn gallu'r stôf ar waith. Am ryw reswm, chafodd e erioed ei ysbrydoli i goginio go iawn ers dod yno i fyw. Roedd hi'n handi a hwylus ac yn un hawdd ei rheoli. Ond dyna i gyd. Mwy o gyfleustra nag o gariad – am mai gwrthrych i'w defnyddio oedd hi, yn hytrach na dim a gorddai unrhyw addfwynder ynddo. Digon gwir – roedd hi'n siapus a thrawiadol ei dyluniad. Ond dyna i gyd. Fyddai hi byth yn perthyn iddo yng ngwir ystyr y gair.

A stôf drydan oedd hi hefyd. Doedd hynny ddim o'i phlaid. Petai hi'n dod i'r pen arno, fedrai hon mo'i helpu.

*

Yn unol â chyffredinedd arferol ei ddyddiau, roedd hi'n ymddangos fel petai heddiw'n mynd rhagddo'n go debyg i bob heddiw arall a ddeuai i'w ran. Ond yn y dirgel, credai Danny'n gryf fod rhyw ragluniaeth ar waith ers yr oriau mân, byth ers iddo gael ei ddychryn ganddi. Rhybudd? Ie. Ond mwy na hynny. Dedfryd hefyd. Ben bore, roedd hi'n wir i'w lenni tenau ollwng golau dydd i'w ystafell wely fel rhidyll rhad – yn ôl eu harfer. Dyna a'i dihunai'n rheolaidd. A do, daeth wyneb Marian o'r isymwybod wedyn, i dreiddio o dan ei amrannau – y Farian daer, feunyddiol! Ond hyd yn oed bryd hynny, bu'r hyn a oedd yn ei ben a'r hyn a oedd ar ei feddwl yn ddau beth gwahanol iawn i'w gilydd.

Marian a welai, ond am y gwirionedd anorfod fod i bob trydydd dydd ei drydedd awr y meddyliai.

Deallai er pan oedd yn ifanc fod gan bawb ei agenda ei hun

mewn bywyd – ac mai 'Fi' oedd byrdwn pob eitem arni, fwy na heb. Ond wyddai e ddim ai ar hap oedd e wedi digwydd dihuno'r union eiliad honno yn y nos, ynteu ai ef ei hun oedd wedi ewyllysio hynny.

Pam fu darllen wyneb cloc am dri o'r gloch y bore fel edrych i fyw llygaid Duw? 'Am fod pam yn bod a bod yn pallu', tybiodd gan wenu. Dyna'r ateb a roddai ei fam iddo slawer dydd pan na allai honno feddwl am ddim byd gwell i'w ddweud i roi taw ar chwilfrydedd plentynnaidd ei mab.

Roedd yr hyn a welai fel byrdwn y bygythiad yn mynnu troi yn ei ben drwy'r dydd. Gwyddai iddo deimlo rhywbeth yn torri trwy ei berfedd, yn lân ac yn llyfn fel llafn pladur. Fe gofiai hynny'n iawn. Yn hebrwng y cynhaeaf, tybiodd. Ond bu mwy i ias y nos na chwys oer yn unig. Nid oedd yr hyn a brofodd neithiwr wedi bod heb ei gysur.

Bu anwiredd yn ail natur i'r nos erioed, tybiodd. Yn rhan annatod o'i gogoniant. Un o hanfodion twyll oriau'r tywyllwch. Dychmygai gynfyd lle'r oedd ei gyndadau cyntefig wedi arswydo o gael oriau'r dudew'n disgyn drostynt mor rheolaidd – beunos yn wir, bob pedair awr ar hugain, 'blaw nad oedd ganddynt eto ffordd o'u mesur. Dyna pam y bu'n rhaid i'r ddynoliaeth greu celwyddau, tybiodd. Er mwyn lliniaru'r cur. Dyna'r ddamcaniaeth. A dyna dybiai Danny.

Un da am dybio oedd Danny.

*

Roedd hi eisoes wedi dechrau nosi erbyn iddo ildio i'r anorfod a dechrau ar ei daith tua'r Capel Gwag. Cerddodd yn gyflym er mwyn cynnal ei wres. Serch y ffydd a ddangosodd Hannah yn y proffwydi tywydd yn gynharach, ni chododd y tymheredd fawr wrth i'r diwrnod fynd rhagddo.

Nododd ei bod hithau'n dal ar ei thrafels yn rhywle. Doedd dim golwg o gar ger Rose Villa a safai'r tŷ mewn tywyllwch. Doedd e ddim am feddwl amdani ac aeth yn ei flaen heb oedi.

Yn y gwyll, edrychai'r goedlan fechan yn fwy unig nag arfer. Roedd hanner y canghennau'n dal i ddisgwyl eu dogn o ddail am y flwyddyn. Ni chlywai gân yr un aderyn. Aeth heibio iddi'n gyflym.

Wedi iddo gyrraedd y capel a mynd i mewn, daeth yn ymwybodol iddo sgathru cledr ei law wrth ymlwybro dros y clogfeini'r tu allan. Eisteddodd mewn côr am ennyd, yn chwythu i'w ddwrn chwith, a chyn pen dim sylweddolodd fod oerni'r hwyr brynhawn wedi bod yn gweithredu fel anesthetig. Wrth i'w law gynhesu yng ngwres ei anadl, cynyddu wnâi'r gwayw. O ran ei olwg, roedd cochni'r briw eisoes yn llai llachar – ond yr un pryd, doedd dim gwadu nad oedd y boen bellach yn fwy byw.

Fe ddylai fod wedi gwisgo menig, meddyliodd. Twpsyn!

Nid oedd yn arfer cysylltu ei Gapel Gwag â gwewyr o unrhyw fath. Dyna oedd wedi ei ddrysu. Nid bod y lle'n ddideimlad yn ei olwg. I'r gwrthwyneb. Ers iddo'i ddarganfod gyntaf, câi fod rhywbeth teimladwy iawn yn cyniwair rhwng y muriau hyn. Ond nid dim a fyddai'n ei amlygu ei hun mewn modd corfforol. Tan heddiw, ni theimlodd ddim byd tebyg i boen yma.

Fel arfer, yr hyn a deimlai yma oedd y gwrthwyneb llwyr i boen. Wyddai e ddim a oedd gair penodol am y cyflwr annelwig hwnnw mewn unrhyw iaith, ond synhwyrai mai gair tebyg i'r hyn a deimlai nawr fyddai petai 'na air o'r fath yn bod. Rhywbeth niwtral, di-ddim oedd ei sŵn. Heb na llid na gorfoledd na chwant ar ei gyfyl. Pan ddôi i eistedd yma, ni fyddai hyd yn oed yn llenwi â chynddaredd. Ni fyddai'n dannod dim i neb. Nac yn ei gasáu ei hun yn llwyr. Yma, roedd hi bob amser yn dawel fel y bedd a waeth pa awr o'r dydd fyddai hi, roedd hi wastad yn ddiwedydd.

Yr unig wahaniaeth heddiw oedd ei bod hi'n nes nag arfer at y nos go iawn arno'n cyrraedd. Ai dyna pam y bu i'w law lithro gynnau heb iddo hyd yn oed sylwi ar y dolur? Nid oedd erioed wedi mentro yma yn y tywyllwch o'r blaen. Dihangfa oriau'r dydd fu'r Capel Gwag hyd yn hyn − a hynny ar ddechrau'r prynhawn gan amlaf. Roedd 'na rywbeth rhyfeddol ar droed. Rhywbeth nad oedd wedi llwyddo i'w ddirnad yn llwyr.

Ai eithriad o ddiwrnod oedd hwn? Ynteu diwrnod eithriadol?

Pylodd y llosgi yn ei law chwith. Mwythodd hi yn ei gesail dde. Yn reddfol, llithrodd ei law dde i'w gesail chwith mewn cydymdeimlad. Siglodd ei hun yn ôl a blaen. Roedd y baban yn ei grud drachefn, er nad oedd awr ei eni wedi cyrraedd eto.

*

'Nid heno, Josephine!' dywedodd Hannah. 'Dyna dach chi'n feddwl, yntê? Dwi'n dallt i'r dim.'

'Na,' ffwndrodd Danny'n ateb. 'Wel, ie! O'r gore! Os mai felly dach chi am ei gweld hi. Ond dwi ddim am ichi weld chwith chwaith.'

'Wna i ddim, siwr,' sicrhaodd hithau ef yn siriol. 'Dim ond meddwl wnes i eich bo' chi fama ar eich pen eich hun a finna

draw acw yn Rose Villa . . . hefyd ar 'y mhen fy hun bach . . .
A hitha'n noson oer. Ond dyna fo. Wna i mo'ch styrbio chi. Fe
af i, ylwch, ac fe af i â'r botel win 'ma efo fi – a dod yn ôl ryw
noson arall pan fyddwch chi'n teimlo . . . wel, yn teimlo mwy
o angen cwmni, gawn ni ddeud.'

Doedd dim gwadu nad oedd rhywbeth hynaws iawn am yr
Hannah hon. Dros ysgwyddau Danny'n unig y gorweddai
mantell lletchwithdod. O'i rhan hi, roedd hi'n amlwg yn rhydd
o bob embaras, er mai hi oedd yr un a 'gadd ei gwrthod.'

'Rywbryd eto, ella,' dywedodd a gwyddai Danny mai
rywbryd eto roedd hi'n ei feddwl hefyd.

Wrth iddo ymlwybro adref ar draws y caeau awr neu ddwy
ynghynt, roedd wedi nodi bod golau i'w weld yn Rose Villa
erbyn hynny a bod y car ar fin y ffordd. Ond mynd heibio cyn
gynted ag y gallai wnaeth e, er mwyn cyrraedd 'nôl i hafan
Ardwyn a mwy o'i gwmni ei hun.

Pan ganodd y gloch beth amser wedyn, roedd ei galon wedi
suddo fymryn. Roedd hi mor serchus a hwyliog a'i bwriadau
mor amlwg, nid hawdd oedd dweud na.

'Dwi ddim am gymryd dim yn ganiataol,' ceisiodd egluro
iddi. 'Yn enwedig ar ôl y tro o'r blaen.'

'Ddaru chi ddim cymryd dim yn ganiataol, siwr. Gawson ni
hwyl, yndo? Rown i dan y dybiaeth inni ddod ymlaen siort
ora y tro o'r blaen,' heriodd hithau.

'Wel, do! Wrth gwrs. Fe ddaru ni!' Hyd yn oed wrth
ddweud y geiriau, gwyddai Danny ei fod yn swnio mor llipa
â bara gwlyb.

'Wel, dyna ni 'te.'

'Ond beth am Kyle?'

'Beth am Kyle? Clywch, dw i'n addo ichi nad ydach chi mo'i

deip o! Y rhyw anghywir yn un peth.' Roedd hi wedi chwerthin yn iach wrth siarad. 'Rown i'n meddwl 'mod i wedi egluro hyn i gyd y noson honno . . .'

Gwyddai Danny i sicrwydd nad oedd hi wedi gwneud dim o'r fath beth y noson honno. Gallai gofio'r amgylchiadau'n iawn er gwaetha'r gwin. Tua chanol nos roedd Kyle wedi gwneud ei esgusodion ac wedi ei gwadnu hi'n ôl i Rose Villa, yn gwbl hapus, mae'n ymddangos, i adael ei wraig yno, i gael 'un gwydraid bach olaf'.

Er i Danny achub mantais ar y cynnig a gafodd heb feddwl ddwywaith, roedd yn dal i ryfeddu sut roedd rhai pobl yn dewis byw. Nid ei fod yn difaru dim. Bu Hannah yn werddon ynghanol diffeithwch a bu hynny ynddo'i hun yn ddigon i ofalu bod yr orig honno'n un a gofiai'n glir – yn gywir a chysáct. Fu 'na fawr o siarad, a'r unig ofid a oedd wedi mynnu loetran yng nghefn ei feddwl wedyn oedd fod Rose Villa ac Ardwyn yn rhy gyfleus o agos at ei gilydd. Roedd y lôn mor ddiarffordd fel y byddai hyd yn oed draenogod a gwahaddod y fro yn mynd i'w gwâl linc-di-lonc ar hyd ei chanol, gan wybod i sicrwydd, bron, nad oedd perygl yn y byd y dôi dim a'u lladd.

'Chi ŵyr am eich priodas eich hun, mwn,' mentrodd Danny'n ddifrifol.

'Wel! Dw i'n briod. Dach chi'n briod. Mae pawb . . .'

'Na, tydw i ddim yn briod,' torrodd Danny ar ei thraws heb na cherydd na gwên. 'Ddim bellach.'

'Sori. Wedi ysgaru 'te, ddylwn i ddweud. Fe ddwetsoch chi'r hanes. Swnio'n erchyll. Ond ddyliach chi ddim chwerwi, chwaith.' Roedd ganddi'r gallu i swnio'n ddidwyll hyd yn oed wrth siarad yn ysgafn am bethau difrifol. 'Wel! Ma' perthynas pawb yn wahanol, yntydi?'

'Ac eto mae pob perthynas dan haul yn od o debyg i'w gilydd yn y bôn, os gofynnwch chi i fi.'

'Dyna chi eto! Dweud petha proffownd fel 'na,' meddai. 'Dyna sy'n dod o fod yn ddeallusyn.'

'Dw i ddim yn ddeallusyn,' mynnodd Danny.

'Academydd, 'te.'

'Dw i'n bendant ddim yn academydd.'

'Athro mewn coleg o ryw fath? Neu beth bynnag roeddech chi'n arfer ei wneud? Cym on! Peidiwch â bod yn rhy lawdrwm arna i. Dw i'n trio'n galed iawn i fod yn ffeind.'

Dechreuai swnio fel petai hi'n colli diddordeb, tybiodd Danny. Neu ai tinc o watwar oedd i'w glywed yn ei llais? Y naill ffordd neu'r llall, roedd ganddi gof rhy dda.

'Darlledwr?'

Doedd hi ddim yn gwawdio, barnodd, ond doedd hynny ddim yn gyfystyr â dweud nad dyna deimlai ef oedd ei haeddiant. Gwên fu ei unig ymateb, gan wybod bod ei frolio bas wedi ei daflu'n ôl i'w wyneb fel slap. Oedd 'na ddim pall ar ei allu i'w fradychu ei hun?

Daeth cael gwared arni'n rheidrwydd iddo. A hynny'n ddiymdroi. Hi a'i photel win.

'Anghofiwch y darlledwr a phopeth arall rwy wedi'i ddatgelu amdanaf fy hun cyn hyn,' dywedodd wrthi'n gadarn gan ei harwain yn ôl at y drws ffrynt roedd hi newydd ddod trwyddo. 'Fe lyna i at fod yn feudwy. Dyna alwoch chi fi'r bore 'ma ac mae'r ddelwedd honno'n gwneud y tro i'r dim.'

*

Cafodd fwy o flas ar y bastai stêc a cidni nag oedd ganddo hawl i'w ddisgwyl.

Gynnau, wrth iddo siarad â Hannah yno yn y gegin, roedd y gwres cynyddol a godai o'r ffwrn wedi ei gymell at fwyd. Efallai mai'r chwant hwnnw oedd wedi pylu pob chwant arall dros dro. Y gwir oedd nad oedd wedi bwyta fawr o sylwedd drwy'r dydd.

Ddwyawr yn ôl, wrth gerdded adre, roedd wedi breudd-wydio am ei swper, ond ar ôl cyrraedd clydwch cymharol Ardwyn, buan yr anghofiodd nad oedd dim ond gwynt a gwenwyn yn ei gylla. Arllwysodd ddiod iddo'i hun yn lle hynny. Trodd ei sylw at y teledu wedyn, dim ond i'w ddiffodd drachefn cyn cael un bach arall a mynd i weld beth oedd gan ei sgrin arall i'w gynnig. Gair o gydnabyddiaeth wedi cyrraedd oddi wrth Rhiannon, efallai? Neu gan Martin? Na, dim. A'r un dim yn union oedd wedi cael ei anfon gan bawb o'i gydnabod. 'Run gair oddi wrth ddiawl o neb.

Pan na allai anwybyddu gofynion ei fola foment yn hwy roedd wedi mynd trwodd i'r gegin, gyda diflastod un sy'n gorfod ildio i'r anorfod. Wrthi'n defnyddio'i fysedd i ddechrau rhoi hudoliaeth gyfrifiadurol y stôf ar waith oedd e pan ganodd y gloch. Dyna pryd y cyrhaeddodd Hannah.

'Haia! Rown i'n meddwl ella 'sach chi'n licio cwmni.'

Rong!

Ar ôl llwyddo i'w hel yn ôl i'r nos, dychwelodd Danny i'r gegin i roi'r bastai yn y ffwrn. Yna, crafodd ei ben am damaid i gyd-fynd â hi a thwriodd drwy'r bocs llysiau ar drywydd rhywbeth ffit i'w fwyta. Canfu sawl taten a oedd wedi hen fydru y tu hwnt i bob achubiaeth. Llwyddodd i arbed yr hyn a allai o dair arall. Roedd yno ddwy foronen ddu a thri afal a unwyd mewn angau o dan amdo llwyd. I'r bin â nhw bob un, meddyliodd.

Ond wrth droi at hwnnw, yn ymyl y sinc, gallai glywed y drygsawr rhyfedda'n codi ohono ac yn dod amdano.

Rhaid bod ffroenau Hannah hefyd wedi sylwi ar gyflwr y gegin, tybiodd. Sut nad oedd ef ei hun wedi sylwi ar y gwynt afiach cyn hyn? Tybed ai newydd ddod i'r amlwg yn ystod y munudau diwethaf yn unig oedd y drewdod? Effaith y gwres a ddeuai o'r ffwrn, efallai? Cofiai sut yr oedd y loes ar ei law yn y Capel Gwag wedi ei amlygu ei hun wrth iddo anadlu arni. Rhyw ffenomenon wyddonol oedd ar waith, mae'n rhaid. Oedd cynyddu'r tymheredd yn gyfystyr â miniogi'r synhwyrau?

Wyddai e mo'r ateb. Doedd e'n ddim mwy o wyddonydd nag oedd e o academydd, darlledwr neu ŵr priod. Er iddo droi ei law at sawl peth yn ystod ei oes, ar ddiwedd y dydd, nid oedd ganddo afael ar ddim ond damcaniaethau'r gwahanol feysydd y bu'n pori ynddyn nhw. Hyd yn oed wrth ymresymu felly, amheuai ai 'gafael' oedd y gair priodol. Yn ei hanfod, siawns nad cysyniad yn unig oedd pob damcaniaeth tan i ddyn ei phrofi a'i gwireddu drosto'i hun. O'i roi felly, go brin y gallai honni ei fod wedi cael gafael ar ddim erioed.

Mwy o falu cachu ar ei ran, meddyliodd.

Hyrddiodd follt y drws cefn ar agor. Cododd y sach blastig o'r bin sbwriel â'i ddwrn cydnerth a chlymodd gwlwm sydyn ynddi i gau ei cheg, cyn ei hebrwng hithau i'r nos. Roedd Danny'n gynddeiriog. Ag ef ei hun a'r byd. Ond ag ef ei hun yn bennaf. Rhaid bod yr Hannah fach handi 'na wedi chwerthin yr holl ffordd yn ôl i wely ei gŵr y noson honno y buon nhw'n ymrafael â'i gilydd lan lofft. Gwelodd ddarlun ohono'i hun yn ei ben a dechreuodd gerdded ynghynt i lawr llwybr yr ardd er mwyn dianc rhagddo.

Dyna, mewn difri calon, beth oedd ystyr dyn canol oed yn arllwys ei gwd. Iddi hi, fyddai ei gampau rhywiol ef yn ddim ond tipyn o sbort. Un ffordd hwyliog arall o ddygymod â diflastod bywyd diarffordd Dyfed. Darparodd egwyl o ddifyrrwch a rhyddhad – a dyna ni. Yn gorfforol, doedd dim mwy iddi. Ond roedd goblygiadau'r siarad a fu rhyngddynt yn wahanol. Yn y cleber roedd y brad go iawn bob tro.

Yn ddiseremoni, cododd gaead y bin mawr a ddarparai'r cyngor ar gyfer sborion dyneiddiach. Ceisiodd daflu'r sach blastig i'w berfedd ond gwrthododd y caead gau'n ddestlus â'r glep ddisgwyliedig. Allai dim byd ddal mwy na'i lond.

Wythnos ar ôl wythnos, oni fyddai'n dweud wrtho'i hun am lusgo'r bin hwn allan o gysgod y sièd ac i ben y ffordd, fel roedd disgwyl i bob dinesydd da ei wneud y dyddiau hyn? Ond roedd hi'n amlwg fod sawl wythnos wedi mynd heibio ers iddo lwyddo i wneud hynny. Rhegodd a rhynnodd. Cydiodd yn y sach drachefn a'i thaflu ar lawr. Ar hynny, disgynnodd y caead o'i law ac o'r diwedd fe dorrwyd ar y tawelwch gan sŵn y caead yn diasbedain.

Yn sydyn, sylwodd ar y sêr. Fe fuon nhw yno drwy'r amser, wrth gwrs. Ond ers iddo adael y gegin, pethau hyll o wneuthuriad dyn oedd wedi dwyn ei sylw i gyd – y concrid dan draed, y bin gorlawn a'i gaead. O gael ei gyfareddu'n ddisymwth gan y ffernols uwchben yn pefrio yn ffurfafen y nos, toddodd yr elfennau diriaethol hyn i gyd yn rhan o ymarferoldeb dibwys bywyd bob dydd. A llithrodd ei lid i le mwynach.

Anghofiwyd Hannah.

'Nôl yn y gegin, tynnodd becyn o india corn o'r rhewgist a rhoes beth ohono i ferwi yn yr un sosban â'r darnau tatws y llwyddodd i'w hachub.

Pan oedd popeth yn barod ganddo, aeth i eistedd wrth fwrdd y gegin gefn – yr un bwrdd yn union ag y safai'r cyfrifiadur arno. Deuai golau o'r sgrin, mae'n wir, ond ar wahân i hynny, bwytaodd mewn tywyllwch. Roedd wedi gadael y llenni'n agored a diffodd y golau mawr cyn eistedd, fel y gallai ddal i rythu ar y sêr wrth swpera.

*

Siglodd ei gorff yn ôl ac ymlaen yn araf er mwyn parhau i greu'r tonnau ysgafn a lusgai dros ei fol ac i fyny drwy flew ei frest. Gwefr syml. Ond un a fwynhâi, serch hynny.

Roedd wedi tynnu'r gwresogydd paraffîn at ddrws agored yr ystafell ymolchi ac o ganlyniad gallai ddal i loetran yn lled gysurus, er bod y dŵr o'i gwmpas wedi hen lugoeri. Wyddai e ddim faint o'r gloch oedd hi. Oedd hi eisoes yn fory? Synhwyrai ei bod hi'r hyn y byddai pobl yn ei alw'n 'hwyr'. Rhy hwyr i wneud yr holl bethau y dylai fod wedi mynd i'r afael â nhw ers dyddiau. Rhy hwyr i gymoni tipyn ar y lle ar gyfer ymweliad Martin. Rhy hwyr i fynd i Gaerfyrddin neu Lambed i gael cyflenwad deche o fwyd i'r tŷ.

Hyd yn oed heddiw, ac yntau wedi meddwl am Martin ar adegau, doedd hi ddim wedi bod yn rhy hwyr iddo wneud ymdrech o ryw fath. Un gymharol fechan fyddai hi wedi ei chymryd i hel mymryn o lwch a gwthio'r hwfer dros y carpedi. Gallai fod wedi gwneud cymaint â hynny, o leiaf.

Ond na, roedd Danny Thomas yn rhy benstiff a hunanol i

ddim. Yn y bôn, efallai mai jest jogi oedd arno, gormod o ddiogi i wneud y peth lleia dros y rhai roedd e'n esgus eu bod nhw'n bwysig iddo. Anesmwythodd a theimlodd don arall yn mwytho'i gorff a chosi ei ên.

Gwyddai ei fod yn ddiogel am heno. Ie, am heno, ystyriodd. Am heno'n unig. Darbwyllodd ei hun nad oedd modd yn y byd na châi weld Martin yfory. Roedd yr awr ar ddyfod.

Onid oedd pob awr a addawyd i ddyn yn siwr o ddod i'w ran yn ei thro? . . . Ac yna'n siwr o ddirwyn i'w therfyn hefyd? Ar wahân i'r awr anorfod honno – yr un na welai'r un dyn byw mohoni. Honno oedd yr awr a ddechreuai yr eiliad y byddai farw. Edrychodd yn reddfol tua'i arddwrn. 'Tri blewyn wedi'r ploryn' oedd hi, fel y dywedid wrtho'n blentyn. Ymsythodd, gan dorri ar rythm y tonnau. Am y tro cyntaf ers sbel, roedd e bellach yn eistedd yn y bath yn hytrach na gorwedd ar ei hyd ynddo.

Cododd ei bengliniau o'r dŵr, clymu ei freichiau amdanynt a phwyso'i ben o'i flaen mewn ystum o fyfyrdod. Yn sydyn, teimlai'r cudynnau gwallt ar ei war yn annifyr o oer. Rhywbeth arall y dylai fod wedi ei wneud ers wythnos a mwy, meddyliodd – mynd i dorri ei wallt.

Trochodd y sbwng yn y dŵr brwnt a gwasgodd ef wrth ei war, fel bo'r rhaeadrau'n llifo i lawr ei gefn.

Da ti, Danny, paid â bod fan hyn yn cwato fel cachgi y tro nesaf bydd y cloc 'na'n dy fygwth di, dywedodd wrtho'i hun. Pan fyddai'r anochel yn cau amdano, câi hi'n anodd cydnabod hynny iddo ef ei hun. Un fel 'na oedd e. Serch hynny, gwyddai'n reddfol nad oedd ei sefyllfa bresennol yn un gynaliadwy.

Gyda sblash a oedd yn gyfuniad o ddathliad a digalondid, gwyrodd tuag yn ôl yn ddramatig o sydyn gan lithro wysg ei gefn a cholli ei afael. Ar amrantiad, roedd ei din yn yr awyr a'i wyneb o'r golwg o dan y dŵr.

*

Rhwng swper a bath, roedd Danny wedi cyfrif ei felltithion. Un. Dau. Tri.

Byddai cyfri'r sêr yn y pellter wedi bod yn haws. Ond ceisiodd dynnu rhyw foddhad o roi trefn ar ei holl ddadrithiadau – yn gronolegol ac o ran eu harwyddocâd. Er pan oedd yn grwt bach, roedd wedi hoffi cyfrif; roedd rhifau a syms wedi bod yn ail agos at lythrennau a darllen iddo bryd hynny. Bron nad oedden nhw wedi goddiweddyd grym geiriau yn ei olwg erbyn hyn. Gwelai rywbeth rhythmig, trefnus, dibynadwy mewn rhifolion – hyd yn oed o'u cyfrif tuag yn ôl. Tri. Dau. Un.

ISELBWYNT UN: Y diwrnod y dechreuodd Rhys falu'r tŷ a bod yn ffyrnig ffiaidd wrtho, ar ôl deall mai ef, ei dad, oedd wedi ffonio'r heddlu Y Noson Honno i'w hysbysu am y llofruddiaeth a dweud wrthynt ble roedd ei fam.

ISELBWYNT DAU: Y Noson Honno pan gafodd ei ddihuno gan Marian yn yr oriau mân – hithau'n llawn gwewyr ar ôl trywanu'r Cwdyn Cyfog. (Ddim yn gwybod ble arall i droi, medde hi.)

ISELBWYNT TRI: Y bore y cafodd wybod gan Marian y byddai lori'n cyrraedd yn y prynhawn i gasglu hanner y dodrefn o'r cartref a ranasant ers dros ugain mlynedd, ac yntau heb gael unrhyw rybudd cyn hyn ei bod hi ar fin ei adael nac wedi amau ei bod hi'n gweld rhywun arall. (Fe ellid gweld hyn fel dau iselbwynt gwahanol – anffyddlondeb gwraig a phriodas ar chwâl – ond roedd rhyw undod organig i'r olygfa a welai Danny yn ei ben ac o'r herwydd byddai bob amser yn ei chyfri fel un atgof.)

O'u gosod yn nhrefn amser, byddai Iselbwynt Un ac Iselbwynt Tri'n cyfnewid lle, a'r ail yn aros yn ei unfan, yn union lle'r oedd e cynt – yn y canol.

Ond serch ei safle canolog, nid Iselbwynt Dau oedd yr atgof a'i harteithiai fwyaf o bell ffordd. Doedd e erioed wedi cwrdd â'r Cwdyn Cyfog. Fu arno erioed awydd cwrdd â'r Cwdyn Cyfog. Petai'r wraig yr oedd wedi ei dwyn oddi arno heb gladdu cyllell fara yn ei berfedd, go brin y byddai erioed wedi gweld llun o'r brych hyd yn oed. Ond am fod Yr Hyn a Ddigwyddodd wedi digwydd, roedd hi'n anodd gwadu nad oedd Y Noson Honno'n dipyn o drobwynt yn eu bywydau nhw i gyd. Yn amseryddol, heb os, y lladd oedd yn y canol. Doedd dim dianc rhag hynny – a'r drewdod a adawodd ar ei ôl yn un nad oedd modd cydio ynddo gerfydd gwddw sach a'i gario allan i waelod yr un ardd.

Ar y llaw arall, petai e'n dewis eu rhoi nhw yn nhrefn eu pwysigrwydd, Iselbwynt Dau ac Iselbwynt Tri fyddai'r ddau atgof i gyfnewid lle, ag Iselbwynt Un yn cadw'i le pendant fel pydew gwaetha'i fywyd.

Ar ôl i'w rifyddeg a'i reswm ei dywys . . . am y canfed . . . am y milfed tro . . . drwy'r aneirif ddewisiadau a oedd ar gael iddo y penderfynodd hel ei hun i'r llofft i gymryd bath a mynd i'w wely. Cododd a thynnodd y llenni ynghyd dros ffenestr y gegin gefn cyn ei gadael.

Waeth pa drefn a roddid ar y sêr, du fyddai lliw'r nos hyd

dragwyddoldeb, meddyliodd. Doedd dim yn newid o'i gofio. A doedd cofio'n newid dim.

*

Wrth gamu o'r bath, gwyddai Danny fod angen iddo frwsio'i ddannedd yn egnïol cyn clwydo. Er mai unwaith y dydd y byddai'n eu glanhau gan amlaf, a bod hynny hyd yn oed yn ymdrech iddo weithiau, cofiodd iddo wneud dolur i fawd ei droed a chledr ei law eisoes heddiw. Tueddai mân dreialon bywyd, fel ei drugareddau mawr, i ddod mewn trioedd.

Ofergoelus? Na, darbwyllodd Danny ei hun nad oedd e'n ofergoelus, ond doedd e'n bendant ddim am bwl o'r ddannoedd i goroni'r cyfan. Petai angen deintydd arno, doedd ganddo mo'r syniad lleia ymhle y dôi o hyd i'r un agosaf, ond gwyddai eu bod nhw'n bethau prin yng nghefn gwlad.

Rhynnai fymryn erbyn hyn a rhwbiodd y tywel yn galed dros ei gorff – i'w sychu ei hun a chodi gwres.

Estynnodd am ei frwsh ac agorodd dap dŵr oer y basn yr un pryd. Daeth yn ymwybodol yn syth fod y sŵn o'r tap yn cystadlu â llifeiriant dŵr oer y bath wrth i hwnnw wacáu. Nid yr un sŵn oedd i'r ddau o gwbl – y dŵr a lifai i mewn a'r dŵr a lifai allan.

Oedd synhwyrau dyn hefyd yn fwy hyfyw yn hwyr y nos? Wyddai e mo'r ateb. Roedd wedi tybio erioed mai fel arall oedd hi. Ond nawr, fel gyda chynifer o bethau, doedd e ddim mor siwr.

Poerodd gymysgedd o ewyn past a budreddi ei geg i'r basn i ychwanegu at y cacoffoni. Yna cymerodd lond llaw o ddŵr a garglo, cyn poeri hwnnw allan hefyd.

Yn y drych o'i flaen gwelai wyneb nad oedd yn rhy atgas yn ei olwg. Gwelw braidd, efallai, â gwallt ei ben, fel blewiach ei gorff, yn dechrau britho. Ond diawl, roedd wedi gweld digonedd o ddynion ei oedran ef a golwg llawer gwaeth arnynt. Rhai iau nag ef hefyd, petai'n dod i hynny . . . Cysur oesol y canol oed!

Anadlodd yn ddwfn i dynnu'r bol i mewn. Yna, anadlodd allan eto. Roedd wedi colli pwysau. Effaith y ffaith nad oedd yn bwyta prydau trefnus ers iddo gyrraedd Ardwyn, dywedodd wrtho'i hun. Neb i'w feio ond ef ei hun, felly. Dyna oedd i'w ddisgwyl o odro cysur o deth hesb, meddyliodd.

At ei gilydd, credai ei fod yn edrych yn well o fod wedi colli peth o'i floneg. Ond y gwir oedd nad yr un corff oedd hwn â'r un a fu ganddo'n ifanc. Pan gyrhaeddodd Aber gyntaf yn lasfyfyriwr, roedd amryw wedi cymryd yn ganiataol mai mab ffarm oedd e. (Ocê, merched fyddai'n gwneud y camgymeriad hwnnw gan mwyaf, cyfaddefodd iddo'i hun gyda balchder.)

Doedd e erioed wedi datrys y dirgelwch yn llawn. Ar adegau, roedd wedi gofidio bod golwg braidd yn 'wledig' arno, efallai. Ond bryd arall, roedd y syniad y gallasai edrych fel llo a fagwyd yn rhy agos at ddefaid wedi ei oglais. Pa ots os nad oedd ganddo ronyn o'r hyn fyddai Rhys a Rhiannon heddiw'n ei alw'n *street cred*? Bryd hynny, roedd e wedi medru chwerthin mor rhwydd ar ben camargraffiadau pobl eraill ohono. Pam roedd e'n methu mor druenus nawr?

Yn gorfforol, ddeng mlynedd ar hugain yn ôl, pefriai gyda grym rhyw ynni heini nad oedd ei wawl wedi llwyr bylu o hyd. Yn solet, ond eto'n drwsgl. Yn lluniaidd ac eto'n afrosgo, rywsut. Bryd hynny, ymddangosai'n gadarn heb ymdrech yn y byd. Fu dim angen iddo ymuno â'r criw a âi i'r gampfa'n gyson er mwyn magu cyhyrau. Deuai hyder Danny o le gwahanol, iachach, mwy naturiol.

Ar ôl pwyso a mesur popeth, penderfyniad y Danny ifanc fu cadw'n dawel am ei gefndir teuluol, gan adael i ambell greadures ddiniweitiach na'r cyffredin barhau â'i chamdybiaeth. (Roedd wedi dysgu'n glou fod hynny'n gallu gweithio o'i blaid ambell dro.)

Ym more oes, doedd dim angen iddo greu delwedd fwriadol iddo'i hun. Bu bod yn Danny'n ddigon bryd hynny a chymerodd yn ganiataol y byddai bod yn ef ei hun yn ddigon am oes. Fel dyn. Fel gŵr. Fel tad. Fel popeth.

Ffawd ac amser oedd wedi datgelu'r gwir iddo. Y Noson Honno, roedd pawb wedi disgwyl iddo ymateb i'r sefyllfa a gododd fel petai e'n rhywun arall. Rhywun 'blaw ef ei hun. Rhywun 'blaw Danny. Fel petai'r fath fetamorffosis yn bosibl, heb sôn am fod yn rhywbeth i'w chwennych.

Gwrthgiliad Rhys a Rhiannon fu'r ergyd greulonaf o ddigon. Am weddill y teulu ac atgasedd rhieni Marian tuag ato, gallai fyw gyda hynny. Ond roedd ambell boen na allai'r tymheredd byth ostwng yn ddigon isel i'w guddio.

Wedi gadael ei dywel yn sypyn anniben ar ymyl y bath, diffoddodd y gwresogydd yn ofalus cyn ei dynnu'n ddiogel i ben pella'r landin o'r ffordd. Am eiliad neu ddwy, cafodd ei hun yno ar y landin gul, yn ddiddilledyn ei gorff a diymgeledd ei ysbryd – fel drafft mewn tywyllwch yn chwilio am dwll clo gwag i chwibanu trwyddo.

*

Heb gynnau'r un golau, enciliodd i'w ystafell wely a chau'r drws yn araf ar ei ôl, fel hen ferch. Dim ond cwsg a chloc oedd yn ei aros. Er cymaint yr oedd am symud ymlaen, roedd 'na gymaint yn dal i'w dynnu'n ôl.

Toc, byddai'n dri o'r gloch y bore drachefn. Awr edliw a difaru. Yr awr fwyaf haerllug ohonynt oll – mor ewn â chyngariad sy'n mynnu bod ganddi'r hawl i roi ei phig ym mhob briw o hyd, am fod cariad wedi cyniwair yno unwaith.

Draw wrth y bwrdd gwisgo, tynnodd fys synhwyrus dros wyneb llyfn y pren. Fesul un ac un, llithrodd heibio'r eitemau a osodwyd yno'n ddestlus ganddo cyn matryd a mynd i'r bath – yr arian mân a bentyrrodd yn dŵr bychan, ei waled, ei ffôn, ei allweddi, ei facyn poced a'i oriawr. Sglefriodd y bys yn fwriadus, gan adael popeth man lle'r ydoedd, heb ei gyffwrdd. Yna, troes ei olygon i gyfeiriad y gwely, nad oedd neb wedi ei gyffwrdd ers iddo godi ohono ddeunaw awr ynghynt.

Yn anorfod, disgynnodd ei lygaid ar gefn y cloc. (Ar wahân i'r gloywder coch a ddeuai o wyneb hwnnw, nid oedd cymaint â llewyrch lleuad i'w gynorthwyo i weld dim.)

Dau gloc yn unig oedd yn Ardwyn. Hwn a'r un ar y stôf yn y gegin. Digidol oedd y ddau. Mewn rhifolion y siaradent.

Y cloc oedd y peth mwyaf cyfoes yn yr ystafell wely, er mai mesur y peth hynaf yno oedd ei waith. Hwn hefyd, fe gredai, oedd y gwrthrych mwyaf dibynadwy yn yr ystafell. Y peth mwyaf dibynadwy yn Ardwyn gyfan, synnai e fawr ddim. Roedd yn un o'r pethau prin a arbedwyd o'r tŷ yng Nghaerdydd. Anrheg ar y cyd oddi wrth y plant ryw Nadolig, os cofiai Danny'n iawn. Bu wrth erchwyn ei wely priodasol am sawl blwyddyn, ond am ryw reswm, pan gododd Marian ei phac a'i adael am y Cwdyn Cyfog, dewisodd ei adael ymysg y trugareddau hynny nad oedd hi'n eu trysori ddigon i fynd gyda hi.

Pan fudodd yntau o'r brifddinas, roedd wedi bod yn falch o gael ei fachu iddo'i hun o'r diwedd. Ond stori arall oedd hi arno heno. Tynnodd anadl ddofn, gan ddwrdio'i hun drachefn.

O ben y pentwr dillad ar y gadair wiail, estynnodd am y pans a fu amdano drwy'r dydd a phlygodd e'n bwrpasol, cyn ei daenu'n ddiseremoni dros wyneb y cloc.

Clwydodd, heb ddisgwyl y deuai cwsg i'w ddilyn, ond gan ofni serch hynny mai dyfod a wnâi.

Tri pheth sy'n anodd 'nabod;
Dyn, derwen a diwrnod –
Y dydd yn hir, y dderwen yn goi
A'r dyn yn ddauwynebog.

2

Trannoeth

'S DIM GOLWG rhy dda arnat ti. Ti wedi teneuo.'
'Diolch.' Roedd Danny wedi ei frifo, ond doedd e
ddim am ddangos hynny.

Aeth Martin heibio iddo ac yn syth at y gegin. Gafaelai
mewn dwy botel, a llaw yr un yn dynn am eu gyddfau.

'Rwy'n dilyn 'y nhrwyn,' meddai. 'Ma'r coffi'n gwynto'n
fendigedig. Wy'n falch o weld dy fod ti wedi buddsoddi mewn
peiriant coffi deche o'r diwedd. Coffi powdwr ges i 'da ti tro
dwetha.'

'Gest ti siwrne dda?'

'Rhyfeddol o dda, a dweud y gwir. Y ffyrdd yn od o glir a'r
haul mas i'n hebrwng i yr holl ffordd. Pwy na fydde'n teimlo
'i fod e ar ben y byd ar fore fel heddi? Ma' ffenestri'r car wedi
bod led y pen ar agor bob cam o'r daith.'

'Ody, mae'n ogoneddus,' cytunodd Danny, gan deimlo
braidd yn chwithig o feddwl eu bod nhw'n trafod y tywydd
mor gynnar yn ei ymweliad.

'Fel hyn ddyle hi fod yr adeg hyn o'r flwyddyn. Sdim lle 'da
neb i gwyno. Ddim hyd yn oed ti, Danny Thomas.'

'Sa i'n cwyno,' ategodd.

'Ac fe ddes i â'r rhain iti,' cyhoeddodd Martin, gan greu sioe o adael y ddwy botel ar fwrdd y gegin fach.

'Diolch yn fawr,' dywedodd Danny, heb gyffwrdd ynddynt, dim ond nodio i'w cyfeiriad ac edrych arnyn nhw'n lletchwith.

'Fe wnes i feddwl am ddod â rhywbeth mwy "gwaharddedig" i dy helpu di i ladd amser yn y lle 'ma. Ond yna fe gofies i fod cefen gwlad i fod yn ferw o gyfleoedd am ddihangfeydd fel 'na.'

'Ddim Nant Castell hyd y gwela i. Sneb wedi cynnig dim i fi, ta beth,' dywedodd Danny'n siomedig. 'Sda fi ddim cof fod neb wedi cynnig cymaint â disied o goffi ifi, a dweud y gwir.'

'Fe roia i reswm arall iti pam mai dwy botel o fodca ddes i 'da fi, yn hytrach na phecyn bach o ddim byd arall – mae e wedi mynd yn uffernol o ddrud yng Nghaerdydd, yn ôl beth wy'n glywed . . .'

'P'run?' torrodd Danny ar ei draws. 'Yr Ysbryd Glân neu'r Dail Tail?'

'Yr Ysbryd Glân,' atebodd Martin gan wneud cleme â'i drwyn i gadarnhau'r ateb. 'A ma' bois y cyfrynge 'na i gyd yn cymryd y stwff gore.'

'Ti'n dal i ddod ar draws peth weithie, 'te?'

'Na, ddim o gwbl, a dweud y gwir. Dim ond cellwair ydw i.'

Fel trafod y tywydd, roedd Danny'n dannod eu bod nhw wedi mynd ar drywydd côc a dôp o gwbl. Achlysurol iawn fu eu defnydd nhw o'r ddau dros y blynyddoedd, ond roedd hi'n arwyddocaol fod ganddyn nhw lysenwau cyfrin ar y stwff, fel y bydd bechgyn drwg yn rhoi enwau anwes ar eu hoff deganau.

'Mae e i gyd braidd yn *passé* y dyddie hyn,' barnodd Martin gan gau pen y mwdwl ar y pwnc.

'Ma'r rhain yn dderbyniol iawn, ta p'un. O'dd dim raid iti ddod â dim.' Cododd Danny'r poteli o'r diwedd a'u rhoi yn y cwpwrdd lle cadwai ei gysuron.

'Dim ond ti, Danny Thomas, fydde hyd yn oed yn breuddwydio am godi pac a dod i fyw mewn pentre heb dafarn.'

'Fe ddywedest ti 'ny tro dwetha 'ed. Ond dyma ti wedi dod ar dy hynt drachefn i 'ngweld i.'

'Do'n i ddim yn lico meddwl amdanot ti fan hyn mewn lle mor sych.'

'O, ti'n llygad dy le fynna, gwd boi,' ymatebodd Danny yr un mor goeglyd. 'Mae mor anwaraidd 'ma, wy'n gorffod dibynnu ar bobol fel ti i ddod â *supplies*.'

'Fel y Lone Ranger ar yr *Indian reservation*, ti'n feddwl? Yn gorffod byw ar drugaredd Tonto.' Tynnodd Martin ddryll dychmygol o holster dychmygol a thanio ato.

'Gei di ddal i gredu 'na os ti moyn.' Ni ddaeth i feddwl Danny i esgus cael ei saethu wrth ateb. 'Y peth pwysig yw, fe ddest ti â'r ddwy botel fodca 'ma 'da ti . . . i 'nghadw i i fynd . . . a wy'n ddiolchgar.'

'Fe wnes i hefyd feddwl dod â photel fawr ddwy litr yn bresant iti – Smirnoff, neu rywbeth drud fel 'na. Ond wedyn fe feddylies i, "Na! Mi fydd yr hen Danny llawn mor hapus 'da'r stwff rhad 'ma." A gan 'mod i wedi penderfynu mynd am y brand tshepa, fe ddes i â dwy.'

'Whare teg iti!' diolchodd Danny trwy gil ei ddannedd.

'Wel! Wy'n tybio bo' ti'n dal i yfed mwy na ddylet ti. Ma' 'da ti ddigon nawr i dy gadw di i fynd tan ddiwedd yr wthnos, ta p'un.'

'Caredig iawn. A hael.'

'Na, wir iti! Dw i ddim yn ddyn hael,' difrifolodd Martin. 'Wy'n ormod o Gardi i fynd a hala gormod ar neb, fel ti'n gwbod yn iawn. Dyw e ddim yn 'y natur i.'

'Ti'n barod i roi o dy amser. Wy'n gwerthfawrogi hynny. Gyrru lan yr holl ffordd fan hyn i hala'r diwrnod 'da fi. Whare teg iti!' meddai Danny eto. Er ei fod yn meddwl pob gair, ffugiodd lais sebonllyd wrth siarad.

'Dyw cyfeillgarwch yn costio dim i fi, ody e?' atebodd Martin. 'Dw i ddim ar 'y ngholled trwy ddod i weld shwt siâp sydd arnat ti . . . ddim yn 'y mhoced, ta beth! Ac os yw Mohamed yn rhy stwbwrn i ddod i Gaerdydd i weld y mynydd, mae'n amlwg fod rhaid i'r mynydd ddod fan hyn i dwll tin y byd i weld Mohamed.'

Roedd gan Danny ddau fŵg yn barod eisoes a throes at y peiriant coffi er mwyn arllwys peth i'r ddau. Drwy'r ffenestr, gallai weld bod y gyfran o Geredigion a oedd i'w gweld o'i gegin, fel yntau, heddiw yn disgleirio o lawenydd.

*

Ddwyawr ynghynt y gwelodd e'r olygfa honno am y tro cyntaf y diwrnod hwnnw, pan safodd o flaen y ffenestr yn bwyta'i frecwast. Roedd wedi sylwi ar ddwy bioden ar y lein ddillad yn edrych i'w gyfeiriad ac am ryw reswm, pan na wnaeth y ddwy ymateb wedi iddo daro'r gwydr yn ysgafn, roedd wedi rhuthro'n syth am y drws cefn a mynd allan i'w hwrjo bant.

Chawsai e fawr o gwsg. Efallai mai hynny fu i gyfrif am ei anoddefgarwch.

Bu'n anesmwytho o dan ei ddwfe am amser hir ar ôl dihuno, heb feiddio tynnu'r mwgwd oddi ar wyneb y cloc tan ei bod hi'n gwbl amlwg iddo fod gwaetha'r nos drosodd a'r 3a.m. tyngedfennol wedi hen fynd heibio. Roedd hi'n nes at saith o'r gloch na dim erbyn iddo fagu digon o ddewrder. Y llenni dan straen ers meitin a'r ystafell yn sgrechian gan olau dydd. Awr ynghynt, pan ddadebrodd gyntaf oll, roedd ei niwrosis boreol am weld wyneb Marian wedi chwistrellu'n wenwynllyd trwy ei ymennydd, fel cynnyrch chwarren oer.

Bu'n gorwedd yno â'r dwfe wedi ei daflu'n ôl am sbel, yn gwerthfawrogi gwres y dydd am yn ail ag astudio diddymdra'r nenfwd a chrafu ei hun yn ôl ei fympwy. Dechreuodd ofidio y byddai Martin yn ei adael i lawr. Os gwnâi, hwn fyddai'r diwrnod cyntaf erioed i hynny ddigwydd.

*

'Ma' heddi'n ddiwrnod perffaith ar gyfer hufen iâ,' cyhoeddodd Martin.

'Hufen iâ?'

'Ie. Dychmyga gerdded ar hyd y prom yn rhywle. Y ddou ohonon ni â bob o hufen iâ yn ein dwylo. Plant yn codi cestyll tywod lawr ar y traeth islaw a phobol ddierth yn cerdded hibo inni, yn mynd i'r cyfeiriad arall, gyda phecyn o dships yn llaw pob un. Perffeithrwydd ar ddiwrnod fel heddi.'

'Ti ddim yn gall . . .'

'Pa mor bell yw'r Rhŷl o fan hyn?'

'Y Rhŷl?' chwarddodd Danny'n ddilornus.

'Blackpool fydde wedi bod yn ddelfrydol, ond wy'n gwbod bod hwnnw hyd yn oed ymhellach. Rhyw gyfaddawd ar fy rhan oedd y Rhŷl.'

'Cyfaddawd yw'r Rhŷl i bawb,' ebe Danny'n slic.

'Jiw! Go dda. Ti'n gallu bod mor siarp ag erio'd, mae'n amlwg, pan gei di'r sbardun iawn. Ti wedi bod i'r Rhyl erio'd?'

'Do, wrth gwrs. Flynydde'n ôl.'

'Ond beta i swllt â ti na fuest ti erio'd yn Blackpool,' aeth Martin yn ei flaen.

'Naddo. Erio'd.'

''Na ti, ti'n gweld. Treulio dy ddyddie fan hyn, wedi dy gladdu ymhell o afel pawb a phopeth, yn gwneud dim byd ond teimlo trueni drosot ti dy hunan, a ti erio'd wedi mentro mas o dy *zone* fach hunanfodlon, gysurus i neud rhywbeth y mae cannoedd ar filoedd o bobl gyffredin yn 'i neud yn rheolaidd . . . a rhywbeth ma'r rhan fwyaf o bobol wedi'i neud o leiaf unwaith mewn oes.'

'Glywes i erio'd shwt nonsens!' Chwarddodd Danny'n ddirmygus. 'Ers pryd ma' pobol yn mynd fan 'na ar bererindod? Teirgwaith i Rufain, dwywaith i Dyddewi ac unwaith i Blackpool, ife?'

'Wedes i mo 'ny, do fe? Ond bydde fe'n neud lles iti fynd i rywle, Danny boi. Sdim ots ble. Dewisa di. Ond cer i weld rhywle cwbl ddibwys neu i neud rhywbeth cwbl ddiwerth – y math o bethe ma' trwch y boblogeth yn ei neud trwy'r amser. Mi fydde'n help i dy ailgysylltu di â'r ddynolieth . . .'

'Wel! Ti *yn* gysurwr Job . . .'

'Er cystal y coffi 'ma, ti ddim yn meddwl 'mod i wedi treulio dwyawr ar y ffordd bore 'ma jest er mwyn ishte fan hyn yn y tŷ diflas 'ma drwy'r dydd, gobeithio? Ddim ar ddiwrnod mor braf?'

'Ti'n meddwl bod y lle 'ma'n ddiflas?'

'Fe wedes i wrthot ti tro diwetha alwes i fod angen iti dynnu dy fys mas a rhoi cot o baent dros bron bopeth. Edrych ar yr olygfa drwy'r ffenest 'ma, mewn difri!' Aeth yn nes ati wrth siarad i gymryd golwg agosach, fel petai i danlinellu ei frwdfrydedd. 'Ma' digon o botensial yn y tŷ 'ma. Ond os wyt ti'n mynd i aros 'ma, ma' isie iti gael gwell siâp ar bethe.'

'Dw i ddim yn dwp,' brwydrodd Danny'n ôl. 'Fi'n gallu gweld bod angen neud pethe, ond mae e i gyd yn cymryd amser . . .'

'Allwn ni fynd i whilo am siop baent, os mynni di. Wy'n fodlon dod 'da ti,' cynigiodd Martin, fel petai'r syniad newydd ei daro. 'Allen i dy helpu di i ddewis. Ma' angen rhywun â thipyn o chwaeth arnot ti. Neu fe allen ni fynd i whilo am gonserfatori. Dychmyga gael un o'r rheini'n rhedeg ar hyd cefen y tŷ. Cael y gore o'r olygfa fendigedig 'ma sy 'da ti . . . Fe fydde'n gweddnewid y lle.'

'Bydde, mae'n debyg. Nid o reidrwydd er gwell.'

Bu tawelwch rhyngddynt am ennyd – Danny'n eistedd ar y gadair oedd yn troi ar ei hechel wrth y bwrdd a Martin droedfedd neu fwy oddi wrtho yn dal ei dir ger y ffenestr. Roedd dod ynghyd drachefn yn gallu cymryd amser. Dim ond yn raddol y byddai'r bwrlwm pigog a rannent wrth dorri'r garw yn llonyddu.

Yn nhyb Danny, hen goel gwrach oedd honno a honnai fod dau gyfaill yn gallu cwrdd ar ôl blynyddoedd lawer a bwrw iddi fel petaen nhw wedi siarad ddoe ddiwethaf. Dim ond propaganda a grëwyd i geisio celu'r ffaith fod lletchwithdod yn gallu bodoli rhwng yr eneidiau mwyaf cytûn oedd hynny.

Y peth cyntaf wnaeth e'r bore hwnnw ar ôl cyrraedd lawr stâr oedd gwasgu ei fys i danio'r cyfrifiadur. A'r neges gyntaf a welodd pan gynhesodd hwnnw oedd un oddi wrth Martin:

Gair hwyr yn y dydd braidd, i gadarnhau'r trefniant ar gyfer fory/heddi. Edrych ymlaen i dy weld a rhoi'r byd yn ei le. Mae'n troelli ar gryn gyflymder y dyddiau hyn! Dal dy wynt tan y bore a chei glywed y cyfan. Dylwn fod gyda ti marce hanner awr wedi naw. Bwriadu dechre ar fy nhaith yn fore. Hwyl, Martin.

Cafodd ei hanfon am ugain munud i ddau y bore, sylwodd Danny. Tua'r adeg roedd ef ei hun wedi bod yn y bath yn dannod i'w hen ffrind na chysylltodd i gadarnhau, tybiodd. Fe wyddai o hir brofiad mai disgwyl yr annisgwyl oedd orau gyda Martin. Roedd yn gwbl ddibynadwy ac yn gwbl anragweladwy ar un pryd.

A'r neges wedi ei darllen, aethai Danny ymlaen â'i orchwylion boreol, gan ofalu cadw un glust yn agored am gloch drws y ffrynt. Bwytaodd ei greision ŷd ac aeth i hel yr adar ymaith. Gofalodd olchi'r llestri ar ei ôl, yn ogystal â llestri swper neithiwr a gafodd eu gadael wrth ymyl y sinc. Casglodd ynghyd lwyth o hen bapurau a ddiystyrwyd ar ôl eu darllen ac aeth â nhw i'r bin pwrpasol yn yr ardd. Twtiodd y gegin gefn. Dychwelodd lan llofft i lanhau ei ddannedd am y trydydd tro o fewn pedair awr ar hugain.

Trwy'r holl ddiwydrwydd, parhaodd i glustfeinio, ond pan gyrhaeddodd Martin o'r diwedd, doedd y gwalch ddim wedi gwasgu'r gloch, wedi'r cwbl. Yn hytrach, roedd e wedi curo'r drws.

*

'Gei di ddreifo. Wy wedi neud fy siâr am un bore . . . a serch y ffaith 'mod i'n gorfod gyrru'n ôl i Gaerdydd eto cyn nos, wrth gwrs.'

'Fe wedes i wrthot ti bod croeso iti aros dros nos . . .'

'Do, wy'n gwbod. Diolch iti am y cynnig.'

'Doedd y gwely 'na yn y rwm gefen ddim yn ffôl o gwbl, meddet ti, y tro diwetha alwest ti.'

'Na, do'dd e ddim, o'r hyn alla i gofio,' sicrhaodd Martin ef. 'Ond nid dyna'r pwynt. Galwade erill yn pwyso!'

'"Galwade erill"? Y siort sy'n pwyso?' Gwatwarodd Danny rwysg y modd roedd Martin wedi dweud y frawddeg yn y lle cyntaf.

'Ie, fel mae'n digwydd.'

'Mae'n bryd iti ddechre gwneud llai,' siarsiodd Danny e'n ddifrifol. 'Ti ddim yn mynd dim iau, mwy na finne.'

'Ma' 'da'r ddou ohonon ni flwyddyn neu ddwy i fynd eto cyn cyrra'dd yr hanner cant,' ebe Martin. 'A ffordd ma'r byd yn troi y dyddie hyn, mae hynny'n golygu bod 'da ni ugain mlynedd dda arall o'n blaene . . . o weithio a magu.' Cyn agor ei geg y tro hwn, roedd wedi gofalu y byddai goslef ei lais yn mynegi ei fwriadau i'r dim. Rhoes bwyslais arbennig ar yr 'a magu' a rhaid bod hynny wedi gwneud y tric.

Safodd Danny yn ei unfan. Gwenodd Martin.

Dychwelyd at ddrws y cefn oedden nhw, ar ôl bod allan yn yr ardd am ennyd i roi gwell cyfle i Martin ddwrdio'i chyflwr.

'Ma' isie iti droi'r holl dir 'ma'n un lawnt fawr,' fu ei farn. 'Wnei di byth arddwr. Sdim siâp arnot ti – a sda ti ddim diléit. Man a man iti gydnabod 'ny a rhoi'r ffidil yn y to.'

'Ti jest yn breuddwydio am orwedd ar wastad dy gefen ar noson desog braf yn smoco pot a rhythu ar y sêr yn Nyfed,' oedd ymateb pryfoclyd Danny.

O leiaf roedd y ddau wedi llwyddo i ddod i un penderfyniad wrth bwyso a mesur yr ardd, sef eu bod nhw am fynd am sbin – er nad oedd fawr o drafod wedi bod eto ynglŷn â sbin i ble. (Nid y Rhyl, roedd hynny'n bendant.)

Gan ddal i sefyll yn stond wrth ddrws y cefn, daliodd y naill lygad y llall a bu'r ddau'n fud felly am rai eiliadau. Deallai Danny'n iawn fod Martin yn disgwyl iddo ddweud rhywbeth ymhellach, ond gan na wyddai beth yn union fynnai ei ffrind ganddo, doedd dim yn dod.

'Wy'n mynd i fod yn dad, Danny,' aeth Martin yn ei flaen o'r diwedd. 'Ma' Cassie'n dishgwl.'

Llyncu poer wnaeth Danny gyntaf. Cyn gwenu. A dweud, 'Ffycin hel! 'Ma beth yw newyddion!'

Yna cododd y mŵg oedd wedi bod yn hongian gerfydd ei glust ar un o'i fysedd a'i droi wyneb i waered fel y gallai'r gwaddodion ddiferu ohono i'r pridd.

*

Nid oedd Martin erioed wedi bod yn briod. Ond mi fyddai toc, fe ymddengys.

'Sa i'n siwr eto pryd yn gwmws. Ond fe gei di wahoddiad, paid â phoeni.'

Wyddai Danny ddim sut i ymateb yn iawn. Mater hawdd oedd llongyfarch. Ond roedd wedi ei syfrdanu cymaint gan oblygiadau'r sefyllfa newydd fel y câi hi'n anodd yngan y geiriau amlwg roedd ei chwilfrydedd yn chwilota mor galed amdanynt.

Nid oedd erioed wedi cwrdd â Cassie. Rhaid bod hynny'n rhan o'r rheswm dros ei dawedogrwydd. Anna – fe gofiai honno â chryn anwyldeb. Dechreuodd y berthynas tra oedden nhw i gyd yn y coleg ac fe barodd ddeng mlynedd – hen ddigon hir i bawb gredu bod y trefniant yn un parhaol. Ond nid felly oedd hi i fod, mae'n amlwg.

Hanner hyd y berthynas honno barodd yr un gyda Lowri. Doedd e na Marian wedi cymryd ati hi ryw lawer, er iddyn nhw gymdeithasu'n rheolaidd fel dau gwpl.

Fe aethon nhw mor bell â rhannu fila ym Mhortiwgal am wythnos gyda Martin a Gwyneth. Nhw 'u pedwar a'r plant. Pharodd y berthynas honno ddim yn hir. O fewn chwe wythnos iddynt ddychwelyd o'r gwyliau, roedd hi drosodd. (Damcaniaeth Marian ar y pryd oedd mai dim ond cadw'r berthynas i fynd cyhyd â hynny wnaeth Martin am iddo orfod talu ymlaen llaw am y fila wrth fwcio rai misoedd ynghynt. Roedd hi'n wir ei fod yn ddyn a fyddai wastad yn mynnu cael gwerth ei arian, ond gwrthod gwneud unrhyw sylw penodol ar y mater wnaeth Danny.)

Nawr, rhaid oedd dod i nabod Cassie! Beth wyddai e am hon? Saesnes y cyfarfu Martin â hi ers iddo ef adael y brifddinas am Nant Castell; un a gyflogid gan ryw gwmni cyllido rhyngwladol ac a gafodd ei hun, yn groes i'w gwir ddymuniad, siwr o fod, wedi ei throsglwyddo i'w cangen yng Nghaerdydd. O'r hyn a gofiai Danny, dyna hyd a lled y ffeithiau moel y llwyddodd i'w lloffa o siarad Martin dros y misoedd diwethaf. Roedd hi'n ddeugain oed, yn ôl y sôn, a hwn fyddai ei phlentyn cyntaf. A'i phriodas gyntaf hefyd. Naill ai roedden nhw'n ddwy frân a oedd wedi gorfod aros amser maith cyn cwrdd â'u cymar cywir, neu'n ddau unigolyn aeddfed a phragmataidd a oedd wedi dod i'r casgliad mai dyma'r cynnig gorau a oedd yn debyg o ddod i'w rhan bellach.

Un y gallai ddibynnu arno i wyro tuag at lawenydd oedd Martin bob amser, hyd yn oed pan oedd pethau ar eu gwaethaf. Roedd bwrlwm heintus i'w frwdfrydedd gan amlaf. Y bore arbennig hwn, anodd dweud faint o'r *bonhomie* a ddaeth gydag ef i Ardwyn oedd yn deillio o'i natur gynhenid a faint o'i statws newydd fel dyweddi a darpar dad.

'Mae hyn yn galw am ddiod go iawn i ddathlu,' meddai Danny o'r diwedd wrth fynd yn ôl i mewn i'r gegin a rhoi'r mŵg o'i law. 'Rhywbeth cryfach na choffi.'

Wyddai e ddim ai wedi cael ei lorio neu ei gyfareddu roedd e wrth wrando ar Martin yn rhyddhau mwy o fanylion am ei newid byd, ond yn raddol dechreuodd ddod o'i fudandod ac yn ôl at fynegiant. Dim ond i gael ei daro'n ôl drachefn.

'Dyw e ddim yn syniad da iawn ganol bore fel hyn, ody fe?' ymresymodd Martin wrth wrthod y cynnig, a thinc mwy nawddoglyd yn ei lais nag oedd wir ei angen. 'Yn enwedig os wyt ti'n mynd i fod yn gyrru. Wedi'r cwbl, fe ddylen ni drial ymddwyn yn gyfrifol. Bydd pobol erill 'blaw fi'n hunan 'da fi i feddwl amdanyn nhw toc, cofia. Ond dyna fe! Sdim angen y bregeth honno arnat ti, oes e? Ti'n gwbod yn well na fi'n barod am gyfrifoldebe bod yn dad.'

'Odw i?' atebodd Danny'n sychaidd. Cododd ei ysgwyddau i ddynodi ei ddifaterwch a chododd ei aeliau tua'r nenfwd fel petai'n erfyn gras.

'Ddweda i beth,' cynigiodd Martin wedyn, yn gymod i gyd. 'Os ti moyn, fe gei di dalu am yr hufen iâ 'na gewn ni toc. Jest i neud iti deimlo'n well.'

*

'Do'n i ddim am weud wrthot ti ar y ffôn. Fydde fe ddim wedi swnio'n iawn rywsut,' eglurodd Martin pan oedd y ddau yng nghar Danny ac yn gyrru i gyfeiriad y môr. (Er iddyn nhw gytuno'n fras ar gyfeiriad, doedden nhw'n dal ddim yn rhy siwr i ble'n gwmws i fynd.) 'A do'n i'n bendant ddim isie sôn gair ar e-bost chwaith. Mi fydde 'ny wedi bod yn wa'th byth. 'Na pam arhoses i i ga'l gweud wrthot ti wyneb yn wyneb.'

'Wel! Alla i ddeall pam na fydde dweud wrtha i ar y ffôn neu mewn e-bost wedi bod yn iawn o gwbl,' cytunodd Danny.

'Fe ddwedes i wrthot ti neithiwr yn y neges heles i fod pethe'n symud braidd yn ffast y dyddie hyn . . .'

'"Troelli" o'dd y gair ddefnyddiest ti, os odw i'n cofio'n iawn. A bore 'ma weles i'r neges, gyda llaw. Wnest ti mo'i hala hi tan yr orie mân.'

'Naddo fe? Mae'n siwr dy fod ti'n iawn. Ro'dd 'da fi bentwr o waith i'w glirio cyn gallu dod draw heddi. Fe fues i'n llosgi'r gannwyll . . . fel ma'n nhw'n gweud.'

'Trueni na ddest ti â Cassandra draw 'da ti.'

'Tro nesa, walle,' atebodd Martin yn ddiymrwymiad. 'Mae'n gwbod popeth amdanot ti.'

'Wel, mae'n gallu darllen ôl-rifynne'r *Western Mail* cystel â neb, siwr 'da fi . . .'

'Ti ddim yn dal i ddiffinio dy holl fodoleth ar sail storïe'r *Western Mail*, wyt ti?' torrodd Martin ar ei draws yn grac. 'Wy wedi gweud wrthot ti ganwaith – hen hanes yw Marian i ti nawr. Rhaid iti symud 'mla'n a gadel i amser wella'r creithie. Ma' 'na gymaint mwy i Danny Thomas na beth ddigwyddodd iddo sawl blwyddyn 'nôl bellach.'

'Walle wir, ond 'na shwt ga' i 'nghofio, Martin bach. Fel y dyn fradychodd ei wraig i'r cops. Dyna fel fydd dy ddarpar wraig yn meddwl amdana i os yw hi wedi bod yn neud gwaith ymchwil ar ffrind gore'i darpar ŵr.'

'Dyw Cassie'n gwbod dim mwy na'r hyn wy wedi gweld yn dda i ddweud wrthi, mêt,' mynnodd Martin. 'Popeth arall, geith hi witho mas drosti'i hunan pan ddaw hi i dy nabod di. A tha beth, ers pryd wyt ti wedi rhoi cyment o bwys ar beth sy 'da'r wasg i'w ddweud amdanot ti?'

'Paid â gofyn shwt gwestiyne dwl. Tan yr hyn ddigwyddodd, fuodd 'na erio'd sôn amdana i yn y wasg, do fe?'

'O, sa i'n gwbod!' gwamalodd Martin. 'Weles i dy enw di yn *Y Dinesydd* unwaith neu ddwy.'

'Ha ffycin ha!'

'Clyw nawr! Bydd yn onest. Do't ti ddim heb dy broffil cyhoeddus cyn i bopeth fynd yn ffradach. O fewn y byd bach Cymrâg, ma'n wir . . .'

'Ond dim ond rhywle sha gwaelod yr ail gynghrair o'n i pryd 'ny, Martin bach. Neu'r drydedd, hyd yn oed. Do'dd neb ddim callach 'mod i hyd yn oed yn bod . . . Ond yn sydyn, dyna lle o'dd pawb yn gwbod popeth amdana i. Allen nhw droi at bopeth o *Golwg* i'r *News of the World*, a dyna lle ro'dd yr hanes i bawb i'w weld – ac enw da dy ffrind wedi ei ddadberfeddu yng ngŵydd y byd. Gŵr gwael. Tad i blant o'dd wedi'i ddiarddel e. Bastard mwya'r wlad! Y bradwr mwya ers Jiwdas Isgariot!'

'Wow, nawr, gwd boi! Sdim isie mynd dros ben llestri 'da fi. Wy'n gw'bod iti 'i chael hi'n galed,' ceisiodd Martin gadw rheolaeth ar y sgwrs. 'Ond ro'dd croen fel eliffant 'da ti slawer dydd. Do't ti'n becso'r un dam beth ddywede neb amdanot ti . . . A rhaid iti fagu croen tebyg eto.'

'Sda fi mo'r nerth ar ôl i neud 'ny,' ebe Danny'n dawel. 'Walle y doi di i ddeall gydag amser. Ond wy'n ofni y bydd hi'n rhy hwyr iti allu'n helpu i erbyn 'ny.'

Trodd Martin ei ben i'w gyfeiriad a chwestiynau ysol yn ei lygaid, ond doedd fiw i Danny droi ei ben i'w ddarllen yr eiliad honno. Roedd y ffordd o'i flaen yn galw am ei sylw llawn.

'Erbyn i'r achos ddod i ben, do'dd 'da fi ddim ar ôl o 'mywyd cynt. Popeth wedi mynd,' aeth Danny yn ei flaen. 'Dim swydd. Dim Marian. Wel! Ro'n i wedi'i cholli hi hyn cyn hynny, wy'n derbyn . . . Ond yn sydyn, ro'dd popeth mor derfynol. Do'dd y plant ddim isie'n nabod i. Na fawr neb arall chwaith. Do'dd 'da fi ddim ffrind ar ôl.'

'Nawr gwranda, mêt! Gei di dasgu dy freichie'n wyllt ambythdu'r lle fel melin wynt mewn môr o hunandosturi, os mynni di. Gei di foddi ynddo fe o'm rhan i, os taw 'na beth ti wirioneddol moyn. Ond chei di ddim gweud 'na . . .'

'Na! Na! Dim ti, wrth gwrs,' prysurodd Danny i'w gywiro'i hun. 'Ond dyna pam ti'n gyment o drysor, Martin bach. Ti yw'r unig un sy'n dal yn driw . . . sy'n dal i ddod i alw arna i . . . sy'n becso dam amdana i.'

'Sa i'n siwr pa mor wir yw 'na,' daliodd Martin ei dir yn gadarn. 'Wyt ti wir yn dweud wrtha i na fyddi di byth yn clywed oddi wrth neb arall?'

'Wel! Bydda . . . unwaith yn y pedwar amser,' cyffesodd Danny. 'Rhyw neges unwaith y mis walle gan Rhiannon . . . A ma' Sel yn ffonio.'

'Duw! Selena! Sa i wedi 'i gweld hi ers ugen mlynedd a mwy. 'Na ti fenyw ffit. Fydde hi ddim yn gadel i ddim ga'l y gore arni.'

'"*West is best*" o hyd, mynte hi. Ac fe wrthododd hi ddod i'r achos, os cofi di? Dyna'i ffordd hi o bido "gadel i bethe ga'l y gore arni". Ond mae'n cadw mewn cysylltiad, whare teg.'

"Na ti 'te! Bydd ddiolchgar. Wy'n siwr 'i bod hithe'n dweud wrthot ti nad jengyd yw'r ateb.'

'Jengyd!' ymyrrodd Danny gan droi jengyd yn jôc. Ymatebodd Martin â gwên ac am ennyd troes naws y car yn un o her a hwyl, gan fod y ddau'n gwybod mai 'jengyd' fydden nhw wedi ei ddwaud wrth ei gilydd yn naturiol wrth dyfu lan. Bryd hynny, rhywbeth i oedolion oedd dianc.

'Beth bynnag alwi di fe, ddylet ti mo'i neud e,' oedd unig sylw Martin. 'Fe anghofith pobol. Maen nhw wastad yn . . . yn hwyr neu'n hwyrach.'

'Ti'n meddwl?'

'Nid cadw'n ddierth am 'u bod nhw'n dy gasáu di nath y rhan fwya o bobol. Jest teimlo'n lletwhith o'n nhw, Danny. Dy osgoi di am nad o'n nhw'n gwbod beth ddiawl i weud wrthot ti.'

'Gwed ti!'

'Ma' pobol yn colli nabod ar 'i gilydd am amryfal resyme.'

'Odyn, sbo!'

'A fe ddaw'r plant 'nôl at eu coed hefyd, aros di.'

'Na. Dyw plant byth yn dod 'nôl at eu coed, Martin bach. Y rhieni sy wastad yn gorfod dysgu dygymod â chleme'u hepil bach,' mynnodd Danny. 'Ugen mlynedd arall ac fe fyddi dithe wedi dysgu'r un wers.'

'Fel wy wedi dweud wrthot ti ganwaith o'r blaen, ma' dou ffeind 'da ti fan 'na. Mi fydda i'n derbyn ambell e-bost gan Rhiannon nawr ac yn y man – ond heb glywed wrthi ers sbel nawr, mae'n wir.'"

'A Rhys?'

'Byth,' atebodd Martin ar ei ben. 'Rhy fishi'n canolbwyntio ar neud arian i gadw mewn cysylltiad â fawr neb, glywes i.'

'Fe a'th y ddou trwy lot mewn amser byr. Wy'n derbyn 'na.'
Yn dilyn eu hysbaid o ysgafnder, roedd iselder Danny wedi
dychwelyd i'w lais. "Da fi ochrodd y ddou ar y dechre, pan
adawodd Marian i fyw 'da'r rhacsyn 'na. Allen nhw ddim
diodde'r dyn. Hi gas y bai am bopeth 'da nhw ar y pryd. Ond
wedyn, mwya sydyn, ar ôl . . . Y Noson 'Na Pan Ddigwyddodd
Popeth . . . Wel! Wedyn, y fi o'dd y Gŵr Drwg. Dros nos, arna
i o'dd y bai am bopeth.'

'Gorfod dygymod ma'n nhw. Dyma'u ffordd nhw – am
nawr.'

'Ond allan nhw ddim parhau am byth i esgus mai arna i
ma'r bai bod 'u mam yn y carchar,' ceisiodd Danny ddadlau'n
ôl. 'Yr hyn a ddigwyddodd yw'r hyn a ddigwyddodd, achan.
Y gwir a saif.'

'Licsen i gytuno â ti,' mynnodd Martin yn slic. 'Ond rwy'n
ofni dy fod ti'n rong. Un peth yw profiade. Peth arall yw 'u
prosesu nhw a'u troi nhw'n atgofion. Ma' pawb yn gorffod dod
o hyd i'w ffordd wahanol ei hun o stumogi'r gwirionedd.
Chwilio am ffordd o allu byw 'da'r caswir am eu mam ma' Rhys
a Rhiannon. Am nawr, yn anffodus, ti yw'r bwch dihangol.'

'Wel, symo 'na'n deg!'

'Na, wrth gwrs nad yw e'n deg,' ymresymodd Martin
mewn cydymdeimlad. 'Ond am nawr, rhaid iti dderbyn mai
fel 'na mae. Ma' profiade'n digwydd. Ma' ffeithie'n bod. Ond
cael eu creu mae atgofion.'

*

O'r cefn, edrychai Martin fel fersiwn meinach o Danny.
Roedd y ddau tua'r un taldra a cherddent â'r un cerddediad.

Wrth wau eu ffordd drwy'r bobl ar y palmant cul, doedd dim ynglŷn â'u camre'n awgrymu bod y naill na'r llall yn gorfod cyfaddawdu er mwyn cydymffurfio. Cydgerddent â chamau breision a wnâi iddyn nhw ymddangos yn hamddenol a hyderus yr un pryd.

O ran gwisg, serch hynny, gwahanol iawn oedd delwedd y ddau. Roedd Martin mewn trowsus ysgafn, drud yr olwg, o liw melyn golau; gwisgai grys cotwm o gefndir gwinau a stribedi amryliw tenau'n rhedeg trwyddo a sandalau am ei draed. Ar y llaw arall, pâr o sgidiau duon oedd am draed Danny, a throwsus o las mor dywyll, bron na ellid ei gamgymryd am ddu, ac roedd ei grys polo o las lliw'r awyr.

Yn gorfforol, doedd dim amheuaeth pa un o'r ddau oedd drymaf a chryfaf. Llenwai Danny ddefnydd ei ddillad yn anrhydeddus, a heddiw, gan ei fod wedi mabwysiadu cerddediad Martin, a hynny'n gwbl reddfol a difeddwl, edrychai'n debycach i darw dof gosgeiddig na'r hwrdd arferol.

Roedd Martin, ar y llaw arall, yn esgyrnog a heini'r olwg, fel sioncyn y gwair.

'Adeg anffodus o'r flwyddyn,' nododd, wrth i'r ddau ymlwybro trwy'r torfeydd. 'Y tymor gwylie ar ei anterth.'

'Ceinewydd yn yr haul. Beth arall sydd i'w ddisgwyl?' tynnodd Danny ei goes heb roi arlliw o wên ar ei wyneb wrth siarad. 'Dyma'r pris sydd i'w dalu am ddod i dre glan môr ar ddiwrnod crasboeth . . . dim ond er mwyn i ti ga'l dy hufen iâ!'

'Paid byth â chymryd enw "hufen iâ" yn ofer,' meddai Martin. 'Wy'n gwbod inni gael strach yn trial parco, ond ma' cerdded yn gwneud lles i ti ac mi fydd yn werth y wâc lawr at y traeth nawr, gei di weld.'

'Dw i'n ame gei di ddim byd mas o'r cyffredin ffordd hyn,' dywedodd Danny'n sinigaidd. 'Dyw Ceinewydd ddim yn enwog fel hafan i *gonnoisseurs* hufen iâ.'

'Gad dy rwgnach!' atebodd Martin yn chwim. 'Ac yn bersonol, ma' 'da fi bob ffydd mai hwn fydd yr hufen iâ gore ifi 'i flasu ers hydoedd. Wedi'r cwbwl, ti sy'n talu, cofia.'

'Ife, wir?'

'Dyna gytunon ni. A ti wastad yn brolio bo' ti wedi edrych ar ôl dy arian, os nad dim byd arall.'

'Rhyfedd iti ddweud 'na! Yn yr wythnose 'na jest cyn . . . cyn Yr Hyn Ddigwyddodd . . . ti'n gwbod bod Marian wedi bod wrthi'n gwneud 'i gore glas i dreial gael ei dwylo ar gyment ag y galle hi o'r arian pan . . .'

'Do, wy'n gwbod,' torrodd Martin ar ei draws, ond gan lwyddo i osgoi swnio fel petai wedi 'laru clywed yr un hen hanes.

'O! Sori. Fi wedi sôn o'r bla'n, odw i?'

'Unwaith neu ddwy, do.'

'Fe bisodd hi ar 'i tships go iawn y noson 'ny, sdim dowt. Chath hi ddim dime'n fwy na'i haeddiant pan a'th yr ysgariad trwodd yn y diwedd . . . ar ôl yr achos.'

'Na, wy'n cofio,' ebe Martin.

'Be sy'n bod ar fenywod pan ma'n nhw'n mynd am ddifôrs, dwed?'

'Ti ddim yn meddwl taw rhyw hynodrwydd yn perthyn i Marian oedd y ffaith iddi fod mor farus am dy arian di, 'te?'

'Sa i'n siwr. Marian yw'r unig un fues i'n briod â hi erio'd. Alla i ddim cymharu. Hi yw'r unig un i dreial godro 'nghyfrifon banc. Pwy a ŵyr? A fe ddwgodd hi hanner y celfi o dan 'y nhrwyn i, ti'n gwbod? O gartre 'i phlant 'i hunan!'

'Menyw unigryw, Marian . . . ar sawl cownt,' dechreuodd Martin bendroni'n uchel dros y mater. 'Wy wastad wedi bod yn hoff iawn ohoni, rhaid gweud. Reit o'r cychwyn cynta pan ddechreuoch chi'ch dou garu. A wedyn ges i'r fraint o fod yn was priodas ichi. A gweld y plant yn tyfu. Drwy'r holl flynydde, a gweud y gwir, ro'n i wastad yn dod 'mla'n yn dda iawn 'da'r hen Farian. Meddwl y byd ohoni, wrth gwrs – fel ti'n gwbod. Ond rhaid cyfadde, fydden i'n hunan byth wedi gallu 'i phriodi hi . . .'

Yna'n sydyn, collwyd rhediad y sgwrs ac undod eu cerddediad.

'Dere glou!' gwaeddodd Martin. ''Co siop gwerthu hufen iâ draw fan 'co!'

Roedd wedi bachu ar gyfle i igamogamu'n chwim trwy'r ceir a dilynodd Danny e'n ddigwestiwn i ochr arall y ffordd. Hyd yn oed wrth ruthro i osgoi'r cerbydau, roedd ei law dde eisoes wedi mynd i'w boced, ac yn ymbalfalu am ei arian mân.

*

Hawdd fyddai hwylio ar fôr mor llywaeth â'r un a ymestynnai o'i flaen heddiw, meddyliodd. Anos o lawer llyo'r hufen iâ toddedig oddi ar ochr y côn yn ei law.

Roedd dal y diferion oll cyn iddyn nhw gyrraedd ei groen yn galw am gryn fedrusrwydd. Am yn ail â thynnu ei dafod dros y stwff gwyn, taflai ei drem draw at y cychod a ddisgleiriai'n dlws ar yr heli. Ar fwrdd un neu ddau ohonynt gallai weld y perchnogion balch yn mynd drwy eu pethau – ambell un â'i frest mas fel petai'n cogio meistrolaeth dros gefnforoedd cyfain. Hawdd ei lordio hi ar ddiwrnod braf.

Twyll oedd y cyfan, wrth gwrs. Ond gwyddai Danny beth oedd rhagrith, a theimlodd ei hunan-dwyll ei hun yn brathu. Roedd hi'r un mor hawdd dod i le fel hwn i gofio ag oedd hi i esgus cofio, tybiodd.

Y 'cofio' a wnâi yma yng Ngheinewydd oedd am rai o brynhawniau ei blentyndod. A oedd yr unig atgofion a feddai nas llurguniwyd ganddo'n perthyn i ddyddiau fel heddiw – yn haul ac yn des ac yn dwyll i gyd?

Pa mor wir allai'r darlun fod – y darlun a gododd yn ei ben o ddyddiau teuluol wedi eu treulio yno ac mewn llefydd cyfagos megis Mwnt, Tre-saith neu Aberporth? Ai dim ond rhith oedd y cyfan? Selena ac yntau'n cecru ac yn esgus hel crancod, am mai dyna oedd disgwyl iddyn nhw ei wneud? Yr orchwyl o newid i wisg nofio wedyn, a bwyta brechdanau caws a thomato gwlyb? (Deuai gwlypter y brechdanau o ddwy ffaith na allai neb eu gwadu, sef bod lleithder mewn tomatos a bod caws yn chwysu.) Neu ei dad yn ceisio dysgu dirgelion pysgota iddo, efallai? Llwyddodd i fynd i'r afael â'r sgiliau sylfaenol yn bur ddidrafferth, ond hyd yn oed bryd hynny bu'n rhy ddiamynedd i ymdopi â'r aros anorfod a oedd i fod yn rhan hanfodol o bleser y profiad.

'Hen arfer twp yw byta hufen iâ ar ddiwrnod poeth,' addefodd Martin. Bron nad oedd Danny wedi anghofio bod hwnnw'n sefyll yno yn ei ymyl, ond wrth iddo droi i edrych arno roedd hi'n amlwg ei fod yntau hefyd yn brwydro i lyfu a gloddesta. Câi well hwyl arni na Danny am nad oedd yn hel breuddwydion gefn dydd golau ac am na chawsai ei lygad-dynnu gan yr olygfa.

'Na. Ti o'dd yn iawn,' ebe Danny'n dawel, gan ddal i ganolbwyntio ar y bwyta, serch dwyster ei feddyliau. 'Wy byth yn dod i'r llefydd 'ma nawr. Dw i byth yn mynd i unman y tu fas i fi'n hunan. Unwaith eto, wy'n ddyledus iti am 'yn arwain i ar gyfeiliorn.'

Yn Aberystwyth y cafodd ei 'arwain ar gyfeiliorn' gan Martin gyntaf. Pan gyrhaeddodd yno'n lasfyfyriwr, roedd hi wedi bod yn naturiol i Danny ffereta amdano fel ffrind am fod hanes rhyngddynt eisoes.

Tua blwyddyn cyn i'r ddau ddechrau yn y brifysgol, ar ddiwedd bore digon trymaidd mewn rhyw ysgol undydd i ddisgyblion chweched dosbarh, Martin fu'r un a awgrymodd i Danny y dylen nhw sleifio bant i'r dref am beint. Buan iawn y trodd un yn ddau a dau yn dri, ac erbyn i'r ddau sleifio'u ffordd yn ôl, pan oedd pawb arall hanner ffordd trwy sesiwn gyntaf y prynhawn, roedd y ddau braidd yn feddw. Mawr fu eu cyfraniad i weddill y drafodaeth – mewn maint os nad mewn sylwedd. Gwyddai pawb a oedd yn bresennol mai cynnwys casgen a ysbrydolodd eu harabedd, ond ni ddywedodd neb mewn awdurdod na bw na be wrthynt yn dilyn y digwyddiad.

Megis y bu arnyn nhw'n laslanciau, felly hefyd yn oedolion. Fel arfer, i Martin roedd y diolch am beidio â thynnu storm i'w pennau. Do, fe fu gan Danny'r gyts i gamu dros y tresi gydag ef, mae'n wir, ond Martin oedd yr un a feddai ar y dychymyg i weld cyfle a gwybod yn reddfol pa lwybr i'w gymryd – a pha mor bell i'w ddilyn heb fynd â nhw i unrhyw wir drybini.

Gwenodd Danny'n slei iddo'i hun wrth gnoi drwy ran olaf y côn. Diolch byth iddo gael gwell hwyl ar ddewis cyfaill nag a gafodd ar ddewis gwraig, meddyliodd.

*

'Fe fydd hi'n newid byd arnot ti,' cyhoeddodd Danny, yn fwy fel arwydd o'i ryfeddod ei hun nag o rybudd i Martin.

'Sdim yn sicrach,' cytunodd hwnnw. 'Ca'l 'y nghadw ar ddihun y nos. Newid clytie . . . dwi wedi clywed y cyfan hyd syrffed. Ti'n gwbod bod dou berson wedi bod mor ewn â gofyn ifi, i 'ngwyneb, ai mistêc yw e, y babi 'ma? Alli di ddychmygu shwt *cheek*?'

'Galla, yn hawdd,' atebodd Danny, heb ymdeimlo o gwbl ag ysbryd rhethregol y cwestiwn. 'Sdim pall ar haerllugrwydd rhai pobol.'

'O leia ma' Mam wrth 'i bodd.'

'Mae wyrion 'da hi'n barod?' hanner holodd Danny, er mwyn ei atgoffa'i hun yn unig.

'O's, o's! Ond wy'n credu ei bod wedi hen roi lan pob gobeth o gael gweld yr enw teuluol yn parhau.'

O ystyried y drafferth gawson nhw'n dod o hyd i le i barcio, digon byr fu eu harhosiad yng Ngheinewydd – rhyw gwta hanner awr. Erbyn hyn, roedd trwyn y BMW yn gwau ei ffordd oddi yno a ffansi'r ddau yn eu harwain i fyny'r arfordir i gyfeiriad Aberaeron. Anaml iawn y câi'r car fynd ar siwrneiau mor hir â hyn, a bron na theimlai Danny fod sioncrwydd yr injan yn adlewyrchu ei hawydd am antur.

'Wy'n siwr y doi di drwyddi,' meddai.

'Dw inne'n reit ffyddiog,' ategodd Martin. 'Wedi'r cwbwl, fe lwyddest ti. Ac ma' amser yn dod mewn bywyd pan fydd dyn jest yn gwbod i sicrwydd beth mae e moyn . . . fel 'se rhywbeth yn gweud wrtho fe bod yr amser wedi dod iddo fynd amdani, sdim ots beth.'

'O, yn gwmws!'

Gresynodd Danny at y ffordd y daethai'r geiriau o'i enau hyd yn oed wrth iddo'u hyngan. Swniai'n arwynebol. Mor ffwrdd-â-hi. Mor ddifater. Fel petai ei gytundeb â'r hyn a ddywedodd Martin wedi bod yn ddim namyn celwydd gole. Ymadrodd nad oedd e erioed wedi bod yn gwbl sicr o'i ystyr oedd hwnnw. (Fyddai dim clem gan ei blant, fe wyddai'n iawn. Roedd y to ifanc yn rhy gignoeth i drafferthu â chelwyddau gole.) Efallai fod yr elfen o amwysedd yn rhan o'i apêl.

Oedd e wedi cytuno er mwyn cytuno'n unig – yn garedig o ddiniwed? Neu a oedd rhyw agenda wahanol ar waith? Dechreuodd chwarae â'r ansicrwydd, fel petai e'n gath oedd newydd ddal llygoden.

Cyn pen deuddydd, byddai'n sylweddoli nad y gath oedd e, ond y llygoden.

Yr ansicrwydd. Nid yr ateb iddo.

Y sglyfaeth. Nid yr heliwr.

*

Didoreithwr oedd e. Dyna gredai Martin. Dyna pam na fedrodd hwnnw erioed ymwrthod ag unrhyw gyfle a godai i gael ei ffrind i wneud yr hyn nad oedd wir at ei ddant.

Roedd hi'n ddawn go ryfedd, ond yn un a ddeuai'n naturiol iawn i Martin. Dyna pam eu bod nhw'n teithio â ffenestri'r car wedi eu hagor led y pen. Petai'n teithio ar ei ben ei hun, byddai Danny wedi bodloni ar agor y ffenestr ar y dde iddo'n unig, er mwyn arbed ei wallt hir rhag chwythu'n wyllt i bob cyfeiriad.

Pan wibiodd lori anferth i'w cyfarfod o'r cyfeiriad arall – dim mwy na lled wisgeren cwrcath o'i benelin dde, a bwysai ar ochr y ffenestr agored – gorfodwyd ef i dynnu'r fraich i ddiogelwch y car yn ddiymdroi. A'r ddwy law'n gadarn ar y llyw, tynnodd y BMW yn ôl oddi wrth y llinell wen ynghanol y lôn. (Roedd hi'r math o lori y byddai pawb yn gytûn na ddylai fod ar ffyrdd culion, troellog cefn gwlad Cymru yn y lle cyntaf. Tra ysai pobl am y nwyddau a gludent, doedd neb am ddioddef yr anghyfleustra a achosent, yr oedi a'r tagfeydd.)

Cyffrôdd y ddau am foment, ond chafodd dim ei ddweud.

Taflodd Martin gip i gyfeiriad y gyrrwr, ond cadw'i lygaid yn ddiwyro ar y ffordd wnaeth Danny. Roedd yr argyfwng wedi ei osgoi, ond byddai edrych yn ôl ar ei ffrind cystal â chydnabod ei fod wedi bod yn delwi. Gyrrodd yn ei flaen fel petai dim yn bod.

Yn dynn wrth sodlau'r lori, gwibiodd dau gar mawr 4x4 heibio, a charafán yn sownd wrth gwt y ddau ohonynt. Pa ots? Roedd pob perygl o gyflafan wedi ei osgoi am y tro. Bellach, doedd dim rhwng y cloddiau tal ond tarmac a hwnnw'n dechrau toddi o dan yr olwynion yn y gwres.

*

Doedd neb arall yn y siop a fedrai Martin ddim ymwrthod â'r demtasiwn.

'Cer i mewn, achan,' cymhellodd. ''Ma dy gyfle di. Sneb arall yn aros ei dro. Pum munud fyddi di.'

Gresynai Danny iddo sôn am y peth o gwbl. Doedd y sefyllfa ddim cynddrwg â hynny. Doedd ei wallt ddim yn fwng a âi hanner ffordd i lawr ei gefn; dim ond braidd yn afler ar draws ei glustiau a'i war, dyna i gyd.

'Nid nawr yw'r lle na'r amser,' ceisiodd fynnu, ond teimlai'n anniddig. Roedd un neu ddau a ddigwyddai gerdded heibio ar y pryd wedi dechrau sylwi ar eu coethan. Dyna a'i gorfododd i fynd i mewn yn y diwedd – osgoi creu sôn amdanynt yno ar y stryd yn Aberaeron.

'Dwy funud fyddi di. Edrych! Ma'r barbwr bach yn aros.'

Y gwir oedd fod y barbwr fel petai'n gwbl ddi-hid o'u presenoldeb. Er bod drws y siop yn agored led y pen a'i fod yn gallu clywed lleisiau'r ddau'n ddidrafferth, ni thalodd unrhyw sylw iddyn nhw tan i Danny gamu dros y trothwy.

'Mae'n rhy boeth i ddadle 'da neb heddiw,' cyfarchodd y perchennog Danny yn Saesneg, gan gydnabod iddo ddeall natur y drafodaeth er na allai ddeall yr un gair penodol. (Roedd yr acen yn rhy amhendant i Danny allu bod yn siwr o ble'n union y hanai'r dyn.)

'Rhy boeth i fynd am gneifiad hefyd, ddywedwn i,' cythrodd Danny'n ôl arno.

'A beth hoffech chi heddiw 'te, syr?'

Wrth ei holi, cymerodd y dyn agwedd fwy ffurfiol, fel petai'n ddrwgdybus o ymarweddiad ymosodol ei gwsmer. Cododd fys i'w gyfeirio at un o'i ddwy gadair henffasiwn.

Eglurodd Danny nad oedd angen dim byd ffansi arno – a mynegodd hynny mewn geiriau unsill a deusill, heb drafferthu i'w clymu ynghyd mewn dim byd a ymdebygai i frawddeg.

Yr eiliad yr eisteddodd yn y sedd ledr ddu, gallai deimlo

ffrwd o aer oer o wyntyll drydan yn y gornel yn torri ar draws ei wyneb.

'Oes modd diffodd y peiriant 'na?' holodd. Sgyrnygodd wrth siarad er mwyn pwysleisio'i anfodlonrwydd.

Yr ateb a gafodd oedd: 'Na. Mae'n flin gen i. Iechyd a diogelwch. Rhaid cadw'r lle 'ma wedi ei awyru. Mae'n amhosibl plesio pawb.'

Sgyrnygodd Danny'r eilwaith. A dyna pryd y sylwodd ar Martin wrth y ffenestr lydan – y cnaf! Roedd ei wyneb wedi ei wthio reit yn erbyn y gwydr, yn gwmws fel plentyn oedd ar fin gwneud rhyw ddrygioni. A dyna lle bu e'n tynnu wynebau a gwthio'i dafod allan gydol y pum munud poenus y bu Danny dan law'r barbwr. Bob cyfle a gâi, byddai Danny'n taflu cip cystwyol i'w gyfeiriad er mwyn cael gwgu'n iawn arno.

Ni ddaeth gair pellach o enau'r dyn â siswrn yn ei law, ond cymerai yntau hefyd ambell gip amheus i gyfeiriad y dyn trwsiadus yr olwg a welai'n gwenu fel giât allan yn yr haul, fel petai'n disgwyl i ffenestr ei siop gael ei malu'n deilchion gan y ddau ddihiryn unrhyw funud.

Petai awel oer y wyntyll heb barhau i fflangellu ei wyneb bob pum eiliad, mae'n bosibl y byddai Danny wedi lliniaru rhyw gymaint a chymryd at y dyn yn well. Wedi'r cwbl, gallai weld bod ei ymddygiad ef a Martin yn ymddangos fel castiau dau grwtyn drwg. Ond roedd rhywbeth annigonol am y dyn. Doedd e ddim yn edrych fel y dylai barbwr edrych. Pâr o jîns oedd amdano, a chrys melyn, neilon yr olwg.

Corddai anniddigrwydd Danny trwy gydol yr orchwyl, er iddo lwyddo i gadw'i geg ar gau.

'Blydi Sais! Do'dd 'dag e ddim diddordeb yn 'i waith o gwbl,' barnodd Danny pan ailymunodd â'i ffrind ar y stryd, ar ôl iddo dalu a gadael y siop. 'Nath e ddim ymdrech i dynnu sgwrs. A do't ti ddim help.'

'Fi?' gofynnodd Martin gan gogio diniweidrwydd.

'Yr holl gleme 'na yn y ffenest!'

'Wel! Fe nath e jobyn teidi ar dy wallt di, ta beth. *So* gad dy gonan!'

'Ti'n meddwl?' holodd Danny gan droi i chwilio am ei adlewyrchiad yn ffenestr siop arall roedden nhw'n digwydd ei phasio ar y pryd. 'Sa i mor ffysi â ti am bethe fel 'na. Cyn belled â'i fod e'n weddol ddeche.'

'Ma'r *haircut* 'na'n neud y tro'n iawn ar gyfer y ffordd rwyt ti'n dewis byw,' daeth ateb Martin, yn swta'i lais ac ysgafn ei ysbryd.

'Diolch,' meddai Danny, yn ansicr o union ystyr hynny. 'Mae'n gysur gwbod.'

'Ond shwt wyt ti mor siwr mai Sais oedd e, ta beth?' aeth Martin yn ei flaen. 'Ti'n llawn rhagfarne. Walle mai Gwyddel nad oedd am arddel 'i dras oedd e. Neu Sgotyn o dras, gas 'i addysg mewn ysgol fonedd yn Surrey neu rywle. Ma'r byd 'ma'n llawn . . .'

'Ma'r byd 'ma'n llawn Saeson,' mynnodd Danny, gan dorri ar ei draws i hoelio'r ddadl. 'Man a man iti ddechre wynebu'r ffaith. Dere di'n ôl ffor' hyn i fyw ac fe weli di'n ddigon clou 'mod i'n llygad fy lle. Sdim ots lle bynnag ei di . . . beth bynnag wyt ti am 'i neud . . . Saeson!'

'Dyna'n union pam na ddelen i byth 'nôl ffor' hyn i fyw,' atebodd Martin yn feddylgar. 'Wel! Ddim tan 'i bod hi'n bryd i fi ymddeol, ta p'un. A dyw hi ddim yn edrych yn debyg y daw'r diwrnod hwnnw i'm rhan i am rai blynydde 'to.'

'Fi sydd ar fai, wy'n gw'bod,' ebe Danny'n hunandosturiol.

'Dyna ti'n treial 'i weud, yntefe? Wy wedi neud popeth yn rhy glou . . . yn rhy ifanc . . . yn rhy ddi-glem. Rhy fyrbwyll! 'Na lle es i'n rong yn y bôn. Gwed y gwir wrtha i nawr – 'na pam ti'n meddwl a'th popeth ar gyfeiliorn Y Noson 'Na Pan A'th Popeth O'i Le, yntefe? Ti'n grediniol, tasen i wedi pwyllo a chymryd amser i bwyso a mesur y sefyllfa, y byddwn i wedi gweithredu'n wahanol . . . Ond fydden i ddim. 'Na lle ti'n rong. Fel pawb arall, ti'n rong. Fydden i ddim . . .'

'O, ffor ffycs sêc, Danny, paid â chodi 'na 'to. Ti'n rhygnu 'mla'n am yr un hen beth. Wy wedi danto clywed.'

'Wel! 'Na'r gwahanieth rhyngddon ni'n dou, ti'n gweld. Ma' 'da ti'r dewis o anghofio am y peth. Sda fi ddim . . .'

'Dim ond am dy fod ti'n dewis morio yn yr un hen gachu. Pigo ar yr un hen grachen. Gori ar yr un hen domen. Beth am fynd am beint? I ti gael golchi blas yr hen farbwr surbwch 'na mas o dy system?'

Cadwodd Danny ei geg ynghau. Nid agorodd hi eto tan i Martin roi peint ar y bwrdd o'i flaen. Tra oedd hwnnw wrth y bar, llwyddodd yntau i fachu bwrdd a dwy gadair allan yn y stryd, ac yno y buodd e am funud neu ddwy yn edrych ar y byd yn mynd heibio nes i'w ffrind gyrraedd gyda'i ddiod.

Drachtiodd Danny'n awchus ar lymaid cynta'r dydd ac yn sydyn, roedd mwy na mymryn o wallt wedi ei gymryd oddi ar ei feddwl. Bron na theimlai'n fodlon.

*

'Sa i'n gwbod pam na wnest ti wrando arna i yn y lle cynta,' mynnodd Martin. 'Fe wnes i dy rybuddio di ddigon.'

'Do, wy'n gwbod,' cytunodd Danny. 'Ond ar y pryd, ro'dd popeth yn anorfod. Alle dim byd fod wedi digwydd yn wahanol i'r hyn a ddigwyddodd. Ro'dd yn rhaid ifi ddianc. Fel 'na ro'dd rhaid i bethe fod.'

'Ti ddim yn credu mewn rhagluniaeth. Ddim mwy nag ydw inne. Geson ni'r sgwrs 'ma gynta 'nôl yn nyddie coleg. Cofio? Do's dim yn y byd 'ma wedi'i ragordeinio. "Enaid rhydd. Ysbryd rhwydd. Bywyd cyflawn." Dyna'r arwyddair bryd 'ny. Arwyddair oes, i fod.'

Chwarddodd Danny.

'Ti'n iawn. Jiawl, ti'n cofio'n dda! Ro'n i wedi hen anghofio hwnna.'

'Ti a fi yn codi dou fys ar y sefydliad,' aeth Martin yn ei flaen gan fanylu. 'Ffyc off go iawn i bawb oedd yn codi pych arnon ni.'

'Yn enwedig, os cofia i'n iawn, am fod "Enaid caeth yn arwain at . . . Ysbryd llesg . . . a Marwolaeth araf",' ychwanegodd Danny'n hwyliog. 'Iysi! Shwt wyt ti'n gallu cofio'r holl athronyddu gwag 'na, Martin bach? 'Na beth o'dd dou hunanbwysig yn malu cachu o'r iawn ryw.'

'O leia o'dd e'n gachu ffresh.'

'O'dd, bryd 'ny! Ond stêl uffernol erbyn hyn,' nododd Danny, i dynnu blewyn o drwyn ei gyfaill.

'Delwedd estynedig, amaethyddol iawn.'

'Drewllyd, hyd yn oed. Ond ti yw'r mab ffarm,' ebe Danny'n slic. 'Finne'n meddwl 'set ti'n gwerthfawrogi tipyn o flas y pridd ar y sgwrs. Dy dynnu di'n ôl yn nes at dy wreiddie, fel bydde Sel ni'n 'i ddweud wrthot ti gydag arddeliad.'

'Nath dod 'nôl yn nes at dy wreiddie ddim lles i ti, do fe?'

'Pwy sy'n gweud?' heriodd Danny.

'Wel, ti dy hunan, achan! Ti'n llawn gwenw'n. Ti'n ddi-sbarc. Ti'n unig . . .'

'Sonies i erio'd yr un gair am fod yn unig,' protestiodd Danny'n syth. (O ble gododd y syniad dwl ym meddylie pawb ei fod e'n unig?) 'Pobol erill sy'n ffaelu godde byw 'da fi. Ond fe alla i fyw 'da'n hunan yn iawn, diolch yn fawr iti.'

'Ti wedi symud i bentre cinog a dime lle fyddi di bron byth yn cael cyfle i dorri gair o Gymrâg 'da neb o un pen wthos i'r llall – ti dy hunan sydd newydd ddweud 'na wrtha i . . . hyd syrffed bron,' dadleuodd Martin yn ôl. 'Ti sy'n achwyn dy fyd, nid fi.'

'Wel! Dy holl siarad di sydd wedi 'nrysu i,' dadleuodd Danny. 'Ti'n gwbod mor hawdd alli di neud 'ny. A sa i wedi meddwl am yr holl ddwli 'na ers blynydde.'

'Digon teg, Danny bach. Fe fuodd 'da ti lot ar dy blât yn y cyfamser. Ysgolion i'r plant. Cadw swyddi da. Talu'r morgais ar dai i gadw to uwchben pawb . . . Fe fuodd y cyfrifoldebe'n ddiddiwedd.'

'Nawr bo 'da fi ddigon o amser, ti'n gwbod beth? Wy'n dal yn ffaelu gweld ffordd ymla'n,' cyfaddefodd yn bwyllog, ond gan arbed ei hun rhag swnio'n wangalon. 'Y cyfan alla i 'i weld yw diffyg dyfodol. Dyw hi ddim yn olygfa bert o 'nhŷ i.'

Taflodd Martin gip i'w gyfeiriad. Gallai hwnnw fynegi cydymdeimlad gyda'r gorau ohonyn nhw, ond doedd e erioed wedi bod yn llipa a gwlanog fel ffrindiau eraill a ddaeth ac a aeth ar hyd y blynyddoedd. (Y rhai nad oedd bellach yn dod ar ei gyfyl, meddyliodd.) Roedd ei herio'n hwyl – ac weithiau'n boenus. Ond o leiaf gwyddai Danny y gallai ddibynnu ar ddidwylledd Martin bob amser.

'Ddylet ti ddim fod wedi mynd o gyffinie Caerdydd,' dywedodd o'r diwedd. 'Ro'dd llond pen o Gymrâg reit rownd iti fan 'ny bob dydd. Marian a'r plant. Cyd-weithwyr.

Cyfeillion. Criw'r clwb gwyddbwyll Cymrâg 'na o't ti newydd ymuno ag e. Nawr edrych arnat ti!'

'Wy'n gwbod,' ildiodd Danny. 'Mae e'n fy lladd i.'

'Cwyno nad oes 'da ti neb i siarad Cymrâg ag e yn Nant Castell, myn yffarn i!'

'Wel, mae'n wir! Diolch byth am Mary Lloyd! Dyw honna ddim yn frawddeg hawdd i'w dweud, cred ti fi.'

'Ro'n i'n gwbod pan soniest ti gyntaf am symud i'r Nant Castell 'ma mai fel hyn y bydde pethe'n troi mas,' ebe Martin yn drist. 'Lle di-ddim i basio trwyddo ar y cyflymder mwya ma'r gyfraith yn 'i ganiatáu, os weles i le o'r fath erio'd. "Ti'n cerdded yn ddall i fro disastyr," ddwedes i wrthot ti. Ac o'n i'n reit hefyd. Yn y dinasoedd, ry'n ni Gymry Cymrâg wedi deall ers blynydde bod yr iaith yn marw yn yr hen gadarnleodd. Pam nad o't ti wedi sylweddoli hynny, sa i'n gwbod.'

Oedodd Martin ar ganol ei huotledd, fel petai'n disgwyl rhyw ymateb. Ond dal ei dir mewn distawrwydd wnaeth Danny. Ers iddynt ddod i adnabod ei gilydd gyntaf, roedd distawrwydd wedi gallu disgyn drostynt cyn hawsed â huotledd. Ni fu eu cyfeillgarwch erioed yn ddibynnol ar arabedd parhaus na chwmnïaeth gyson.

Erbyn hyn, roedd y ddau ar eu hail beintiau, er nad oedd fawr ohonynt ar ôl yn eu gwydrau. Rhyw lymeitian ei gwrw yn fân ac yn gyson fyddai arfer Danny, tra oedd Martin yn fwy tebygol o ddrachtio llond llwnc go sylweddol ar y tro ac yna gadael y gwydryn heb ei gyffwrdd am gyfnod. Gallai ef fod wedi llyncu trydydd peint yn hawdd, ond gwyddai fod angen gyrrwr ar y BMW ac ymataliodd rhag gwneud awgrym o'r fath gan nad oedd am demtio Danny.

'Pan fydd y Gymrâg farw'n derfynol, mae'n edrych yn bur

debyg i fi erbyn hyn mai mewn tref neu ddinas fydd hynny'n digwydd,' ailgydiodd yn ei ddweud, yn dawel a diemosiwn. 'Mewn tŷ mawr crand yn un o'r maesdrefi mwya digyffro, mwy na thebyg. Tŷ na fydd y bobol drws nesa hyd yn oed yn gallu ynganu 'i enw'n gywir . . .'

'Ca' dy ben, wir!'

Nid oedd arlliw o wamalrwydd yn llais Martin, ond doedd dim byd lleddf amdano chwaith. Os oedd am greu effaith, roedd wedi llwyddo i wneud hynny'n ddiymdrech. Câi Danny lawn cymaint o gysur yn y llais ag a gâi o arswyd yn y geiriau. Yn llyfn heb swnio'n oeraidd. Fel meddyg oedd wedi meithrin goslef dda ar gyfer torri newydd drwg.

'Os mai yn y ddinas y bydd hi'n marw, yn y wlad mae 'i chalon hi, siwr o fod,' ymhelaethodd, fymryn yn fwy dwys y tro hwn. Ni throes y naill na'r llall i edrych ar ei gilydd. Yn hytrach, fe syllent yn gytûn drwy'r boblach oedd yn araf fynd a dod o'u cwmpas ac i gyfeiriad rhes o dai cymesur ac amryliw yn y pellter.

'Marw mewn dinas a chael ei chladdu yng nghefn gwlad – dyna dynged yr iaith iti! Ac fe ddaw pawb fydd yn dal ar ôl i fecso dam. Fe fyddan nhw i gyd yn neud yr ymdrech i fynychu'r angladd – pawb yn gwisgo'u dillad parch.'

'Ond fydd 'na neb ar ôl – 'na'r pwynt. Neu fel arall, fydde hi ddim yn farw, fydde hi?'

''Nes i mo'i gweld hi fel 'na,' bu'n rhaid i Martin gydsynio â gwên gellweirus. 'Ond cofia, mae 'na'r fath beth â pherthnase pellennig. Dyw angladd ddim yn angladd os nad oes rhai o'r rheini'n troi lan o rywle – yn gwbl annisgwyl, fel arfer. Fe ddôn nhw o'r llefydd rhyfedda, gei di weld. O gyfandiroedd dierth a dinasoedd fyddi di prin wedi clywed sôn amdanyn nhw . . . Troi lan i dalu'r gymwynas ola i'r hen chwaer ro'n nhw wedi troi cefn arni ers blynydde.'

'Rhoi *send off* teidi i'r hen ferch.'

'Ond fydd dim un bardd ar ôl i lunio cywydd coffa iddi.'

'Gad dy gellwer!'

'Dim englyn hyd yn oed.'

'Paid, wir!'

'Wel! Pam ddest ti'n ôl 'ma, Danny bach?' Am y tro cyntaf, troes Martin i edrych yn iawn ar Danny. 'Pam ddewisest ti ddod 'nôl i ganol y cystudd? Jest er mwyn cael bod yn 'i chanol hi a gweld y trigo â dy lyged dy hun, ife?'

'Ma' 'na fwy iddi na 'ny, gwaetha'r modd.' Tynnodd Danny anadl ddofn wrth siarad. Byrhoedlog fu'r wên a rannodd gyda Martin. Pylodd wrth i'w lygaid lithro'n ôl tuag at y tai ac i'w lais suddo o dan donnau'r môr o'i fewn. 'Nid dim ond bod yn dyst i'r diwedd ydw i nawr. Wy'n rhan o'r darfod.'

'Dere'n ôl i Gaerdydd i fyw, 'te. Cyn 'i bod hi'n rhy hwyr arnot ti.'

'Na. Rhy rwydd. A rhy hwyr yn barod, walle?'

'Rywle yng nghefn 'yn meddwl,' cynigiodd Martin, 'wy wastad wedi coleddu'r ddamcanieth ddirgel 'ma bod pawb sy'n caru'r iaith Gymrâg yn angerddol yn ofni yn 'u calonne y bydd hi farw pan fyddan nhw farw.'

Ni wnaeth Danny sioe o unrhyw fath yn ymateb i hynny – er bod Martin wedi hanner amau y gwnâi. Yn hytrach, crwydrodd ei lygaid i dipyn o bobman, ac eithrio mynd yn ôl at wyneb ei ffrind. 'Mae hynny'n ddweud go fawr,' ildiodd o'r diwedd, heb fradychu fawr ddim. 'Wyt ti'n meddwl bod y ddamcanieth 'ma jest yn berthnasol i'n dyddie ni 'te – neu'n 'mestyn reit 'nôl trwy hanes? Yr Esgob William Morgan, *et al*?'

'Gei di fynd yn ôl at hwnnw, os ti moyn.'

Ochneidiodd Danny o dderbyn ateb mor ddisylwedd. Synhwyrai fod direidi'n dechrau amlygu ei hun yn llais ei ffrind.

'Pob un diwrnod bach ecstra y gallan nhw barhau i anadlu a throedio'r hen ddaear 'ma, ma'n nhw'n ymestyn oes yr iaith, ti'n gweld,' aeth Martin yn ei flaen. ''Na beth sy'n rhoi modd i fyw iddyn nhw. Yr unig reswm pam nad yw 'u hanner nhw wedi cyflawni hunanladdiad ers blynydde.'

'Paid rhyfygu, wir!' ebe Danny.

'Ffact iti! Ma'n nhw'n byw i oedran teg, ti'n gwbod. Ymgyrchwyr iaith.'

Llyncodd Danny weddill ei gwrw ar ei dalcen, ond roedd peth ar ôl o hyd yng ngwydryn Martin.

*

'Cadw lygad barcud ar dy dships,' rhybuddiodd Danny. 'Bugeilia nhw'n ofalus. Neu mi fydd y gwylanod 'ma'n siwr o'u dwyn nhw. Ma'n nhw'n ddiarhebol y dyddie hyn.'

'Ody'r sefyllfa'n gwaethygu? Odyn nhw'n waeth yn Aberaeron nag yn unman arall?'

'Dim syniad. Heb fod 'ma ers sawl blwyddyn cyn heddi. Ond ma'r hanesion amdanyn nhw'n ymosod ar bobol a dwyn y bwyd mas o'u dwylo nhw'n rhemp.'

'Ar 'u cythlwng isie bwyd, ti'n meddwl? Neu jest barus?'

'Blydi pla, os gofynni di i fi.'

'Galaru ma'n nhw, ti'n gwbod. Mae galar gwylanod yn cael ei gydnabod bellach.'

'"Galar gwylanod?"' ailadroddodd Danny.

'Ie,' atebodd Martin. 'Ffenomenon sy'n cael ei derbyn yn helaeth. Fe ddarllenes i erthygl ar y pwnc yn rhywle. Y gred yw eu bod nhw'n galaru ac mai dyna sydd i gyfrif am 'u hymddygiad gwrthgymdeithasol.'

'Galaru dros beth yn gwmws?'

'Mae e yn y DNA erbyn hyn, ti'n gweld. Ymhell yn ôl – reit yn nechre esblygiad gwylanod fel rhywogaeth – y nhw oedd yn teyrnasu dros y glannau. Hen bethe cas, trahaus a balch o'u safle. Y nhw o'dd y bois y bydde'r adar erill o'dd yn byw ar hyd yr arfordir i gyd yn 'u hofan.'

'A nhw yw'r pethe mwya sy'n hedfan ar hyd y lle 'ma o hyd,' protestiodd Danny.

'O bosib. Ond do's dim o'u hofan nhw ar yr adar erill nawr. Ddim fel y bydde yn y dyddie gynt. Fe ddigwyddodd rhywbeth genynnol. Dyw'r gwyddonwyr ddim yn siwr iawn beth yn gwmws. Ond y ffaith amdani yw iddyn nhw golli 'u goruchafiaeth. Rywbryd, cyn bo' amser yn bod, fe fuodd 'na shifft go sylweddol yn y cydbwysedd grym ymysg y rhywogaethe. Heb allu ennyn ofn yn yr adar erill, fe gollodd gwylanod eu safle dyrchafedig yn nhrefn pethe. Chymerodd hi fawr o dro iddyn nhw ddod yn ymwybodol o'u safle israddol newydd ac ers miliyne o flynydde nawr ma'n nhw wedi bod yn galaru dros 'u statws coll. A ti'n gwbod pa mor bigog y gall galarwyr fod.'

'Oes 'na unrhyw sail i'r ddamcanieth dwp 'ma?' holodd Danny'n ddifrifol.

'Mae'n gwneud pob sens i fi,' ailategodd Martin, mewn llais cadarn ond diangerdd. 'Wedi'r cwbl, pan dorri di grib bwli o fewn cylch un gweithgaredd yn ei fywyd, beth mae e'n neud? Dod o hyd i ryw gylch arall o'i fywyd lle gall e fwlio. Dyna pam dy fod ti'n cerdded ar hyd yr harbwr yn Aberaeron heddi yn credu bod dy dships di dan fygythiad ac yn 'u cadw nhw mor agos at dy *chest* ag y galli di. Canlyniad rhyw newid pitw, ond arwyddocaol, ddigwyddodd yng nghyfansoddiad ymenyddol adar y môr ganrifoedd maith yn ôl.'

'Y cyfan wn i yw 'u bod nhw'n greaduried sy'n swnllyd, yn haerllug ac yn gwneud 'u gore i gachu ar bawb . . . Mewn geirie erill, dy'n nhw ddim yn rhy annhebyg i fi,' prysurodd Danny i ychwanegu, er mwyn bychanu'i hun cyn i Martin gael cyfle. Roedd hwnnw wrthi'n cnoi darn olaf ei bysgodyn ac yn gwasgu'r bocs polystyren fu'n dal ei ginio mor fach ag y gallai cyn cerdded draw at fin sbwriel i'w waredu.

'Paid â chymharu dy hun â gwylan, da ti,' dywedodd wrth ddychwelyd. Siaradai'n hynod o gadarn ac yn hynod o dirion yr un pryd, a'i wên radlon wedi ei hailorseddu ar ei wyneb. 'Fyddi di byth yn un o'r rheini, wy'n addo iti. Ti'n rhy drwm ac yn rhy deimladwy.'

Wrth iddo siarad, cododd ei law at ysgwydd dde Danny, fel petai ar fin ei gosod yno'n gysurlon i bwysleisio'i ddidwylledd. Ond yn lle hynny, yr hyn a wnaeth oedd plymio i lawr a chipio'r dshipen a oedd yn llaw Danny o'i afael, yn llythrennol o dan ei drwyn. Cafodd ei dwyn a'i llowcio cyn i hwnnw gael cyfle i lyncu poer.

'Rhaid i bawb edrych ar ôl 'i dships 'i hunan yn yr hen fyd 'ma, Danny bach!' cyhoeddodd gyda gwên.

*

Wrth ddynesu at Nant Castell o gyfeiriad y de, ymdroellai'r briffordd fel llwybr meddwyn, yn ôl a blaen yn dragwyddol dros nifer o bontydd, â choedwigoedd serth o bobtu'r ceunant cul yn creu tywyllwch, hyd yn oed ar ddiwrnod heulog fel hwn. Milltir ddiarhebol o beryglus oedd hon, ond aethai tair blynedd heibio ers y ddamwain angheuol ddiwethaf.

Llanc lleol a laddwyd bryd hynny. Oriau mân y bore oedd hi, ac yntau'n argyhoeddedig fod ei sgiliau gyrru ymysg y rhyfeddodau y dylai eu rhannu gyda'i wejen newydd.

Wrth yrru heibio'r fan lle bu'r ddamwain, tynnodd Danny sylw Martin at yr union goeden lle y diffoddwyd y tân yn ei fol. Er yn gloff, llwyddodd y ferch i oroesi'r ddamwain a phan symudodd Danny i'r fro gyntaf, byddai'r torchau a adawai er cof amdano i'w gweld yn gyson, wedi eu clymu i'r boncyff.

'Nawr, dyna iti beth yw galar,' ebe'n sobor wrth adrodd yr hanesyn.

'Ond ailafel yn 'i bywyd nath y ferch yn y diwedd, ti'n gweld,' mynnodd Martin, wrth nodi bod y fangre bellach yn ddiflodau. 'Dyw galar pobol ddim mor hirymarhous â galar gwylanod, mae'n rhaid.'

*

Nant Castell oedd enw'r lle. A'r unig enw swyddogol arno. Dyna'r unig ddau air a ymddangosai ar yr arwydd a safai ar fin y ffordd. Gallai pawb a yrrai trwyddo eu gweld yn glir, yn fuan wedi croesi'r olaf o'r pontydd peryglus. Canllath arall ac roedd hi'n ddiwedd ar yr igamogamu cyfyng. Lledai'r ffordd wedyn, gan redeg yn od o syth trwy'r mymryn pentref nes cyrraedd y pen arall, lle'r oedd hi'n troi'n droellog drachefn.

Ychydig heibio'r darn metel a gyhoeddai enw'r lle i'r byd, roedd arwydd arall yn dynodi bod Hafan Picnic a

Chyfleusterau Hamdden ar y llaw chwith. Roedd yr arwydd hwn yn ddwyieithog â'r geiriad Saesneg o dan y Gymraeg: *Picnic Area and Recreational Facilities.*

'Croeso i'r unig atyniad twristiaeth yn Nant Castell!' broliodd Danny'n goeglyd, gan droi'n ddisymwth. 'Dere i weld pa mor gyffrous all hi fod 'ma.'

Er ei bod hi'n ddiwrnod na cheid byth ei brafiach, doedd yno'r un enaid byw yn mwynhau adnoddau'r hafan. Roedd yno ddau gar, mae'n wir, ond eglurwyd i Martin mai'r trigolion oedd yr unig rai a ddefnyddiai'r lle, a hynny fel maes parcio answyddogol.

Eiddo'r Comisiwn Coedwigaeth fu'r safle unwaith – stordy boncyffion, a lorïau mawr yn ôl a blaen i lwytho fel bo'r gofyn. Pan ddaeth y cyfnod hwnnw i ben, addaswyd y lle – a hynny ar gryn gost – yn barod ar gyfer ei segurdod presennol. O'r car, wrth i Danny yrru rownd mewn cylch, gallai'r ddau weld y meinciau a'r byrddau pren, y llefydd barbeciw a'r cyfarpar chwarae plant.

'Sneb ond plant yr ysgol fach yn defnyddio'r lle,' eglurodd Danny. 'Yn ôl be glywes i, ma'r rheini'n ca'l dod 'ma weithie i whare ar y *swings* ac yn y bla'n. Ar wahân i hynny, fel hyn ma' hi 'ma, haf a gaeaf. Tipyn o jôc yn lleol.'

'Mae'n go fain arnoch chi am ddigrifwch, mae'n rhaid,' meddai Martin.

Ysgol Gynradd Bro Fawnog oedd yr 'ysgol fach' ac yno yr âi wyrion Mary Lloyd. Ysgol gymuned oedd hi, a chawsai ei sefydlu bron i ddeugain mlynedd yn ôl ar draul cau pedair ysgol wledig arall yn y cyffiniau.

'Diolch i Dduw am ysgolion bach y wlad!' dywedodd Danny'n syth ar ôl ailymuno â'r ffordd fawr, wrth basio'r ysgol, oedd nesaf at yr hafan. 'Yr adeilad 'na yw'r unig arwydd o fywyd yn y lle i gyd.'

Ni fu mynwent yn gysylltiedig â chapel Carmel erioed. Yn dechnegol, chafodd neb erioed ei gladdu yn Nant Castell. Ond ar ôl byw yno am lai na dwy flynedd, amheuai Danny hynny'n fawr.

*

'Iechyd da!'

'Wel . . . Ie wir! Iechyd da!'

Doedd hi ddim yn anodd deall pam roedd tinc o syndod i'w glywed yn eu lleisiau wrth iddyn nhw daro'u gwydrau ynghyd. Roedden nhw wedi eu tynghedu i gael trydydd peint gyda'i gilydd wedi'r cwbl. Un yn fwy na'r disgwyl – os nad yn un yn ormod.

Mwy o syndod byth i'r ddau oedd cael mai yng 'ngardd gwrw' tafarn y Stag's Head yn Llanbedr Fawnog roedden nhw'n ei yfed. Chwarter awr ynghynt, bu bryd y ddau ar ddychwelyd i Ardwyn. Ond cawsent eu dargyfeirio gan gi.

Wrth i Danny yrru yn ei flaen yn araf heibio'r ysgol a Bro Dawel – y stad fechan o fyngalos nesaf ati – camodd llabwst mawr o ddyn garw yr olwg i ganol y lôn, a mwngrel mawr blewog yn ei freichiau. Bu'n sefyll yno ar y palmant ger y siop fel petai'n disgwyl amdanynt. Roedd Danny wedi sylwi arno ac wedi hanner nodi pwy ydoedd iddo'i hun. Ond bu'r orfodaeth arno i wasgu ei droed yn sydyn ar bedal y brêc yn gryn sioc. Gallai'r dyn fod wedi cael ei ladd.

Yr ast oedd wedi cael niwed i'w phawen. Dyna'r stori, er mai cyndyn iawn i ymhelaethu am darddiad y briw fu ei pherchennog. Digon gan hwnnw, yn ystod eu taith fer, fu ailadrodd ei hun yn aneglur. O'r hyn allai'r ddau gyfaill ei gasglu, roedd e wedi ffonio'r filfeddygfa yn Llanbedr Fawnog a chael ar ddeall y bydden nhw'n fodlon cymryd golwg ar anaf y ci dim ond iddo lwyddo i'w cyrraedd cyn iddyn nhw gau am y prynhawn.

'Beth wedest ti o'dd enw'r boi?' holodd Martin ar ôl cymryd ei lymaid cyntaf.

'Ollie Pandy ma' pawb yn 'i alw fe.'

'Swnio fel Andy Pandy pan ti'n 'i ddweud e'n glou.'

'Paid byth â'i alw fe'n Andy Pandy,' ebe Danny'n dawel. 'Wy'n rhyw ame 'i fod e'n gallu troi'n gas.'

'O! Gwed ti.'

Tyddyn wedi ei guddio o'r golwg ar gyrion Nant Castell oedd y Pandy. Roedd Danny wedi bod yno unwaith, toc ar ôl iddo symud i Ardwyn. Gyda Mary Lloyd eisoes wedi ei gwneud hi'n eglur nad oedd hi'n bwriadu gadael iddo segura'n ormodol yn ei 'ymddeoliad cynnar', roedd wedi ymlwybro'n betrus at y drws fel rhan o'i ymdrechion i ehangu gwerthiant *Y Fegin*.

'Ody fe'n siarad Cymrâg 'te? Saesneg siaradest ti ag e yn y car yr holl ffordd 'ma.'

'Mae e'n honni bo' fe'n ffaelu,' atebodd Danny. 'Ond ma' Mary Lloyd yn 'i gofio fe'n grwt bach slawer dydd ac yn dod yn ail am adrodd yn Eisteddfod Sir yr Urdd un flwyddyn.'

'Do fe, wir?' ymatebodd Martin yn ddrwgdybus. 'Wy'n amal yn meddwl be ffyc sy'n dod o'r holl blant 'na sy'n ca'l llwyfan yn steddfode'r Urdd bob blwyddyn. Rhaid bod 'na filiyne ohonyn nhw erbyn hyn. Mi ddyle Cymru, cyd-ddyn a Christ i gyd fod wedi cael 'u hachub sawl gwaith drosodd erbyn hyn. I ble ma'r diawled bach dawnus i gyd wedi mynd, gwed?'

'Gwell pido holi, Martin bach. Morgeisi, gyrfaoedd a cholli'r Gymrâg fuodd hanes o leia'u hanner nhw, mwy na thebyg,' daeth yr ateb sinigaidd.

'Ti'n gwbod, Danny, mwya i gyd wy'n pendroni dros y peth,' ebe Martin yn bwyllog, 'mwya'n y byd rwy'n dod i'r casgliad nad y ffaith dy fod ti'n byw yn y wlad yw dy broblem di fel y cyfryw, ond y ffaith dy fod ti'n byw yn y wlad hon.'

Dewisodd Danny anwybyddu hynny a drachtiodd yn dawel o'i gwrw diflas.

'Ti'n meddwl fydd e'n hir?' gofynnodd Martin.

'Dim syniad,' atebodd Danny'n swta.

'Twll o le!'

'Ody, mae e.'

Hwn oedd y trydydd tro iddo fod yn y Stag's Head. Doedd e'n amau dim nad oedd hi'n gallu bod yn ddigon bishi yno ambell nos Sadwrn, ond yn ei hanfod, hen ystafell ddi-nod oedd y bar a doedd yr 'ardd' fawr amgenach nag esgus o le, lle câi smygwyr greu mwg.

Gwag fyddai'r dafarn petai ci Ollie Pandy heb gael dolur. Doedd neb tu mewn a doedd neb ond nhw eu dau tu fas. Danny oedd wedi mynd at y bar i godi dau beint, tra arhosodd Martin ar ei ben ei hun yn y car am rai munudau yn rhoi caniad ffôn sydyn i'w ddyweddi.

Swta fu ymateb Martin pan holwyd amdani yn dilyn yr alwad. 'Ody, mae'n iawn. Wedi cael diwrnod digon stresol yn y gwaith ac yn falch o fod newydd gyrra'dd adre medde hi,' oedd y cyfan a gafodd Danny ganddo.

Tin-droi'n ddiamcan wnaeth y sgwrs wedi hynny wrth

iddyn nhw gyfnewid jôcs yn haul diwedd y prynhawn. Mynegodd y ddau eu barn am y llyfrau roedden nhw wedi eu darllen a'r ffilmiau roedden nhw wedi eu gweld ers iddyn nhw fod yng nghwmni ei gilydd ddiwethaf (neu a bod yn fwy manwl, y llyfrau roedden nhw wedi bwriadu eu darllen a'r ffilmiau roedden nhw wedi bwriadu eu gweld). Soniodd y ddau yn ddilornus am lwyddiannau amheus rhai o'u cydnabod. Fe fuon nhw'n hel clecs; yn gwneud sylwadau masweddus am gwpl o fenywod enwog nad oedd gobaith ganddynt byth eu cyfarfod; yn rhegi gwleidyddion o bob lliw ac yn lladd ar y tîm rygbi cenedlaethol. Rhwng popeth, treuliodd y ddau hanner awr yn lladd amser wrth roi'r byd yn ei le.

Roedd hi'n egwyl a ddarostyngai'r ddau, gan beri iddyn nhw ymddangos yn llai na'r hyn y gallai'r naill neu'r llall fod, petai ar ei ben ei hun. Crebachwyd eu grym gan eu cleber, trwy eu troi'n ystrydeb. Dros dro, y nhw oedd y ddau gymeriad diarhebol hynny a fyddai wastad, yn ôl y chwedl, mewn rhyw hen dafarn yn rhywle yn disgwyl dyfodiad dyn a'i gi.

Cyflawnwyd eu disgwyliadau maes o law. Cyrhaeddodd Ollie Pandy, a'r ci'n hercian wrth ei gwt.

*

Coffi yfai'r ddau. Credai Danny y byddai llymaid o ddiod gadarnach wedi gosod sail fwy solet i'w gyfle olaf am seiat. Ond rhaid oedd derbyn bod Martin yn gorfod gadael am Gaerdydd cyn bo hir. Cydymffurfio â'r drefn oedd orau.

Eisteddai'r ddau yn y gegin fyw. Roedd hi'n nosi ond chafodd y llenni mo'u tynnu, am fod Martin wedi haeru bod rhywbeth bugeiliol braf am liw'r haul wrth ei wylio'n 'machlud farw' yn y pellter – oedd, ym meddwl Danny, gyfystyr â dweud ei fod yn 'esgus marw'. Yn ei dyb ef, dim ond rhyw hen dric barddonllyd oedd yr hud a berthynai i weld yr haul yn mynd i lawr. Rhith o rywbeth hardd. Un o gastiau'r gorwel.

Ben bore, fe fyddai'r bastard bach twyllodrus yn ôl wrth ei bethe drachefn, fel y gwyddai pawb.

Hen linell bell nad yw'n bod,
Hen derfyn nad yw'n darfod.

'Blaw ei bod hi'n bod, wrth gwrs. Ac roedd 'na ddarfod.

Erbyn hyn, aethai awr dda heibio ers iddyn nhw ganu'n iach i Ollie Pandy yn y Stag's Head, lle y bwriadai hwnnw wneud noson ohoni, yn ôl pob golwg. Y fe a'i gi.

'Pan ma' 'da ti gwlffyn mowr gwyllt yng nghefen dy gar, a hwnnw'n magu ci sy'n gwaedu yn ei gôl, sda ti ddim lot o ddewis 'blaw rhoi dy dro'd lawr a mynd,' ceisiodd Danny resymoli'r orig ryfedd roedden nhw newydd ei rhannu.

Cyn iddyn nhw yrru ymaith o faes parcio'r dafarn, roedd hi wedi dechrau troi'n gystadleuaeth rhwng y ddau i hel atgofion am y gwahanol 'gymeriadau' a fu yn eu bywydau, ddoe a heddiw. Tra oedd rhai o fewn cylch cydnabod un ohonynt yn unig, rhannent eu hadnabyddiaeth o eraill. Doedd dim gwadu nad oedd llawer o'u gorffennol wedi gorgyffwrdd – ond dyfodol gwahanol iawn i'w gilydd a wynebai'r ddau. Synhwyrent hynny heno.

Bu'n ddiwrnod i'r brenin i Danny. Trist oedd dygymod â'r ffaith ei fod yn dirwyn i ben. Er nad oedd wedi dychmygu y câi byth fyw i weld cynifer o ddrysau'n agor o'i flaen o fewn oriau un diwrnod, yr argraff fwyaf a adawyd arno oedd clywed sŵn cynifer ohonynt yn cau y tu cefn iddo.

Pan ddaeth yn amser iddo dynnu'r llenni ynghyd o'r diwedd, sarnodd beth o'i goffi ar hyd y bwrdd wrth roi'r mŵg o'i law, am ei fod wedi rhuthro braidd wrth godi. Thasgodd yr un diferyn ar y cyfrifiadur, diolch i'r drefn. Am unwaith, wnaeth Martin yr un sylw am ei letchwithdod a theimlai Danny'n saff drachefn.

Cyneuodd y golau'n gyntaf cyn camu draw at y ffenestr. Newydd gydio yn y defnydd di-raen oedd e pan dorrodd Martin yn ddidaro ar eu tawelwch. 'Mae'n nosi'n gynnar y dyddie hyn,' dywedodd.

Llithrodd y llenni o afael Danny a throes at ei gyfaill yn syn. 'O!' meddai'n ddwys. 'Tithe wedi sylwi ar hynny hefyd, wyt ti?'

*

Doedd meddwl am yrru drwy'r gwyll ar ôl diwrnod mor grasboeth o oleuedig fawr at ddant Martin, ond gwyddai fod gwaeth i ddod ac y byddai'n nosi go iawn arno toc. Golau'r car yn ledio'i ffordd a'i droed i lawr ar y sbardun amdani, meddyliodd. Cymodwr oedd e o ran ei natur a'i alwedigaeth. Fyddai cymathu goleuni dydd a düwch nos nac yma nac acw iddo.

'Cofia ddod â Cassie 'da ti tro nesa,' siarsiodd Danny, tra oedd ei ffrind yn gwneud ei hun yn gysurus yn sedd y gyrrwr. Roedd ffenestr ochr y teithiwr wedi ei hagor led y pen a gwên Danny'n llenwi'r gofod.

'Dy dro di yw hi i ddod draw i Gaerdydd tro nesa,' atebodd Martin. 'Mae'n hen, hen bryd.'

'Ond dw i'n nabod Caerdydd fel cledr fy llaw,' mynnodd Danny. 'Ar y llaw arall, fel wedest ti gynne, symo Cassie'n nabod Cymru o gwbl.'

'Na, ma' hynna'n wir,' ildiodd.

'Heb fod pellach i'r gorllewin na Gwasanaethau'r Sarn ar yr M4, meddet ti . . .'

'Digon gwir!'

'Wel, 'na ti 'te!'

'Ond pan ddaw hi draw ffordd hyn, mynd â hi i weld 'y nheulu fydda i gynta.'

Rhai digon brith oedd y rheini, cofiai Danny, ond roedd hi'n rhy hwyr yn y dydd i atgoffa Martin o hynny nawr.

'Gwed wrthi am ddod â'i *designer wellingtons* gyda hi, 'te!'

'Dyw pawb wy'n perthyn iddyn nhw ddim yn byw lan at 'u ceseilie mewn dom da, ti'n gwbod,' chwarddodd Martin.

'Na, wy'n gwbod,' cellweiriodd Danny drachefn. 'Ma' rhai ohonyn nhw'n bobol ddiwylliedig iawn. Shwt est ti gyment ar gyfeiliorn, sa i'n gwbod!'

'Beio'r ffrindie wnes i ym more oes ma' Mam,' atebodd Martin gan droi'r allwedd i gynnau'r injan.

'Clyw! Aros eiliad!' mynnodd Danny, wedi cael syniad sydyn. Cododd i'w lawn faint a rhuthrodd 'nôl i'r tŷ. Pan ddaeth allan drachefn, roedd copi o'r *Fegin* wedi ei rowlio fel tiwb yn ei law a gollyngodd ef ar y sedd ger y gyrrwr. 'Fydde Mary Lloyd byth yn madde ifi 'sen i'n gadel iti fynd 'nôl i Gaerdydd heb hwn.'

'Jiw! Diolch!'

'Ta shwt eith hi, siwrne dda iti!'

'A tithe ar dy daith, Danny boi. *So long!*'

Gyda hynny, roedd y car wedi ei roi mewn gêr ac yn poethi

ei ffordd at y troad cyn diflannu o'r golwg. Doedden nhw erioed wedi bod yn ddau i wneud ffys o ganu'n iach a doedd eu ffarwelio heddiw ddim gwahanol i'r arfer. Roedd Danny wedi codi llaw yn frysiog, cyn troi ar ei sawdl a dychwelyd i dŷ gwag.

*

Ni theimlai'r tŷ'n wag iddo am ryw reswm. Fe ddylai. Ond dylanwad Martin oedd yn gyfrifol. Yn ôl ei arfer, roedd hwnnw'n dal ei afael. Gallai Danny glywed mwynder y llais yn ei ben o hyd, fel petai adlais y dwyster, y chwerthin a'r pryfocio'n dal i fownsio'n ysgafn fel pêl draeth rhwng muriau, lloriau a nenfydau'r lle.

Serch ysgafnder ei ysbryd, roedd yr aer yn drwm gan yr hyn oedd yn weddill o wres y dydd. Fe'i clywai'n crafu ei ffroenau. Yn rhan annatod o bob anadl a dynnai. Yn ormesol, bron. Nid gormesol, chwaith. Roedd hwnnw'n air rhy lym o lawer, cywirodd ei hun. Doedd e ddim yn llethol. Crafog, efallai. Fel direidi'r llais. Rhyw grafu a chrasu fu diléit y dydd. Nid fel tân ar groen. Tebycach i ewin, tybiodd. Ewin yn crafu. Cosi. Ie, cosi, meddyliodd. Cosi oedd y gair. Yn goglais yn hytrach nag arteithio.

Roedd cosi'n air da – ond hyd yn oed wedyn, wyddai e ddim ai dyna'r union air a chwenychai. Weithiau, byddai gair a ddeuai i'w ben yn cyfleu ystyr yr hyn roedd am ei fynegi i'r dim ac yn gwneud synnwyr perffaith yn ei gyd-destun, ond yn dal heb ateb y gofyn, rywsut. Yn annigonol. Heb ennill ei blwy.

Petai ef ei hun yn air yn hytrach nag yn berson, gair felly

fyddai e, barnodd. Un braidd yn lletchwith yr olwg. Un a allai swnio'n dda ar brydiau. Ond un na fyddai cweit yn cwrdd â'r gofyn am ba bynnag reswm – y math o air y byddai pobl yn osgoi ei ddefnyddio'n aml am fod arnyn nhw ofn iddo droi'n dyst yn eu herbyn a'u bradychu maes o law.

Sylweddolai y dylai fod wedi drwgdybio geiriau erioed.

Gwyddai'n burion mai mater hawdd oedd osgoi defnyddio rhai geiriau – y rhai oedd yn dramgwydd i'r glust neu'n hyll i'r llygad. Ond tan ddiwedd ei gyfnod yng Nghaerdydd, doedd e ddim wedi deall mor hawdd oedd hi i osgoi unigolion hefyd. Pobl fel fe.

Danny Thomas? Fyddai'r enw byth yn cael ei grybwyll. Anghofiwyd y cyfuniad hwnnw o sillafau, fel na chaent eu hyngan byth. Yn sydyn, cafodd myrdd o ffyrdd eu dyfeisio i fynd y ffordd arall heibio iddo. Aeth yn anweledig. Israddiwyd ei holl fodolaeth, fel petai'n gysyniad drewllyd nad oedd yn weddus ei fynegi ar goedd.

A Marian, druan! Yn y carchar! Hithau wedi codi cannoedd, os nad miloedd, o bunnau dros y blynyddoedd i'r ysgol feithrin leol a llu o achosion da eraill. A diau bod llond trol o resymau clodwiw eraill pam y dylai pawb deimlo trueni trosti, er gwaetha popeth. Y Farian gymdeithasol, amyneddgar, ddioddefus. Bu sirioldeb fel surop yn diferu ohoni'n gyson. Ffefryn pawb. (Oedd hynny'n dal yn wir lle'r oedd hi nawr, tybed?) Pwy feiddiai fod yr un i godi'r garreg gyntaf yn erbyn Marian Thomas?

Gwir, roedd hi wedi lladd dyn. Ond doedd wybod pa erchyllterau a oedd wedi gorfodi'r greadures i ddianc o'i phriodas i freichiau'r dyn hwnnw yn y lle cyntaf. Ac mae gan bawb hawl i un mistêc bach yn ystod ei oes, does bosib?

Byddai'r cyfan wedi bod yn gymaint haws iddo petai e wedi gallu casáu Marian. Ond er iddo geisio gwneud hynny, fe fethodd. Roedd e'n dal i'w charu. Er i'w friw edrych fel clais, cariad oedd e mewn gwirionedd.

Torrodd mas i lefen yn fwya disymwyth. Y Danny Thomas hwnnw nad oedd neb am ei adnabod mwyach. Goddiweddwyd ef gan ddilyw nas gwelodd ei debyg ers tro ac enciliodd i'r soffa yn ei wendid, gan geisio claddu'i wyneb yn ei ddwylo. Enghraifft arall o argyfwng y byddai'r byd yn dewis ei anwybyddu.

Heb neb yno i fod yn dyst i'w drallod, y cyfan a welai yn llygad ei feddwl oedd Marian, yn union fel petai'n las y dydd a diwrnod newydd sbon ar wawrio. Ei hwyneb hi a welai. A'i hwyneb hi yn unig. Yn fud a diymateb. Dyna'r unig ddelwedd a ddaeth iddo yn y munudau hynny – yr un un yn gwmws ag a ddeuai iddo beunydd pan ddihunai. Marian. Marian. Marian.

Ond yr unig lais a glywsai trwy ei ddagrau oedd un Martin.

*

Doedd neb wedi ceisio'i ffonio na gadael yr un neges iddo drwy'r dydd. Wfft i'r cont, meddyliodd, gan luchio'r ffôn at y soffa. Difarodd iddo drafferthu i godi'r teclyn oddi ar y bwrdd yn y lle cyntaf. Dylai fod wedi ei adael yno i bydru. Bu allan hebddo drwy'r dydd ac nid oedd wedi gweld ei eisiau.

Roedd yr un peth yn wir am y cyfrifiadur. Bu hwnnw'n sefyll yno'n segur drwy'r dydd, a nawr ei fod wedi cael cyfle i edrych, doedd dim byd o werth wedi ei gofnodi arno. Ac eto, ar ddiwrnod cyffredin, byddai'n siwr o droi ato bob whip stitsh, fel oen swci nad oedd byth am fynd yn rhy bell o olwg y deth.

Oedd e mor gaeth â hynny i *routine*? Wrth chwythu ei drwyn am y chweched tro ac ailymgynefino ag anadlu'n naturiol ar ôl ochneidiau'r dagrau, teimlodd yr angen i roi sioc i'r system. O ble ddaeth y chwiw, does wybod. Mympwy, yn ddi-os. Ond doedd dim troi'n ôl. Roedd ei fryd yn bendant ar wneud rhywbeth nad oedd wedi ei wneud erioed o'r blaen. Dim byd mor annisgwyl â mynd i Blackpool, o bosibl. Ond syniad llawn mor smala.

*

Chofiai e ddim pwy ddywedodd wrtho fod modd mynd o Ardwyn i'r pentref ar draws y caeau yn ogystal ag ar hyd y ffyrdd. Dim ond dilyn y llwybr tractor heibio Rose Villa a chroesi cae neu ddau oedd ei angen, medden nhw, ac fe ddôi allan gyferbyn â'r ysgol. Doedd e'n amau dim nad oedd yr hyn a glywodd yn wir, ond heb wybod yn gwmws pa gae neu ddau i'w croesi, roedd wedi gosod tipyn o sialens iddo'i hun. Heb nac arwyddbost na seren na fawr o synnwyr cyfeiriad i'w helpu, chymerodd hi fawr o dro cyn iddo ddechrau danto a difaru cychwyn ar ei daith.

Twpsyn oedd e! Fe ddylsai fod wedi dod â fflachlamp gydag e. Ond bu mor desog drwy'r dydd; gallai gofio fel y bu gwybed bychain yn dawnsio o'u cwmpas wrth iddynt yfed y tu allan i'r Stag's Head ychydig oriau'n ôl yn unig. Dim ond yn raddol, ar ôl bod yn cerdded am ddeg munud a mwy, y daeth i sylweddoli bod cymylau'r fall wedi ymgasglu o rywle'n ddiarwybod iddo, gan roi slap go iawn ar draws wyneb y lleuad a'i throi hi'n nos go iawn arno.

Petai'r chwiw hwyrol hon wedi ei ddenu i gyfeiriad y Capel Gwag, byddai'n stori wahanol arno. Mor gyfarwydd oedd e â'r llwybr at hwnnw, fyddai hi fawr o drafferth iddo ddod o hyd i'w ffordd yno, hyd yn oed yn y nos dywyllaf.

Ond antur wahanol iawn oedd yr un a'i harweiniodd ar gyfeiliorn heno.

Ei obaith wrth adael cartref oedd gallu dibynnu ar ei synhwyrau i'w arbed rhag crwydro'n ofer. Gwyddai fod cerbydau'n teithio'n weddol gyson ar hyd y briffordd, hyd yn oed trwy oriau'r nos. Felly tybiodd mai mater hawdd fyddai cadw'i lygaid a'i glustiau'n agored am eu goleuadau a synau eu hinjans. Ond nid oedd wedi bargeinio am y goedlan drwchus a safai rhyngddo a'r ffordd fawr. Llyncai honno eu sŵn a'u llewyrch fel ei gilydd.

Deallai Danny'n iawn fod coed yn cynnig cynefin i fywyd gwyllt ac yn lle delfrydol i greaduriaid guddio o olwg dyn – ond ar wahân i hynny, wyddai e ddim pa ddiben oedd iddyn nhw. Roedd y dyddiau pan fyddai plant yn mynd i goedlannau i fwydo'u dychymyg a dysgu byw â'u drygioni wedi hen ddarfod. (O brofiad, gwyddai fod cynifer o'r llefydd gwyllt lle bu ef ei hun yn dysgu byw pan oedd yn blentyn bellach yn segur a dibwrpas. Deuai plant heddiw o hyd i'w hunain mewn llefydd eraill, mwy peryglus.)

Am un ennyd ddoniol, cafodd ei hun yn straffaglu ar ben clwyd, ei goes dde yn dal i hongian yn y cae roedd e newydd ei groesi, a'r un chwith yn anelu am y nesaf. Un trwsgl fu e erioed, er iddo lwyddo i guddio'r ffaith yn dda, gan ei fod yn gydnerth o gorff ac yn heini ei anian. Er iddo gymryd diddordeb brwd mewn chwaraeon ers iddo gicio pêl am y tro cyntaf, nid oedd wedi rhagori yn yr un gamp benodol erioed. 'Un o'r bois' fu Danny Thomas gydol ei oes. Anaml iawn y dyrchafwyd ef i fod yn 'un o'r tîm'.

Nid awydd i fod yn rhan o unrhyw dîm oedd wedi ei gymell i fynd allan. Mae'n wir ei fod wedi stwffio'r copïau o'r *Fegin* adawyd gan Mary Lloyd yng nghwdyn plastig gwraig y siop cyn gadael. Ond dim ond esgus oedd dosbarthu hwnnw. Weithiau, roedd rhinwedd yn esgus teilwng dros ffolineb. (*Sori, Mary! Ond nid er mwyn yr achos rwy'n neud hyn nawr. Yr unig reswm ddes i mas i ddosbarthu'r* Fegin *ganol nos o'dd er mwyn ca'l hen jobyn diflas mas o'r ffordd.*) Ar ôl glanio'n ddiogel o ben y glwyd, cododd y cwdyn o'r ddaear, lle'r oedd wedi ei luchio ymlaen llaw, ac aeth ymlaen â'i daith.

O'r diwedd, roedd ganddo reswm dros godi ei galon. Fesul un ac un, wrth iddo groesi'r ail gae, daeth y tri golau stryd a oleuai'r pentref i'r golwg yn y pellter. Dechreuodd deimlo'n falch ohono'i hun, fel petai wedi cyflawni rhywbeth gwerth chweil o'r diwedd. Roedd yn brofiad pur amheuthun iddo a gwnaeth y gorau ohono.

Heb yn wybod iddo bron, cafodd fod mymryn o bant yn y tir am ddau ganllath olaf y rhan hon o'i siwrnai ac ar ôl cerdded i lawr iddo, rhaid oedd dringo allan ohono eto. Roedd yn chwys drabŵd erbyn cyrraedd y glwyd dyngedfennol a'i tywysai'n ôl at wareiddiad, a gallai deimlo pwysau'r papurau a gariai'n dechrau troi'n fwrn.

Ar wahân i udo un ci unig, roedd anhedd-dai Nant Castell yn dawel fel y bedd.

Clwyd haearn oedd y glwyd yr oedd yn rhaid mynd drwyddi, ond dynesodd ati'n hyderus gan ei bod yn amlwg yn cael ei defnyddio'n gyson. Doedd dim angen dringo drosti.

Tynnodd y bollt yn ôl yn ddifeddwl o chwim. Chwalwyd y tangnefedd gan wich uchel yn diasbedain, a honno'n oer fel gwaywffon yn chwibanu drwy'r awyr i gyrraedd ei phrae. Cymaint fu'r ias, ofnai Danny iddo dynnu eu gyd-bentrefwyr oll o'u cwsg. Arhosodd yn ei unfan ennyd i edrych o'i gwmpas, rhag ofn.

Ond doedd dim lle iddo boeni. Camodd drwy'r adwy gan deimlo rhyddhad o gael palmant dan ei draed o'r diwedd, cyn troi i gau'r glwyd ar ei ôl. Cymerodd fwy o ofal y tro hwn, a llithro'r bollt yn ôl i'w le yn araf, araf.

*

Ugain munud yn ddiweddarach, cyrhaeddodd yn ôl i'r un man yn union a dau gopi'n llai o'r *Fegin* yn ei gwdyn plastig ar ôl iddo'u taro drwy ddrysau dau gyfeiriad ar y rhestr tanysgrifwyr. Anaml iawn fyddai angen iddo gymryd arian parod oddi ar neb. Strategaeth ddosbarthu Mary Lloyd oedd cael cynifer o ddarllenwyr ag y medrai i danysgrifio ymlaen llaw a hynny am gyfnodau o flwyddyn neu ddwy ar y tro. 'Llai o ffwdan yn y pen draw,' chwedl hithau.

Ergyd carreg o'r glwyd safai'r Hen Efail. Gwyddai Danny mai dyna a arferai sefyll ar y safle siang-di-fang am fod y geiriau 'Yr Hen Efail' wedi eu naddu yn y garreg uwchben drws y tŷ. Cwta ganrif yn ôl y codwyd y tŷ a wynebai'r ffordd heddiw, ond o edrych heibio'i dalcen roedd modd gweld adfeilion yr hen efail wreiddiol wedi ei chladdu o'r golwg bron, o dan dwyni o rwd.

> Pedoli, pedoli, pe dinc –
> Mi fynnaf bedoli pe costia 'mi bunt!

Thalodd neb yr un ddimai i gael na march na chaseg wedi eu pedoli yn Nant Castell ers sawl cenhedlaeth. Wedi ei hoelio'n anghelfydd ar wal ynghanol y ceir a'r geriach rhacs, roedd arwydd amrwd: T Slattery & Son, Castle Brook Scrap Metal Dealers. I Danny, dolur i'r llygad oedd llanast y lle, hyd yn oed mewn tywyllwch.

Afraid dweud nad oedd copi o'r *Fegin* yn mynd ar gyfyl yr Hen Efail. Fyddai Mr Slattery a'i deulu ddim callach o'i dderbyn gan na fedren nhw mo'i ddarllen.

*

Trigolion Bro Dawel oedd yr unig gymdogion lled agos yr oedd ganddo obaith caneri o dorri gair o Gymraeg â nhw. Er iddo wneud ei orau glas i ddod o hyd i rywrai diddorol yn eu plith yn y dyddiau cynnar, methiant fu pob ymdrech. Byddai'n dal i dynnu sgwrs ag ambell un pan ddeuai ar eu traws, ond dim ond am eu bod nhw yno. Y rhain oedd ei gyd-Gymry wedi'r cwbl – y defaid colledig a'r olaf o'r brodorion cynhenid, bron â bod, oll wedi eu corlannu ynghyd i'w byngalos bychain, tra bo estroniaid yn ei lordio hi yn y tai go iawn o'u cwmpas.

Roedd wedi bod mor ffôl â chredu mai chwinciad fyddai e'n mynd rownd y pentref cyfan, ond gallai deimlo'i hun yn dechrau diffygio erbyn hyn. Synhwyrai nad oedd amser o'i blaid a châi hynny ei adlewyrchu yn ei gerddediad bellach. Liw nos fel hyn, roedd hefyd wedi cymryd yn ganiataol na fyddai gofyn iddo 'ryngweithio' â neb, ond buan y gwrthbrofwyd y ddamcaniaeth honno.

'I beth y'ch chi dda, ddyn, amser 'ma o'r nos?' Tynnwyd ef

o'i ludded gan lais benywaidd cras y tu cefn iddo. Fferrodd mewn braw yn y fan a'r lle.

Newydd ddechrau ar y rhes gyntaf o fyngalos oedd e pan orfodwyd ef i droi'n araf i wynebu'r hen wreigan. Safai yno'n heriol mewn gŵn gwisgo siabi, ei gwallt brith yn belen anniben ar ei gwar a'r *Fegin* yn ei llaw, fel cleddyf i'w hyrddio tuag ato'n gyhuddgar. Hen beth salw, flin oedd hi, barnodd, ar ôl troi i'w hwynebu, ac ni theimlai iot o gywilydd am feddwl amdani mewn termau mor anghynnes.

'Chi'n gwbod faint o'r gloch yw hi?'

Roedd wedi tarfu ar ei mwynhad o snwcer, mae'n ymddangos. Ei dihuno o'i phendwmpian o flaen y teledu fyddai'n nes ati, tybiodd yn ddilornus. Ceisiodd ymddiheuro iddi a'i sicrhau o ddiniweidrwydd ei gymhellion. Ond doedd dim yn tycio. Amheuai Danny mai'r gwir plaen oedd na fyddai ganddo fyth ddiddordeb mewn gwneud ffrindiau o hen bobl, waeth pwy fydden nhw.

Trwy lwc, roedd wedi goroesi'r ffars gynharach, pan fu'n simsanu ar ben llidiart, heb neb yn dyst i'w annifyrrwch. Ond ar gyfer ei *faux pas* diweddaraf, daeth yn amlwg fod ganddo gynulleidfa barod. Pan ymunodd dau arall yn y ffrwgwd – y naill trwy ei drws ffrynt a'r llall trwy hongian hanner ffordd mas o ffenestr ei ystafell wely – penderfynodd Danny ei bod hi'n bryd eu gadael nhw i'w pethau. Troes condemnio llym y tri a'u bygythiadau i alw'r heddlu i'r iaith fain gyda ymddangosiad pen y Sais hanner noeth trwy ei ffenestr. Gallai Danny ddal i'w clywed wrthi wedi iddo'i heglu hi am yr ail res o fyngalos, oedd gefngefn â'r rhes a wynebai'r lôn.

Pan gyrhaeddodd yn ôl at brif balmant y ffordd fawr, gallai ddal i glywed y tri – ac eraill a godwyd o'u gwelyau i weld achos y fath gythrwfl. Gwenodd iddo'i hun, heb edrych i'w cyfeiriad.

Rhwng Bro Dawel a gweddillion y garej, safai dau dŷ solet o gerrig. Edrychent yn od o debyg i Ardwyn, ond heb fod mor lletchwith yr olwg. Y ffaith eu bod nhw ynghlwm wrth ei gilydd oedd i gyfri am hynny, tybiai. Doedd dim gofyn arno i fynd ar gyfyl yr un ohonynt ac aeth yn ei flaen heb oedi. Doedd fiw iddo ildio nawr neu fe ddiffygiai'n llwyr. Anelodd yn ddiymdroi at y tri chyfeiriad olaf ar y rhestr a gariai yn ei ben – pob un ohonynt allan o ganol y pentref, heibio Carmel, i'r cyfeiriad arall.

*

Wrth ddychwelyd i gyffiniau'r hen garej ymhen rhyw chwarter awr, gwnaeth bwynt arbennig o wrando ar y distawrwydd. O'r diwedd, ymddangosai fel petai ymgecrwyr Bro Dawel wedi chwythu eu plwc a throi'n ôl at freichiau Morffews. Y snwcer wedi gorffen a phob drws wedi ei gloi. Roedd hyd yn oed y ci anweledig fu'n cyfarth wedi cau ei geg o'r diwedd.

Pan glywodd sŵn cerbyd yn dod i'w gyfeiriad o'r tu ôl iddo, cyflymodd ei gamre er mwyn dianc rownd cornel y siop cyn i neb allu ei weld. Doedd wybod pwy allai fod yno'r adeg hon o'r nos a sbiodd yn ddrwgdybus ar y rhimyn golau'n cryfhau wrth ddod yn nes. Cynyddodd cyflymdra'r car wrth gyrraedd yr hanner milltir syth a redai drwy'r pentref, gan awgrymu'n gryf mai rhywun lleol oedd wrth y llyw – rhywun a wyddai ei ffordd yn dda ac a fu'n aros ei gyfle. Waeth pwy oedd yno, digon di-nod oedd y car a yrrai, ac aeth ar ei daith heb aflonyddu ar neb.

Wrth gamu o'r cysgodion i lewyrch y lamp, daeth yr olygfa enwog o'r ffilm *The Third Man* i feddwl Danny. Heno, fe oedd Orson Welles, er nad oedd cath yn sleifio rhwng ei goesau, na sŵn sither yn ei glyw. Go brin bod gobaith mul mewn ras Grand National y gallai neb gamgymryd Nant Castell am Fienna, gwamalodd. Ond gallai pawb ramantu. Hyd yn oed fe, Danny Thomas.

Sylweddolodd yn sydyn fod y gwybed gwres, a fu'n gymaint o bla, wedi diflannu'n gyfangwbl. Roedd hi wedi clafychu'n llwyr erbyn hyn, a'r düwch wedi cau amdano. Ond hyd yn oed nawr, dros awr ar ôl iddo gamu allan iddi, prif orthrwm y nos oedd ei gwres.

Chymerai e ddim cysur o hynny, gan ei fod yn ddigon craff i wrando ar yr hyn a ddywedai ei synhwyrau wrtho – yr hin ar droi a'r naws ar fin newid. Ymhen ychydig oriau'n unig fe fyddai tymor newydd wedi cyrraedd i feddiannu'r tir.

*

Cafodd lond twll o ofn. Drwy'r tywyllwch gallai weld rhywbeth swmpus yn symud i'w gyfeiriad. A hwnnw ar ddwy droed. Ac eto, nid ar ddwy droed o gwbl, rywsut. Am eiliad bitw fach, doedd hi ddim yn ymddangos fel petai beth bynnag ydoedd yn cerdded o gwbl. Llifai'n llyfn a hyderus i'w gyfarfod rhwng y cloddiau tal. Petrusodd Danny. Doedd dim modd dianc. Ond dal i swagro'n dalog tuag ato wnâi'r gwrthrych. Dyn. Yn sydyn, daeth yn eglur iddo beth a welai – a deallodd pwy oedd yno.

Ollie Pandy oedd e, yn cerdded yn fwy hamddenol a llai milwrol ei osgo nag arfer. Yr hyn a ddrysodd Danny bron yn fwy na'r dyn ei hun oedd y ci a ymlusgai'n ffyddlon yng nghysgod ei feistr.

Cyn iddyn nhw ddod yn ddigon agos at ei gilydd i allu siarad yn hawdd, cydnabu ei gyd-gerddwr ef trwy amneidio'i ben, ac ymatebodd Danny â'r un ystum.

'Ti mas yn hwyr heno,' dywedodd wrtho yn Saesneg.

'A tithe,' daeth yr ateb.

'Sut mae'r ci erbyn hyn?'

'Pwdlyd,' oedd ateb Ollie, gan adlewyrchu cyflwr y ci yn ei lais. 'Dw i ddim yn credu bod yr anesthetig wedi cilio'n llwyr eto.'

'Pawb yn barod am 'i wely 'te,' cyhoeddodd Danny wedyn, mewn llais tebyg i'r un y bydd pawb yn ei ddefnyddio pan ddaw'n amlwg nad oes dim byd o bwys i'w ddweud.

'Ie!' cytunodd y llall, gan wenu. Yna, ychwanegodd yn Gymraeg, 'Ti'n iawn fyn 'na, reit enyff.'

'O! Ti *yn* gallu siarad Cymrâg wedi'r cwbwl 'te?' Methodd Danny guddio'i syndod o glywed y Gymraeg yn dod o'i enau.

'Ambell waith,' dywedodd yn llipa. 'Do'dd dim gair o Gymrâg 'da Dat. Ond un o ffordd hyn o'dd Mam, ti'n gweld. *Very rusty* nawr.'

'Paid â phoeni. Finne hefyd,' ebe Danny'n ddifrifol. *'There we are then. Best forgotten.'*

'Mae'n hwyr arnot ti'n dod yn ôl,' aeth Danny yn ei flaen yn ei iaith gyntaf. 'Sesh dda yn y Stag's Head?'

'*Aye!* Sbo . . .' Swniai'r ateb yn un amwys ac fe'i hebryngwyd gan wên slei.

Yna'n sydyn, fe wawriodd arwyddocâd y wên ar Danny, a daeth i ddeall yn burion o ble roedd y bastard newydd ddod.

'Licset ti ddod 'nôl i'r tŷ am ddrinc?' gofynnodd Danny, fel petai ganddo rywbeth i'w ddathlu.

'Drinc?'

'Ie,' cadarnhaodd Danny. 'Ti'n gwbod! Drinc!' Cododd wydr dychmygol i'w geg, a phwyntiodd at Ardwyn i ategu'r ffaith.

'Fan hyn? O, ie! Wrth gwrs.'

'Fan hyn wy'n byw, achan,' meddai, gan hel ei allwedd o'i boced a chamu heibio iddo at y drws. 'Dim ond os wyt ti isie un bach cyn mynd, wrth gwrs – i dorri syched . . . i dorri'r siwrne adre.'

'O! Drinc! Reit iw âr!' meddai Ollie gan fywiogi fymryn, ond heb gyffroi.

Mae'n debyg taw mater o gyfle a chyfleustra oedd hi, iddo'i wahodd i'w dŷ fel yna. Difarai Danny braidd. Nid ofn mynd 'nôl i dŷ gwag fu ei gymhelliad. Ond roedd hi'n rhy hwyr i droi'r cloc yn ôl. Dyna lle'r oedd y dyn, eisoes wrth ei gwt.

Wrth dynnu'r allwedd o'r clo i'w adael e a'r ci i mewn o'i flaen, ceisiodd Danny daflu cip cyfrwys i gyfeiriad Rose Villa, ond gwyddai'n ddigon da nad oedd modd gweld y tŷ o'i ddrws ffrynt. Doedd dim modd barnu a oedd golau ynghynn yno ai peidio, ond dychmygai fod Hannah'n cysgu'n sownd erbyn hyn – ei safnau wedi hen orffen glafoerio a'i blys wedi ei hen fodloni. Yn y cyfamser, roedd yr ast arall a fennodd ar ei ddiwnod newydd lusgo trwy'i goesau wrth wthio'i ffordd o'r tywyllwch at wres y gegin gefn.

*

'Beth yw enw'r ci?'

'Watt.'

Yn y gegin fach yn arllwys fodca yr un iddynt roedd Danny,

a châi hi'n od meddwl nad oedd e na Martin wedi holi enw'r creadur clwyfedig yn gynharach.

'*I was just asking what the dog was called*,' eglurodd pan gariodd y ddau wydryn llawn i'r ystafell arall. Eisteddai'r dyn dieithr ar y soffa ac ar y llawr wrth ei draed roedd y ci wedi ei rolio'i hun yn belen – hen belen ddi-raen a braidd yn ddrewllyd, o bosibl, ond pelen serch hynny.

'Watt,' ailadroddodd Ollie'n swrth. '*That's the bitch's name*.'

Yn ogystal â Hannah yn ei gwely i lawr y lôn, rhaid bod y ddau yn rhannu rhywbeth arall hefyd, sef eu synnwyr digrifwch. Bron nad oedd hi'n gystadleuaeth rhyngddynt i beidio â dangos cymaint ag arlliw o wên dros y dryswch.

'Pam "Watt"?'

'Yn y teulu, mêt,' atebodd Ollie. 'O'dd wastad ci 'da Dat ac enw pob un o'dd Watt. Wastad. *I think it must have had some significance for him in the life he'd had before, but neither Mam or me ever dared ask*.'

'Reit. Mae e'n swnio fel tipyn o *mystery man*, dy dad,' mentrodd Danny. Roedd wedi casglu gan eraill fod dirgelion niwl a niwl dirgelion yn amgylchynu gwreiddiau'r dyn, ond penderfynodd mai'r peth callaf nawr oedd peidio ag ymddangos yn rhy wybodus na holi'n rhy agored.

'*You can say that again*. Jengyd i'r ardal 'ma nath e, ti'n gweld. *The shit hit the fan in his past life apparently*. Dynion drwg ar 'i ôl e.'

'Am 'i waed e, o'n nhw?'

'Ie. Am 'i waed e. *That's a good 'un*! Dyna pam nath e fyth briodi Mam – ddim hyd yn o'd ar ôl i fi ga'l 'y ngeni. O'dd *contacts* 'da nhw, ti'n gweld. Yn Somerset House a llefydd fel 'na. Allen nhw fod wedi ffeindio mas ble o'dd e. 'Na beth fydde fe wastad yn gweud.'

Wedi etifeddu mantell y dyn ar y cyrion roedd Ollie, mae'n rhaid. Mab ei dad, meddyliodd Danny. Un nad oedd byth am ddatgelu gormod. Er nad oedd e erioed wedi ei weld yn cerdded heibio Ardwyn tan heno, roedd wedi dal cip arno yn y pentref unwaith neu ddwy. Cadwai iddo'i hun a'r ddoethineb gyffredinol ar lawr gwlad oedd na thalai i neb ei dynnu i'w ben.

'*That was his story, anyway. And he stuck to it!*'

O'r hyn allai Danny ei ddirnad, saethu cwningod ac adar oedd ei ddiléit a'i brif gynhaliaeth – hynny a thrin y mymryn tir a berthynai i'r Pandy. Ond tan heddiw, yr argraff gryfaf a greodd arno oedd o ddyn yn y pellter – un a fyddai i'w weld fan draw, bob yn awr ac yn y man yn unig . . . yn y bore bach, neu gyda'r hwyr pan fyddai'r haul ar fachlud . . . yn croesi caeau a ffriddoedd, â gwn dros ei ysgwydd a Watt wrth ei gwt.

Hyd yn oed ar ôl cerdded i'r Stag's Head yn ei gwmni unwaith yn dilyn y tro hwnnw pan siarsodd Mary Lloyd ef i alw yn y Pandy i geisio'i gael i brynu copi o'r *Fegin*, ni theimlai Danny ei fod fawr callach am y dyn.

'O'dd e'n hêto gorffod rhoi 'i enw i lawr ar ddim byd *official, like. But he never really spoke to me about what had been before*,' mynnodd y dyn fwrw ymlaen â'i hanes.

'Tipyn o ddirgelwch,' porthodd Danny.

'*Still*, mae 'i enw fe lawr nawr, reit enyff. Fi wedi claddu'r ddou yn barchus yn y *cemetery* yn Llanbedr, *with their names in fancy letters*. Yn fowr ac yn glir.'

Roedd rhywbeth parhaol ddifynegiant am wyneb Ollie Pandy, ond doedd dim modd anwybyddu'r balchder yn ei lais wrth ddarlunio bedd ei rieni. Am ennyd, teimlai Danny'n annigonol. Gyda'i rieni ei hun, roedd wedi gadael trefniadau felly yng ngofal ei chwaer gan estyn siec iddi am hanner y gost, heb drafferthu mynd i weld y gwaith gorffenedig erioed.

'Fydde'r rhai fuodd yn cwrso ar 'i ôl e flynydde maith yn ôl ddim yn becso iot am 'i garreg fedd e heddi,' dywedodd Danny.

'Na, ti'n iawn,' cytunodd y dyn â brwdfrydedd anesmwyth. Roedd fel petai geiriau didaro Danny wedi codi ei galon, ond mewn ffordd a roddai fin ysgeler ar y llawenydd. Cododd ei wydryn, er ei fod eisoes wedi cymryd sawl llymaid ohono cyn hyn. A chododd ei olygon i edrych i fyw llygaid ei westeiwr am y tro cyntaf. *'You can never catch up with the dead . . .* Ti'n eitha reit. Sneb yn gallu 'u twtsho nhw nawr.'

*

'Dyw Kyle byth wedi cyrraedd, 'te?'

Wyddai Danny ddim oedd e'n chwarae â thân ai peidio. Ond roedd rhyw ddiawlineb wedi ei gymell a phenderfynodd fynd amdani, ta beth fyddai'r ymateb. Am eiliad neu ddwy, doedd hi ddim yn ymddangos fel petai'n mynd i gael ymateb o fath yn y byd.

'Kyle?' Daeth yr ymholiad difater o'r diwedd. 'Pa Kyle?'

'Gŵr Hannah . . . Y ddou 'na sy pia Rose Villa.'

'Ti'n 'i nabod *e* hefyd, wyt ti?' gofynnodd yn siarp. *'Threesome?'*

Ac yntau wedi petruso cyn sôn gair, dechreuodd Danny deimlo allan o'i ddyfnder. Ddylai e ddim fod wedi crybwyll Hannah na mentro ensynio dim. Roedd Ollie wedi gallu troi'r byrddau arno am iddo gymryd cymaint yn ganiataol, a gwneud hynny heb ddangos gronyn o egwyddor am wneud. Doedd ganddo fe neb i'w feio ond ef ei hun.

'O, jiw! Na.' Rhuthrodd Danny i ymateb, yn rhy sydyn a lletchwith o lawer.

'A dy "ffrind" di? Hwnna o'dd 'da ti yn y car?'

'Martin?'

'Ie, hwnnw. Ody fe wedi bod 'na?'

'Na,' gwenodd Danny. Roedd wedi sylwi ar y tro yng nghynffon y ffordd y dywedodd Ollie 'ffrind', ond doedd e ddim am lyncu'r abwyd. Wyddai e ddim sut i ymateb. Penderfynodd mai dweud dim oedd orau.

'Na, *tha's what I thought, like.*' Daeth y geiriau o'i enau'n gwbl ddifynegiant. '*So*, dim ond fi a hi a hi a ti, 'te?'

'Hyd y gwyddon ni,' cytunodd Danny'n fydol ddoeth.

'*Bound to be others, see. And good luck to her.*' A chyda hynny, cododd Ollie ei wydryn i gymryd llymaid hir.

Roedden nhw ar eu hail ddiod erbyn hyn. Pan ddychwelodd Danny i'r gegin fach i'w harllwys, roedd Ollie wedi gofyn a oedd ganddo sudd oren i'w roi'n gymysg â'r fodca yn ei wydryn ef. Trwy lwc, llwyddodd Danny i fodloni'r cais gan iddo ddod o hyd i garton o'r stwff yn yr oergell. Duw a ŵyr ers pryd y bu yno.

'Fi'n ffeindio 'i bod hi cystal â smôc – ond yn rhatach, iachach a mwy handi,' dyfarnodd Ollie. Gallai yngan datganiadau lled fygythiol o'r fath â rhyw gysactrwydd a oedd yn oeraidd ac yn wrthrychol, ond heb swnio'n ysglyfaethus yr un pryd. Roedd hi'n ddawn reit anarferol. Yn dipyn o gamp. Cenfigennai Danny wrtho. Roedd wedi ofni erioed fod ei ymdrechion ef ei hun i ddweud pethau pryfoclyd felly'n gwneud iddo swnio fel coc oen. 'Ond ti'n gwbod 'ny cystal â fi.'

Chafodd hynny mo'i ddweud fel petai e'n ceryddu, ond synhwyrai Danny ei fod yn fwriadus iawn wrth ddethol ei eiriau. Roedd am osod y ddau ohonynt ar yr un lefel, meddyliodd. Yn gydradd. Os oedd ar y naill ohonynt fwy o angen y ddiod hon na'r llall, dim ond o drwch blewyn roedd hynny. Yn y bôn, yr un oedd eu gofynion. Mewn gwely. Mewn gwydryn. Mewn nos. Dyhead y ddau ar y foment oedd gwneud i'r heno hon ymestyn cyn hired ag oedd modd.

'Odw i?'

''Na beth wedodd hi.'

'Ife, wir?'

'Mae'n siarad lot. Mae'n yfed lot. A weda i beth arall wrthot ti, ma'r fenyw 'na'n llosgi lot o galoris.'

Na, nid ceryddu na chanmol wnâi Ollie wrth ymdopi â phobl eraill, casglodd Danny. Roedd ei steil yn fwy stoicaidd – ffordd o feddwl nad oedd ef ei hun erioed wedi mynd i'r afael â hi.

Enciliodd Danny i'w fudandod. Dyfarai ei enaid iddo wahodd hwn i'w dŷ. Doedd dim gobaith caneri y byddai byth yn teimlo'n esmwyth yn ei gwmni, a'i unig reswm dros fynd ar drywydd y tramwyo a fu at ddrws Rose Villa oedd am nad oedd ganddo ddim byd gwell i'w ddweud wrtho.

'Fyddi di'n cymryd ambell fwgyn?' gofynnodd o'r diwedd, i dorri ar y tawelwch llethol. (Doedd distawrwydd Ollie ddim yn falm fel y distawrwydd a fyddai rhyngddo a Martin.)

'Mwgyn?'

Deallodd Danny yn syth nad ffalsio oedd Ollie. Er i'w grap ar y Gymraeg wella'n syfrdanol wrth i'r fodca lifo, roedd hi'n amlwg fod pen draw i'w ddealltwriaeth. Bu'n rhaid iddo ymhelaethu ar oblygiadau 'mwgyn'.

'A, reit!' Yn ei oslef ddiemosiwn arferol yr ymatebodd Ollie. *'I'm with you now, man.* Mwgyn! *Must remember that one. Trouble is round here, you got to be careful what you can get hold of these days. There's a lot of shit about. But I'd share a spliff with you any day, man, if you're interested.'*

Nodiodd Danny i ddynodi ei gytundeb, ond gan hepgor unrhyw arwydd o frwdfrydedd – fel y bydd galw ar wleidydd i'w wneud ambell dro, pan fod angen iddo ddangos cefnogaeth i un o bolisïau'i blaid nad oes ganddo wir arddeliad drosto.

'Ar ôl dod 'ma i fyw, es i ar y we i weld faint o ddiddordeb oedd 'na yn yr ardal hon, ond ges i'n siomi, a dweud y gwir. Beth ddigwyddodd i holl hipis y saithdegau?'

'Fi'n credu bod sawl un yn yr un fynwent â Mam a Dat,' oedd ateb Ollie.

Rhaid mai dyna oedd yn dod o'r holl bobl ddŵad yn y diwedd, tybiodd Danny – dwyn beddau'r brodorion. Roedd hi'n anorfod eu bod nhw'n cymryd y mynwentydd drosodd fel popeth arall.

'Ar *website* ddes i ar draws Hannah,' ebe Ollie wedyn. ' *"Rural retreat couple looking for other open-minded people."'*

'Haws dod o hyd i fenyw na dail tail.'

'"Dail tail"?'

Chwarddodd Danny, cyn bwrw iddi i egluro. Yn ei dro, arweiniodd hynny at orfod egluro ystyr 'tail'.

'No, nothing at all to do with dom da. *It's just a bit of nonsense Martin made up, like*! Er mwyn yr odl . . .'

'"Odl"?'

Mwy o egluro. Roedd Danny bron â syrffedu.

'A pwy o'dd y Martin 'ma 'to?' gofynnodd Ollie eilwaith, braidd yn ddryslyd.

'Martin, fy ffrind . . . Ti newydd fod yn holi amdano fe, achan. Smo ti'n cofio? Fe o'dd yn y car 'da ni pan eson ni â ti at y fet prynhawn 'ma. 'Na beth mae e'n galw *pot, the dreaded weed.*'

'Sa i'n synnu dim,' meddai Ollie. 'Bydden i'n disgw'l bod 'dag e *fancy name* am bopeth.'

*

Ymhen rhyw ddeugain munud arall – pan fyddai Ollie Pandy wedi gadael a mynd â'i rhacsyn ci gydag ef – byddai Danny'n teimlo'n ffolach nag y teimlodd ers peth amser. Roedd hi'n wir dweud ei fod eisoes heddiw wedi teimlo'n is ei ysbryd nag y byddai'n teimlo bryd hynny – ac yn dwpach. Roedd wedi coleddu mwy o atgasedd tuag ato'i hun hefyd, oriau'n unig ynghynt. Ond o ran teimlo'n ffôl – y grechwen gignoeth honno a gnoai'r enaid – roedd y gwaethaf eto i ddod.

Bryd hynny, byddai'r chwerthin yn hyglyw yn ei ben. Bryd hynny, byddai'n teimlo'n llwyd, er iddo fyw mewn byd llawn lliw drwy'r dydd.

Yr hyn a deimlai nawr wrth ddychwelyd i'r gegin i dywallt trydedd ddiod, oedd yn saff. Dywedai cloc y ffwrn wrtho fod 3a.m. wedi hen fynd heibio. Rhyddhad. Trydedd awr yr ail ddydd hwn eisoes wedi mynd i'w hateb ac yntau'n dal ar dir y byw.

Ymhyfrydodd yn nhincial y ciwbiau iâ ar waelod y gwydrau a 'glyg glyg' y llifeiriant a glywai wrth iddyn nhw gael eu gorchuddio â gwirod. Gofalodd ychwanegu sudd oren at un Ollie.

Roedd wedi ymlâdd. Ei feddwl mewn trwmgwsg fel y bu coes Watt rai oriau ynghynt. O gyrion ymwybyddiaeth, câi ambell gip ar wawl oren-wyn lampau'r stryd, fel petai coctel byrfyfyr Ollie Pandy'n bygwth trochi drosto. Wedi ei ddyfrhau. Yn creu'r argraff o fod yn llai meddwol. (Un arall o gelwyddau'r nos!)

Roedd ei gof wedi dechrau cludo Martin i'r gorffennol fel petai ei gyfaill mynwesol eisoes yn perthyn i ddoe. Gresynai'r golled, fel petai ef ei hun wedi bod yn esgeulus o'r dydd a'r dyn. Yn y pellter, gallai glywed grŵn seirenau'r gwasanaethau brys yn gyrru at drallod pobl eraill.

*

Gafaelai'n dynn yn y gwydrau wrth eu cario'n ôl at ei westai, ond wrth gamu drwy ddrws y gegin fyw, deallodd yn syth ei fod wedi dal hwnnw'n pendwmpian. Ysgydwodd Ollie drwyddo ar y soffa wrth i Danny nesáu ac roedd y ci wedi dechrau stwrian a chodi ei hun yn ôl ar ei goesau i ysgwyd ei gôt. Efallai fod effaith ola'r anesthetig wedi cilio o'r diwedd neu bod y creadur am fynd i wneud ei fusnes. Beth wyddai Danny?

'Cym on, boi!' chwibanodd Ollie ar Watt ar ôl codi'n simsan ar ei draed.

Yr eironi oedd fod y ci'n cerdded yn well na'i feistr erbyn hyn. Anelodd y ddau yn eu gwahanol ffyrdd at ddrws y cefn. Cyrhaeddodd Danny yno o'u blaenau, gan iddo droi ar ei sawdl a rhoi'r ddau wydryn yn ôl ar fwrdd y gegin cyn datgloi'r drws ar eu cyfer.

Yna, ar amrantiad, datguddiwyd y glaw i'r tri ohonynt.

Bu synau eraill ym mhen Danny, ond nid glaw. Synau Caerdydd oedd y lleill fu'n llenwi ei ymennydd. Ac efallai mai Caerdydd oedd tarddle'r glaw hefyd. Roedd Martin wedi gorfod cau ffenestri'i gar a gyrru drwy'r dilyw, meddyliodd. Neu efallai ddim. Doedd e ddim yn siwr o ddim. Ond siawns nad oedd ei ffrind wedi cyrraedd adre ers oriau.

Sobrodd y ddau ddyn fymryn. Ond dim ond y sobri a ddeuai yn sgil syndod. Doedd effaith hwnnw byth yn para'n hir.

Fe syllon nhw ar ei gilydd a syllodd Watt ar y ddau ohonynt hwythau. Ond rhaid nad oedd hynny'n fawr o sbort i'r creadur, achos rhedeg allan i'r tywyllwch wnaeth e, gorau y medrai. I gi, roedd galwad natur yn gryfach na'r awydd i gadw'n sych.

Cododd awydd ar Danny hefyd i ateb galwad debyg, ond doedd e ddim yn bwriadu gwlychu at ei groen wrth wneud – na phiso wrth ddrws y cefn yng ngŵydd Ollie Pandy. Ailgydiodd yn ei wydryn a chymryd dracht ohono.

Aeth yn drafodaeth rhwng y dynion am ba hyd tybed yr oedd hi wedi bod yn bwrw. Diferai diflastod drwy eu dyfalu dibwrpas, oherwydd y gwir amdani oedd fod y ddau'n derbyn bod rhai pethau'n anorfod. Gwyddai Ollie, er enghraifft, y byddai'n rhaid iddo gerdded adre drwy'r glaw gan na fyddai'n troi'n hindda am beth amser. Gallai Danny fod wedi mynd gam ymhellach a dweud wrtho y byddai'n bwrw tra byddai bellach. Ond wnaeth e ddim, am nad oedd y ffaith yn hysbys iddo eto.

Fel cyfaddawd, ymlwybrodd y ddau'n raddol yn ôl i'r gegin fyw. Suddodd Danny drachefn i glustogau meddal y gadair freichiau, a naws y glaw, a oedd wedi ei ddilyn yr holl ffordd o'r drws cefn agored, yn dal ei afael ynddo. Ymhell i ffwrdd yn rhywle, gallai dyngu ei fod yn clywed trên ola'r ddinas yn mynd â phawb sha thre. Ond efallai mai dim ond y glaw oedd yno wedi'r cwbl – yn iro'r dychymyg ac yn lladd y llwch.

*

Aeth pethau'n hyll rhyngddynt tua diwedd eu sesh. Y ffaith ei bod hi mor hwyr a'u bod nhw braidd yn feddw oedd bennaf gyfrifol am hynny. Ond rhaid oedd rhesymoli'u hafreswm ag esgus mwy diriaethol. Felly, ci anystywallt yn ysgwyd ei gôt wleb a diferu dros y gegin a gafodd y bai.

'*Oi, you bastard! Don't you talk to my dog like that!*' Saethodd Ollie ar ei draed yr eiliad y dechreuodd Danny ddwrdio'r ci a hwrjo'r hen fwngrel 'nôl i'r gegin fach.

'*I'll talk to it how I want,*' daeth yr ateb, wrth i'r creadur ddal i geisio diosg y glaw o'i gôt. '*It's my home it's infesting . . .*'

Caeodd Danny'r drws cefn ar wlybaniaeth y nos, tra plygodd Ollie i dolach yr ast. Wrth ystyried yr olygfa a'i hwynebai, gwelai Danny rywbeth od o ddoniol am ddyn mor arw'r olwg i lawr ar ei gwrcwd a'i goesau ar led, yn mwytho clustiau ci a rhwbio'i law galed drwy ei fwng.

'Dere'n ôl i'r rwm arall i orffen dy ddrinc, achan,' siarsiodd ef. 'Mi fydd yr ast yn iawn fan hyn. '

'Sdim ci 'da ti, oes e?'

'Nag o's.'

'Llawn cystal, weden i! Ar ôl clywed be wnest ti i dy wraig, Duw a ŵyr shwt fyddet ti'n trin ci.'

'Be gythrel ti'n feddwl?'

'*Shopped her to the cops,* glywes i. *Now she must have been one hell of a bitch.*'

'*Ex* yw hi nawr – ocê! *Ex-bitch*! Cyn-wraig.'

'*None of my business, mate. Just you leave my dog alone . . .*' Roedd e'n fygythiol o agos at Danny, reit wrth ei gwt wrth i'r ddau ymgecru'n ôl i'r ystafell arall. Ond nid am ei waed yr oedd Ollie Pandy, ond am weddill ei ddiod. Cododd ei wydryn o ymyl y grât, lle'r oedd wedi ei roi i lawr wrth ruthro i achub cam Watt funud neu ddwy ynghynt.

'O'dd hi wedi 'ngadel i. O'dd hi'n ganol y nos. A dyna lle ro'dd hi. Wedi troi lan . . . Gwa'd y boi 'ma arni. Olion tra'd gwaedlyd ar hyd y carpedi. Dagre ym mhobman . . . *Well, no man's gonna put up with that now, are they?*'

'Ti'n lico cadw tŷ teidi, wy'n gallu gweld,' dywedodd Ollie, gan ddrachtio'n ddwfn o'r gwydryn. Coegni rhonc oedd hynny, barnodd Danny. Daliodd wên o ddychan yn disgleirio yn llygaid y dyn arall – ac fe'i trawyd yn sobor am eiliad arall. Gallai hwn fod yn wirioneddol beryglus, meddyliodd, ond mewn rhyw ffordd ddeniadol. Gwell hynny na'i gael yn gwbl amddifad o bob gwaredigaeth, siawns. Ac eto, rywsut, roedd yn ganwaith gwaeth.

Doedd dim yn ddichonadwy, dyna'r drafferth. Profai pobl hynny bob dydd. Mor ffôl fu e trwy'i oes, nad oedd wedi dirnad cyraeddiadau'r unigolion agosaf ato. Dim ond pan oedd hi'n rhy hwyr y llwyr ddeallodd botensial eu perygl. Yna, gobeithiodd â'i holl galon nad oedd yn bradychu byrhoedledd ei sobrwydd na dyfnder ei loes. Roedd hi'n bwysig cadw wyneb.

'A phwy wedodd hyn i gyd wrthot ti?'

'Glywes i sawl un yn sôn am dy hanes di pan symudest ti

'ma gynta. Ti'n gwbod fel ma' pobol yn siarad. A ti yw'r peth agosa at seleb sy'n byw rownd ffordd hyn. *Get used to it.*'

'Od. Sa i erio'd 'di dy weld ti'n siarad â neb yn iawn, sa i'n credu,' meddai Danny'n wengar. 'Ti'n ddyn dywedwst iawn.'

'Ges i 'nysgu i gadw 'ngheg ar gau. Un o'r *secrets for long life.* Fe ddysgodd Mam 'na i fi pan o'n i'n fach. A rhywbeth arall wedodd hi wrtha i hefyd: paid byth, byth â galw'r cops nes bo' rili raid iti a wedyn – dim ond wedyn – os oes wironeddol raid iti neud hynny er mwyn achub dy gro'n dy hunan.'

'Un o ffor' 'ma o'dd hi, ife? Dy fam? 'Na beth wedest ti. Wel, ma' 'na'n gweud mwy am Nant Castell nag amdana i.'

'*Don't knock it, man*! Ti ddewisodd ddod 'ma i fyw.'

'Ma' dy Gymrâg di'n well na ma' neb yn 'i ddisgwyl hefyd,' ebe Danny wrtho'n ddifrifol, fel petai'n ei gyhuddo o drosedd.

Chwerthin wnaeth Ollie – y tro cyntaf iddo wneud ers iddo gyrraedd.

'*You guys don't give a man a chance, mate. The moment I struggle for a word you turn to* siarad Saesneg. *You never stick to your guns.*'

'Ti yw'r unig un rownd ffordd hyn weles i'n cario gwn erio'd, gwd boi!'

Enynnodd hynny chwerthin o du'r ddau ohonynt, cyn iddyn nhw godi'u gwydrau at eu cegau, mewn ymdrech i guddio'u lletchwithdod yn gymaint ag i lyncu gweddill eu diodydd. Weithiau, roedd ar ddyn angen mwgwd i guddio moment wan. O'r diwedd, roedd y gwydrau'n wag. Canslwyd y cadoediad. Daeth y nos i ben.

*

Prin yr oedodd Danny eiliad i weld y dyn a'i gi yn diflannu i'r tywyllwch, cyn cau'r drws ar y tri ohonynt a diffodd golau'r cyntedd.

Cymaint o ffŵl oedd e; bu bron iddo sôn am y ddwy botel newydd o fodca a gyrhaeddodd o Gaerdydd, ond calliodd mewn pryd, trwy lwc. Gallai Ollie fod wedi cymryd ei fostio fel anogaeth i aros a throi'n ôl i glydwch y gegin gefn gan ddisgwyl rhagor.

Roedd Ollie wedi cymryd hydoedd i wisgo'i siaced *camouflage* tra safai Danny yno wrth y drws agored yn ddiamynedd, yn syllu arno'n codi'r coler fel petai hynny'n mynd i arbed y pwdryn rhag y drochfa oedd yn ei aros. Agor y drws oedd y peth cyntaf wnaeth Danny pan gamodd i'r cyntedd ac o'r herwydd, bu düwch y glaw di-ben-draw yn gefnlen i'r ffarwelio. Disgynnai'r un mor drwm â phan agorodd ddrws y cefn i Watt awr a mwy ynghynt, ond nid oedd ei ddwndwr mor ddramatig erbyn hyn. Swniai'n fwynach, rywsut, fel petai'r cymylau fry wedi gwneud eu gorau glas i ollwng eu llwyth mewn modd mwy cydnaws â chyflwr cysglyd y byd oddi tanynt.

Wedi synhwyro bod ymadael yn yr arfaeth, daethai Watt o'r gegin fach, gan faglu o gylch traed ei meistr, ei thafod allan a'i thrwyn yn ffroeni'r lleithder allan acw yn y nos.

Doedd dim o'i le ar reddf y creadur. Ond aeth yr ast, y dyn a'r gwlybaniaeth oll o feddwl Danny yr eiliad y caeodd y drws arnynt. Gadawodd bopeth fel yr oedd a gwneud ei ffordd lan stâr.

Roedd hi bellach ymhell, bell wedi tri. Ei ofnadwyaeth o'r golwg dan guddliw'r gyfeddach annisgwyl. Awr cecru a chlatsho oedd hi nawr, meddyliodd. Yn ôl traddodiad, o leiaf.

Ai felly roedd hi wedi bod arno mewn rhyw ddyddiau a fu? Awr nôl tships o Caroline Street ambell dro, cofiodd . . . slawer dydd yn ôl. Pan oedd e'n ifanc. Pan oedd e'n iau, ceisiodd dwyllo'i hun.

Nid heno, wrth gwrs . . . Yr unig beth a oedd ganddo i'w lyncu yn oriau mân y diwrnod arbennig hwn oedd gwaddod yr un a oedd eisoes wedi troi'n ddoe yng nghyfrif amser. Ac eto, wrth orfodi un droed o flaen y llall i ben y grisiau, dychmygai ei fod yn gallu gwynto'r cyfuniad unigryw hwnnw o gyrri cyw iâr a chyfog a gofiai o'i flynyddoedd cynnar yng Nghaerdydd.

Gallai brwsio dannedd berarogli'r geg, meddyliodd, ond ni allai wneud uffarn o ddim i ddileu'r blasau a fynnai aros yn y cof.

Aderyn brith, aderyn bondo –
Hwn sy'n hoff o fynd i grwydro.
Pan ddaw'r nos i gau amdano,
Ef hêd yn ôl i'w nyth i glwydo.

3

Trennydd

H YLÔ!'
Sŵn ei ffôn yn canu oedd wedi ei ddeffro. Bu llusgo'r teclyn tuag ato â'i law estynedig yn ymdrech. Rhaid ei fod wedi ei dynnu o'i boced wrth fynd i'w wely, a'i adael yno ar ben y bwrdd bach yn hytrach nag ar ben y bwrdd gwisgo fel y gwnâi fel arfer. Gwelodd wedyn nad oedd wedi gadael ei waled na'i arian na'i facyn poced yno chwaith. Doedd ei drowsus ddim ar gefn y gadair wiail wedi ei blygu'n ddestlus fel y byddai bob bore. Ni chofiai fawr, ond dyfalodd fod ei ddillad oll wedi eu gadael hwnt ac yma ar hyd y llawr, lle bynnag y cawsant eu diosg ganddo neithiwr. Teimlai'n gynnes mewn ffordd chwyslyd, braidd yn afiach.

Pan welodd mai Mary Lloyd oedd yno, ei ymateb cyntaf fu i'w hanwybyddu. Ond yna teimlodd ryw don wrthnysig yn torri drosto. Roedd e'n barod amdani. Mary Lloyd a'i hwyneb caled. Mary Lloyd a'i cherydd cras. Oedd, roedd e'n bendant yn barod amdani'r bore 'ma, barnodd. Doedd e'n teimlo'n euog am ddim.

'Beth yn y byd dda'th dros 'ych pen chi, ddyn? Tair galwad! 'Na sawl un rwy wedi 'u derbyn yn barod – a dyw hi ddim yn ddeg o'r gloch eto . . .'

'Jiw! Nagyw hi?' Torrodd Danny ar ei thraws mewn cymysgedd o ddireidi a syndod didwyll. Chafodd e ddim amser i feddwl faint o'r gloch oedd hi. Bu ymdopi â'r alwad a'r holl chwerwder boreol a ddôi i'w hebrwng 'nôl i'r byd yn ddigon iddo. Llithrodd ei law rydd yn anochel dros ei fol a'i fogail ac yn is. Wrth iddi barhau i restru ei chwynion yn ei erbyn, dechreuodd yntau fwytho'i goc, gan oglais ei ddychymyg trwy feddwl cymaint hwyl fyddai cael wanc tra oedd yn siarad â hon. Pa ffordd well o esgor ar y dydd na gwaredu'r nos o'i geilliau?

'Wel! Ma'n dda 'da fi weld eich bod chi'n meddwl bod aflonyddu ar hanner dwsin o hen bobol yn orie mân y bore yn shwt sbort,' ebe hi wedyn. Oedd hi'n gallu dychmygu beth oedd ar ei feddwl? 'Odych chi'n dal yn 'ych gwely? Chi yn, on'd y'ch chi?'

Wps! Efallai fod gan yr hen wrach ryw sythwelediad, wedi'r cwbl. Efallai fod damcaniaeth Martin yn iawn. Efallai mai wedi bod ar ôl ei gorff e roedd hi drwy'r amser. Petai hi yno'r munud hwnnw, fe'i câi, dyfarnodd.

'Odw, fel mae'n digwydd,' atebodd ei chwestiwn mor gwrtais ag y gallai. 'Ro'n i'n rhochian cysgu'n braf tan i'r ffôn 'ma ganu. Chi wedi 'nihuno i, Mary fach.'

'Rhag 'ych c'wilydd chi, Danny Thomas! Dyn o'ch statws chi, yn eich llawn oed a'ch amser ac yn dal yn eich gwâl . . . Chi'n gwastraffu rhan ore'r dydd, ddyn!'

'Fi wedi gwastraffu rhan ore 'mywyd,' atebodd Danny'n syth. 'Ond dyw hynny ddim o'ch busnes chi.'

'Wnes i erio'd honni 'i fod e,' meddai hithau. 'Ond weda i hyn wrthoch chi'n rhad ac am ddim – ma' heddiw'n ddiwrnod newydd. Gwnewch y gore ohono . . .'

'Ond wy'n gallu clywed y blydi glaw 'na'n dal i gwmpo o fan hyn . . . *So*, wy'n hapus ble ydw i, diolch. Yn cysgu. Falle neith hi droi'n hindda nes 'mla'n. Fe gadwa i lygad ar y cloc.' (Doedd e ddim yn bwriadu dweud wrthi fod ei bans yn dal i orchuddio wyneb hwnnw.)

'Glaw neu hindda, nid y gwely yw'r lle i ddyn iach ym mlode 'i ddyddie yr adeg hyn o'r dydd. 'Na i gyd ddweda i wrthoch chi.'

'Ges i noson hwyr . . .'

'Do. Fi'n gwbod. Sdim isie ichi ddweud wrtha i.'

'Treial neud cymwynas â phawb o'n i,' ceisiodd Danny eiriol drosto'i hun. 'Meddwl y bydde hi'n braf i bawb ym Mro Dawel gael y papur fan 'na'n disgwyl amdanyn nhw ar y mat wrth ddrws y ffrynt pan goden nhw.'

'Ife, wir?'

'Fe drodd pethe'n dra'd moch, braidd; sdim isie ichi ddweud wrtha i . . .'

'Be sy'n bod arnoch chi? Chi'n anadlu'n drwm iawn.'

'Fel hyn fydda i yn y bore wrth ddod at 'yn hunan,' atebodd Danny, gan wneud ei orau i ladd y chwerthin yn ei lais. 'Yr hen frest 'ma'n dynn, gwaetha'r modd . . . A na, fel y gwyddoch chi'n dda, sa i'n smoco.'

'Meddech chi!' daeth yr ateb chwareus. 'Fe glywes i'n wahanol. Ond mae'n dibynnu shwt y'ch chi'n diffinio smôc, glei! Awn ni ddim i gwmpo mas am y mater.'

Allai Danny ddim llai na phwffian chwerthin yn hyglyw ar hynny. Roedd hi wedi tynnu'r gwynt o'i hwyliau, ond gan ddal i fwydo'i flys 'run pryd.

'Wel, 'na fi wedi gweud beth o'n i isie 'i ddweud wrthoch chi,' aeth y llais yn ei flaen i lawr y ffôn ar ôl ennyd o dawelwch.

'Neith e ddim digwydd 'to,' ebe fe'n ôl wrthi mewn llais direidus. 'Wy'n addo.'

'Wel, 'na ni 'te!'

'Fues i'n grwtyn drwg.'

'Do, wir,' cytunodd hithau. '*Naughty boy* go iawn!'

Ar ôl i'w sgwrs ddod i ben ac i Danny roi'r ffôn i lawr, parhaodd i fod felly.

*

Tynnodd yn ysgafn ar y croen dan ei lygad i chwilio am waed. Gwthiodd ei dafod tua'r drych i weld pa mor ddrwg roedd pethau'n edrych. Llyncodd ddŵr yn syth o'r tap. Edrychai popeth braidd yn llwyd. Ond eto, o ystyried, tybiodd nad oedd yr un rhan ohono'n edrych cynddrwg ag y gallasai fod.

Ymolchodd orau y gallai heb drafferthu i gynnau'r golau, er mor fwll oedd hi yn yr ystafell ymolchi. Roedd y glaw ar batrwm y ffenestr yn llurgunio'r gwydr a'r goleuni ill dau. Sychodd ei hun ar ras cyn lluchio'r tywel i gyfeiriad y bachyn a fwriadwyd ar ei gyfer – a methu.

Dychwelodd i'w ystafell wely gan fynd i'r afael o'r diwedd â'r dilladach ar y llawr. Doedd hi ddim yn oer, ond go brin y byddai neb yn honni ei bod hi'n gynnes yno chwaith, a phenderfynodd wisgo un o'i hoff siwmperi. Presant rhwng y plant rhyw ben-blwydd, os cofiai'n iawn. Marian fyddai wedi ei dewis; fe wyddai cymaint â hynny i sicrwydd. Ei chwaeth hi oedd yn dal i'w addurno a'i gadw'n gynnes. Aeth i'r drôr dillad isaf am bâr o bans glân.

Wrth iddo daflu dillad ddoe ar y pentwr yn y gornel y tu ôl

i'r drws, sylweddolodd yn sydyn fod y pentwr wedi hen droi'n domen. Ceisiodd gasglu'r cyfan yn ei gôl i'w cario lawr llawr. Roedd hi'n bryd cael ymryson arall â'r peiriant golchi. Tra oedd wrthi, gwyddai y dylai newid cynfasau'r gwely hefyd, mewn gwirionedd, ond doedd ganddo mo'r amynedd i ymhél â hynny nawr. Ddeuai neb ond ef ei hun ar ei gyfyl yn y dyfodol agos, meddyliodd. Ar wahân i'r hen Hannah, o bosibl, ond gallai dystio eisoes mai merch a wnâi ei champau ar ben y gwely yn hytrach nag ynddo oedd honno.

O dywyllwch y llofft, daeth i lawr ÿ stâr yn feichus i ddarganfod bod y tÿ'n fwy goleuedig nag arfer.

Bu goleuadau'r gegin gefn a'r gegin fach ynghynn drwy'r nos. Roedd y cyfrifiadur ymlaen. Ac roedd drws y cefn heb ei gloi. Amheuai Danny'n gryf ei fod yn dal i allu gwynto'r ci llaith.

Wedi iddo gyrraedd y gegin, gollyngodd y gowlaid a gariai ar lawr. Penderfynodd y byddai'n camu drosti a thrwyddi am sbel, gan mai gwneud mymryn o frecwast iddo'i hun oedd ei flaenoriaeth. (Neu brynsh, fel y byddai Rhys a Rhiannon yn arfer mynnu galw brecwast hwyr ar foreau Sadwrn a Sul.) Wedi'r cwbl, nid oedd wedi llyncu dim byd mwy sylweddol na phecyn o grisps yn y Stag's Head ers y ffish an' tships y bu'n eu gwarchod rhag gwylanod y prynhawn cynt.

Sawl awr aethai heibio ers hynny, tybed?

O'i flaen, gallai weld cloc gorgyfoes y stôf yn diwyd gyfri'r oriau ar ei ran. Megis pob Sul, gŵyl a gwaith, felly hefyd heddiw, ar y diwrnod tyngedfennol hwn.

*

Paid â phoeni, Danny. Rwy'n deall i'r dim. A dweud y gwir, rwy wedi rhyw ailfeddwl holl gysyniad y cwrs ac wedi dod i'r casgliad y byddai cyfres fechan o 'seminarau gwadd' yn fwy addas efallai – gwahodd gwahanol unigolion i gynnal sesiynau unigol fesul bardd sydd gennyf mewn golwg nawr.

Fyddet ti'n fodlon ymgymryd â chynnal un ar Gwenallt? Does dim ots nad wyt ti'n cyfrif dy hun yn ddigon o arbenigwr arno. Rwy'n cofio'n iawn bod gen ti dân yn y bol drosto. Ysbrydoledig iawn – ac rwy'n meddwl mai'r math yna o frwdfrydedd sydd ei angen arnyn nhw i ennyn diddordeb.

Neges newydd oddi wrth Tom Penn Jones. Ar y naill law, suddodd calon Danny o'i weld yn dyfalbarhau. Ar y llaw arall, cynhesai at ei daerineb. Ni chofiai iddo erioed fod â 'thân yn y bol' dros Gwenallt, bardd yr oedd yn gyfarwydd iawn â'i waith, mae'n wir, ond go brin y gallai honni mwy na hynny. Daeth i'r casgliad fod ei huotledd wedi gadael cryn argraff ar Tom Penn rywdro yn y gorffennol. Pa mor dwp allai'r dyn fod? Rhaid mai wedi ei dal hi oedd e ryw noson, pan oedd y ddau yng nghwmni ei gilydd ac yntau, Danny, wedi mynd dros ben llestri, braidd. Dim ond dyfalu taw rhywbeth tebyg ddigwyddodd oedd e; eto, doedd ganddo'r un cof pendant.

Pwy feddyliai y gallai rhyw falu cachu meddw arwain at gynnig gwaith maes o law? Teimlai embaras trosto'i hun. Ond fe allai wneud un siwrne i Gaerdydd, siawns . . . allai e ddim? Cychwyn yn fore. Cyrraedd. Cynnal y sesiwn. A gyrru adre'n ôl i Nant Castell. Oll o fewn yr un diwrnod. Rhaid bod modd gwneud cymaint â hynny i osgoi gwallgofrwydd. Addawodd iddo'i hun y byddai'n meddwl dros y peth. (Roedd llawer o'r hyn a ddywedodd Martin ddoe yn dal i chwyrlïo drwy 'i ben, er na fynnai gyfaddef hynny.)

Wedyn, cynhyrfodd o weld enw Rhiannon ar y rhestr Negeseuon Newydd, ond prin a swta braidd oedd ei geiriau:

Diolch, Dad. Wela i ti – Rh.

O leiaf roedd yn gydnabyddiaeth, o fath. Tynnodd anadl ddofn ac ailblymiodd ei lwy i ganol ei frecwast.

*

'Mmmmmm! Y golch!'

Mynegodd Mary Lloyd fwy o ddiddordeb yn y dillad budron ar lawr y gegin nag roedd yn weddus i neb ei wneud yng nghartref rhywun arall.

'Wel! Wnân nhw mo'u golchi'u hunen, chi'n gweld,' ebe Danny, gan wneud ei orau i'w harwain at gysur cymharol y gegin gefn.

'Wnes i erioed 'styried eich bod chi'n gorffod gwneud eich golch a'ch smwddio a phopeth fel 'na eich hunan,' aeth hithau yn ei blaen, gan ddal ei thir wrth ddrws y gegin ac oedi am amser afresymol o hir. Ni allai Danny benderfynu ai ffieiddio at yr anhrefn afiach a welai o'i blaen oedd hi ynteu cael ei denu gan ei hoblygiadau. 'Fydde 'da Bernard ddim syniad lle i ddechre. Fi sy'n neud popeth yn tŷ ni.'

'Pan mae'n fater o raid, rwy wedi cael erio'd bod dyn jest yn torchi llewys a bwrw iddi.'

'Digon gwir,' ildiodd hithau.

'Eisteddwch a fydda i gyda chi nawr,' anogodd Danny'n frwd. Newydd ei chroesawu'n wresog a chymryd ei hymbarél mawr melyn oddi arni roedd e. Teimlai'n rhadlon tuag ati heddiw, er bod ei chael wrth y drws prin awr a hanner ar ôl ei galwad ffôn a deuddydd yn unig ers ei hymweliad diwethaf yn anarferol. 'Eiliad fydda i'n rhoi'r peiriant coffi ar waith,' sicrhaodd hi.

O'r diwedd, ufuddhaodd hithau gan dynnu ei thrwyn o gyfeiriad y domen ddillad a chamu i gyfeiriad y soffa yn yr ystafell fyw.

Yn y cyfamser, trodd Danny am y gegin i fynd i'r afael unwaith eto â dirgelion y peiriant a ddefnyddiodd ddoe i greu'r fath argraff ar Martin. Os oedd hon yn yr ystafell drws nesa'n deilwng o fod yn destun wanc ben bore, siawns nad oedd hi'n haeddu cael cynnig ei goffi gorau cyn canol dydd. (O'i ran ei hun, byddai'n bodloni ar goffi parod fel arfer, er nad oedd byth wedi meistroli'r ddawn o fesur faint o bowdwr i'w roi yn y mŵg er mwyn cael diod a oedd at ei ddant bob tro.)

'Pan aeth eich gwraig a'ch gadel chi fel 'na, rhaid 'i bod hi wedi bod yn ergyd go drom. A gorfod gofalu amdanoch eich hun a phopeth.'

Er i Mary Lloyd wneud ambell gyfeiriad achlysurol at ei amgylchiadau teuluol cyn hyn, ni allai Danny gofio iddi erioed wneud sylw mor uniongyrchol o'r blaen. Serch hynny, sylwodd iddi ymatal rhag defnyddio enw Marian.

'Ges i fagwraeth fwy eangfrydig nag y byddech chi wedi'i ddisgwyl, Mary,' cododd ei lais yn ôl ati wrth ateb. Roedd ar ganol arllwys dŵr i grombil y peiriant, ac am wneud yn siwr ei bod hi'n gallu ei glywed yn yr ystafell arall. 'Hyd yn oed ym mherfeddion Ceredigion 'ma, cofiwch . . . Fe ges i 'nysgu shwt i dowlyd dillad brwnt i fola peiriant golchi pan o'n i'n ddim o beth.'

'Rhaid bod eich mam yn perthyn i'r to cynnar 'na o'dd yn credu mewn cydraddoldeb,' daeth yr ymateb.

'Ffeminist o'r iawn ryw – Mam!' gwaeddodd Danny'n ôl ati a'i dafod yn ei foch.

'Fi sydd ar fai am beidio â hyfforddi Bernard yn well yn rhai o ffyrdd y byd, mae'n rhaid.'

'Gwedwch chi!' gwaeddodd yn ôl ati drachefn, a'i gefn yn dal at y drws.

'Gadewch ifi neud 'y nghyfraniad bach 'yn hunan i ysgafnhau'r baich.'

Bu bron i Danny neidio o'i groen. Fe ddychwelodd Mary i'r gegin heb iddo'i chlywed. (Doedd e ddim yn ddyn nerfus. Beth ddiawl oedd yn bod arno'r dyddiau hyn?) Y tro hwn, doedd y llais ddim mwy na modfedd neu ddwy o'i war. Trodd, a dyna lle'r oedd hi'n gosod y ddau fŵg coffi a ddefnyddiodd ef a Martin neithiwr a'r ddau wydryn a ddefnyddiwyd ganddo ef ac Ollie yn ddiweddarach yn ddefodol ar y bwrdd. Gadawodd nhw yno'n fuddugoliaethus, fel bargyfreithiwr yn dadlennu darn o dystiolaeth ddamniol ar lawr llys.

'Roedd hi'n noson hwyr, mae'n amlwg,' ychwanegodd. 'Rwy'n gwbod yn gwmws shwt y gall gwaith tŷ fynd yn drech na dyn – yn enwedig ar ôl noson fowr.'

'Do'dd hi ddim yn "noson fowr" yn y ffordd ry'ch chi'n 'i feddwl. Ond whare teg ichi am helpu,' diolchodd Danny.

'Os y'ch chi'n fishi'n neud rhyw orchwyl fan hyn, ma' rhyw orchwyl arall yn siwr o fod yn cael ei hesgeuluso fan draw.'

'Anodd 'i dal hi ym mhobman.' Bron na chafodd Danny ei demtio i daflu winc ati i wneud yn fach o'i hunanfalchder amlwg. Ond roedd hi'n sefyll yn rhy agos ato iddo allu gwneud hynny'n chwaethus, a llwyddodd i ymatal. Teimlai'n ddireidus tuag ati.

'Yn gwmws.' Mynegi cytundeb wnâi geiriau Mary, ond

roedd ei llais yn swnio'n debycach i lafoerion dros ryw oruchafiaeth gudd. Teimlai Danny fel petai hi wedi ei ddal ar ganol cyflawni rhyw anweddustra carlamus. (Petai hi wedi cerdded i mewn i'w ystafell wely awr a hanner ynghynt, fel hyn y byddai wedi teimlo bryd hynny, tybiodd.)

'Ges i ddiwrnod a hanner ddo',' gwnaeth Danny ymdrech i egluro, er nad oedd arno eglurhad iddi o gwbl. 'Ffrind wedi dod lan o Gaerdydd i edrych amdana i . . .'

'O, 'na neis,' torrodd hithau ar ei draws, gan swnio'n ddifeddwl o nawddoglyd.

'Wedyn, fe a'th hi'n noson braidd yn hwyr 'ma, weth. Nid noson fowr na noson wyllt – ond noson hwyr. Rhyw ddiod neu ddwy 'da fe, Ollie Pandy.'

'O! Chi'n 'i 'nabod e, odych chi?'

'O fath,' atebodd Danny'n onest. Roedd am ei hel hi o'r gegin fach ac yn ôl i'r gegin fyw, ond ni allai ddod o hyd i'r geiriau na'r cywair cywir i wneud hynny heb ei thramgwyddo.

'Nid ar ôl i chi'ch dou wacáu'r rhain sawl gwaith yr aethoch chi mas ar eich "taith ddosbarthu", gobeithio?' gofynnodd, gan fflicio'i bys yn awgrymog ar wefus un o'r gwydrau stêl o'u blaenau.

'Mowredd dad! Nage'n wir,' atebodd Danny gyda gwên. 'Fydden i ddim yn difwyno enw da ein hannwyl bapur bro trwy fynd i'w ddosbarthu fe a finne'n feddw, nawr, fydden i?'

'Da clywed 'ny,' ebe hi. 'Ond mae 'na rywbeth gwastraffus iawn amdano fe, on'd oes e?'

'*Y Fegin*?' gofynnodd Danny'n ddryslyd.

'Nage,' aeth hithau yn ei blaen braidd yn ddiamynedd. 'Ollie Pandy.'

'O! Am iddo 'nghadw i ar 'y nhraed tan berfeddion,

chi'n feddwl? Gwastraffu'n amser i? Oferedd y ddiod ac yn y bla'n?'

'Nage. Nid dyna o'dd 'da fi mewn golwg,' atebodd hithau'n sobor. 'Tristach hyd yn oed na hynny. Sôn am y dyn 'i hun ydw i, Dr Thomas. Nid 'i weithredoedd.'

'Chi'n meddwl 'ny?'

'Sa i'n gw'bod am neb arall all rygnu 'mla'n â chyment o arddeliad am y gwahanol ffyrdd posib o flingo cwningod a sgwarnogod!' ochneidiodd Mary. 'Wyddoch chi?'

Gallai weld ei bod hi'n siarad o brofiad, ond chwerthin wnaeth Danny, gan feddwl mai ceisio bod yn ddoniol oedd hi. Ar amrantiad, deallodd yn burion nad oedd hi'n gwerthfawrogi ei ymateb. Estynnodd ddau fŵg o gwpwrdd a gwnaeth rhyw sylw di-ddim am wynt y coffi oedd yn dechrau cynhesu'r lle, mewn ymdrech i guddio'i gamwedd.

'Dal i fyw yn y gorffennol ma'r dyn. Fel 'na fydda i'n 'i weld e, ta beth,' pendronodd hithau'n ddwys, gan anwybyddu popeth a ddigwyddai o'i chwmpas. 'Ma'r cyfan mor wag. 'I holl fodoleth e. Ma' gwastraff wastad yn 'y ngwneud i'n drist, Danny.'

'Wel! Fe alla i gytuno â chi fan 'na,' dywedodd yntau. Beth wyddai Mary Lloyd nad oedd yn hysbys iddo fe, tybed? Synhwyrai ei fod ym mhresenoldeb rhywun a chanddi adnabyddiaeth o Ollie Pandy na ddeuai byth i'w ran.

'Fiw ifi ddweud dim mwy, mae'n debyg. Ond dyw e ddim mor ifanc ag mae e'n edrych ar yr olwg gynta, yn un peth,' ymhelaethodd yn ddoeth. 'Chi'n gwbod 'ny, on'd dy'ch chi? Yn bendant, ma'r pen 'na s'dag e ar 'i sgwydde ymhell y tu ôl i weddill 'i gorff e. Yn dal i fyw 'nôl yn nyddie'i febyd, pan o'dd 'i fam a'i dad yn fyw.'

'Mae e wedi'u claddu nhw ym mynwent Llanbedr Fawnog . . .'

'Falle'n wir,' torrodd ar ei draws yn finiog. 'Ond dyw e ddim yn fodlon 'u gadel nhw 'co, ydy e?'

'Nagyw e?' gofynnodd Danny. Nododd fod elfen gref o gyffro yn ei cherydd ac roedd yn dannod hynny iddi, er na wyddai pam.

'Mae 'na amser yn dod pan mae'n rhaid gadael y meirw i'w gorffwys.'

'O's, mae'n debyg!'

'Croten fach o'n i pan ddaeth Douglas Oliphant i'r ardal gynta, wrth gwrs. Mae 'na lawer y gallen i 'i weud wrthoch chi am hwnnw. Pethe glywes i'n ddiweddarach, gan Mam a phobol erill. Ond ar gyfer rhywbryd eto, falle. Deryn go frith!'

'Felly wy'n casglu,' cydsyniodd Danny'n oeraidd. 'Ma'r hen Ollie'n gyw o frid, sdim dowt!'

'Os yw'n saff i gredu popeth, yntefe? Mae'n amlwg fod y mab wedi llyncu popeth ddwedodd 'i dad wrtho fel efengyl. Ond ar wahân iddo fyw ar y gwynt a phriodi rhyw ferch ffarm o ochre Llangeitho yn rhywle, fuodd 'na fawr o sôn am hwnnw mewn gwirionedd.'

'Tipyn o chwedloniaeth yn rhedeg yn y teulu, 'te?' awgrymodd Danny'n ysgafn. 'Mwy o hud ar Ddyfed.'

'Dyna un ffordd o'i gweld hi, sbo!' meddai Mary, gan ei gwneud hi'n eglur ei bod hi'n ddi-hid o'r fytholeg. 'Os gofynnwch chi i fi, un glew am 'u rhaffu nhw oedd Douglas Oliphant hefyd – fel 'i fab. Cyw o frid, fel ddwedoch chi!'

'Ond ody hi'n bosib i ddyn greu hanes iddo'i hun mas o ddim, gwedwch?' Wrth ofyn, sylweddolodd Danny ei fod eisoes yn gwybod yr ateb. Boed arwr neu ddihiryn, roedd ar bawb angen rhywle i fyw, a chanmil haws i ambell un oedd lletya mewn chwedl o'i wneuthuriad ei hun na gorfod wynebu realaeth. Onid oedd chwedloniaeth pawb yn siwr o ragori ar eu gorchestion go iawn?

'Fe gas yr hen Douglas Oliphant gryn hwyl ar greu delwedd iddo'i hunan, ta beth,' ebe Mary Lloyd yn awdurdodol. 'A sdim dou nag yw 'i fab yn dal i'w hanner addoli.'

'Ma' pawb angen credu yn rhywbeth . . . neu rywrai,' cynigiodd Danny'n llipa. 'Falle fod rhyw gysur i'w gael o wbod bod erill wedi bod ffordd hyn o'n blaene ni.' Oedodd am eiliad neu ddwy, cyn mentro ychwanegu: 'A dweud y gwir, fe fydden i wedi meddwl falle y byddech chi'n 'ych cyfri'ch hun yn 'u mysg nhw, Mary. Wedi'r cwbl, ma' ddo' yn bwysig ichi.'

'Wel! Rwy wedi treulio hanner 'yn o's yn talu gwrogeth i bethe y mae 'u hamser nhw wedi dod i ben, o bosib. Dw i'n ame dim nad y'ch chi'n iawn. Odw i'n rong yn hynny o beth, dwedwch?' pendronodd yn ddifrifol.

'Dim ond chi all ateb 'ny, Mary fach,' atebodd Danny â pheth anwyldeb yn ei lais.

'Mae 'na rai pobol nag y'n nhw'n gweld gwerth mewn dim ond arwyr ddoe – ond yn bendant sa i'n un o'r rheini.'

'Na, fydden i byth wedi'ch cyhuddo chi o 'ny,' prysurodd Danny i'w sicrhau.

'Dyw hanner y pethe sy'n mynd â'n amser i ddim yn bethe rwy'n credu ynddyn nhw, chi'n gwbod?' cyffesodd ymhellach. 'Rwy'n 'u gwneud nhw er mwyn yr achos. Wnân nhw ddim para'n hir ar ôl 'yn nyddie i. Ond rwy'n dal ati er mwyn cadw i fynd. Dyna sy'n wirioneddol bwysig yn 'y marn fach i. Sdim angen credu wastad.' Yna, goleuodd ei hwyneb a dychwelodd ei goslef ymffrostgar, ysgolfeistresaidd. 'Gobeithio'n wir nad y'ch chi wedi bod mor ffôl â byw dan y dybieth 'mod i mor dwp nad ydw i'n llwyr sylweddoli *raison d'être* fy mywyd fy hun.'

' *"Raison d'être!"* ' ailadroddodd Danny, gan wisgo gwên o glust i glust, rywle hanner ffordd rhwng edmygedd a gwatwar.

Fel petai hi'n ofni'n sydyn iddi fradychu gormod arni ei hun, gwnaeth Mary ati i fynd heibio iddo ac at y ffenestr i gael edrych allan ar yr ardd. Cymerodd un cam mawr, afrosgo, i osgoi damsang ar y dilladach oedd yn dal dan draed wrth y peiriant golchi. Bu'n rhaid iddi wasgu'n ysgafn heibio bol Danny wrth wneud hynny, gan fod y gofod rhyngddynt mor gyfyng.

Doedd hi'n bendant ddim yn bert yn y ffordd arferol, meddyliodd Danny eto. Petai eu llwybrau wedi croesi pan oedden nhw'n ifanc, go brin y byddai e hyd yn oed wedi ei chael yn ddeniadol. Tueddai i feddwl mai'r rhain oedd ei dyddiau gorau.

Camgymeriad mawr fyddai i neb ddiffinio Mary Lloyd ar sail ei pharchusrwydd, meddyliodd. Oedd, roedd hi'n gaeth i'w 'gweithredoedd da' – wedi hen arfer â chymryd yr awenau mewn pwyllgor, cwrdd a chyfarfod, er mwyn gwneud i'r gymdeithas roedd hi'n gymaint rhan ohoni ymddangos fel petai hi'n fyw ac yn iach. Ond roedd mwy iddi na hynny, fe wyddai. Yno, rhwng sŵn y glaw ar y gwydr a gwynt y coffi, synhwyrai Danny ei bod hi, dros y blynyddoedd, wedi gorfod dod o hyd i ffordd o ymdopi â'r bywyd ddewisodd hi ar ei chyfer ei hun a fyddai'n ei harbed rhag troi'n annioddefol o wallgof yn y lle hwn.

Uniaethodd â'i hanian o'r newydd, gan deimlo'n od o agos ati.

'Chi wedi deall nad Oliver yw 'i enw cynta fe, on'd y'ch chi?' meddai hithau wedyn.

Dechreuodd Danny ddannod ei hobsesiwn ag Ollie Pandy. Beth ddiawl oedd yn bod ar y fenyw? Nid y fe oedd yn bwysig yn y sgwrs hon.

'Nage fe?' ildiodd Danny, heb fynegi iot o ddiddordeb.

'O Oliphant ma'r Ollie'n tarddu,' ebe hi'n wybodus a chyda balchder un a orfoleddai yn ei gallu i'w oleuo. 'Ond mae'n naturiol i bawb dybio mai dyna'i enw cynta fe, wrth gwrs. Peidwch â phoeni. Nid chi yw'r cynta i ga'l ei dwyllo. Mae'n od y pethe ma' pobl yn 'u cymryd yn ganiataol, heb byth fynd i chwilio cadarnhad.'

Ger y bondo wrth gornel y to uwch ei phen, roedd y gwter yn ddiffygiol, a hyrddiai ffrwd o ddŵr yn ddidrugaredd ar draws y gwydr, gan lurgunio'i golygfa. Prin ei bod hi'n gallu gweld gwaelod yr ardd yn glir o gwbl.

'Fiw ichi ofyn iddo beth yw 'i enw bedydd. Fe eith e'n gacwn wyllt, yn ôl pob sôn. Ond ches i erio'd mo'r broblem honno. Dw *i*'n gwbod yn iawn beth yw 'i enw llawn e, wrth gwrs.'

'Wrth gwrs!' adleisiodd Danny. Y cam nesaf amlwg fyddai gofyn iddi beth oedd yr enw hwnnw, ond ffrwynodd Danny ei chwilfrydedd, cymaint a oedd ganddo, heb drafferth yn y byd.

Roedd y coffi'n barod, a chanolbwyntiodd ar hynny. Wrthi'n ei arllwys i ddau fŵg roedd e pan ddaeth llais siomedig o ymyl y sinc: 'Na . . . dyw e ddim wedi cael bywyd hawdd o gwbl, Ollie Pandy!'

'Pwy sydd, Mary fach?' ochneidiodd Danny.

Bu mudandod rhyngddynt am ennyd arall, fel petaen nhw wedi dod o hyd i'w ganol llonydd. Pan dorrodd Mary ar y distawrwydd y tro hwn, roedd naws cymhelliad ar ei llais, fel petai'n cynnig cyfraniad mewn cwrdd Crynwyr.

'Dw *i* wedi,' atebodd gyda gwyleidd-dra. 'Dw i wedi bod yn lwcus iawn, ma'n rhaid dweud.'

'Do, ma'n rhaid eich bod chi.'

'Peidiwch â'i ddweud e fel 'na, Danny. Fel 'sech chi'n genfigennus.'

Trodd i'w wynebu wrth siarad, gan estyn yn araf am ei choffi.

*

Erbyn iddi ymadael, roedd y glaw wedi gostegu. Doedd hi ddim yn hindda, ond llwyddodd Mary i gyrraedd ei char heb orfod trafferthu i godi'r ymbarél melyn. Taflodd ef i'r sedd gefn yn ddiseremoni a chyda hanner cam troes i wynebu Danny drachefn.

'Rwy'n cymeradwyo'r cneifiad, gyda llaw,' gwaeddodd ato'n chwareus. 'Destlus iawn. Lot mwy golygus.'

'Diolch,' atebodd Danny'n dalog.

Cyn plygu i eistedd yn sedd y gyrrwr, ychwanegodd hithau, 'A wy'n falch fod y frest 'na wedi gwella mor glou. Hen bwl cas oedd hwnna gesoch chi bore 'ma pan siaradon ni ar y ffôn.'

Ni wenodd Danny ar hynny. Dim ond codi ei law, mewn ystum o ymateb a ffarwelio'n un. Tybiai ei bod hi wedi llwyr sylweddoli ei gastiau llencynnaidd yn y gwely'n gynharach. Ond wyddai e ddim beth i'w gredu mewn gwirionedd. Ddôi e byth i wybod dim i sicrwydd.

'Nid galw er mwyn i chi allu teimlo'n well amdanoch eich hunan, wnes i,' cyhoeddasai gynnau, pan aethai'r ddau drwodd i'r gegin gefn o'r diwedd gyda'u mygiau coffi. Roedd fel petai hi wedi ei herio i resymoli rhyw ddirgelwch a greodd o'i phen a'i phastwn ei hun, ac roedd Danny wedi deall iddi ddefnyddio amwysedd fel gwynt i lenwi ei hwyliau ei hun o'r foment y cyrhaeddodd.

'Pam nethoch chi alw 'te?' roedd yntau wedi holi'n swta.

'Fe ddylech chi fynd mas a chymysgu mwy,' fu ei hateb. 'Ma' shwt brinder y dyddie hyn, Danny . . . Prinder pobol fel chi. Pobol o ryw ruddin. Sda chi ddim syniad.'

'A finne'n meddwl mai i weud wrtha i am fynd mas llai y galwoch chi,' tynnodd ei choes. 'Yn enwedig yn hwyr y nos . . . A gweud y gwir, o'n i'n dechre gofidio bo' 'da chi gansen wedi'i chwato mas yn y car . . . Wy wedi bod yn ofan ar 'y nghalon y celen i gwpwl o glatshys ar 'y mhen ôl 'da chi am gamwedde nithwr!'

'W! Chi'n gallu bod yn ddigwilydd iawn, Dr Thomas,' roedd hithau wedi dwrdio'n ôl yn chwareus at hynny. 'Rhywbryd 'to, falle! Ond am heddi, chi'n eitha saff.'

'Yna sda fi ddim syniad pam ddiawl y'ch chi wedi galw,' dywedodd Danny. 'I 'nwrdio i unwaith eto am yfed gyment, sbo . . . Neu 'ngha'l i i ymuno â Merched y Wawr neu rywbeth . . .'

'Nage, wir! Chi'n gwamalu nawr.' Roedd hi wedi chwerthin yn ysgafn wrth ateb 'nôl. 'Sa i'n gwbod pam y'ch chi mor benderfynol o'n rhoi i trwy'r felin y bore 'ma. Wir, rwy'n teimlo fel petai'r holl wendide sy'n perthyn ifi wedi ca'l 'u dinoethi yng ngŵydd y byd – pob un ohonyn nhw yr un pryd!'

'Dim ond jocan ydw i, Mary fach,' lliniarodd ei gerydd. 'Pidiwch â bod yn rhy llawdrwm arnoch chi'ch hunan.'

'Chi'n gwbod beth fydd Bernard yn 'i ddweud amdana i'n aml? 'Mod i'n cyfarth yn gas, ond byth yn cnoi. Fe fydde'n talu ichi gofio 'na tro nesa fydda i'n mynegi 'marn a chithe'n teimlo tan y lach.'

Tybiai Danny ers tro byd ei bod hi'n arddel rhyw hawl foesol i allu gwerthuso'i fuchedd. Y gwir oedd ei fod yntau'n gwneud yn union yr un peth iddi hithau.

'Wel! 'Na fe, chi'n gweld. Chi'n briod â dyn sy'n deall yn gwmws beth yw natur yr ast mae e'n briod â hi . . . a siarad yn ffigurol, hynny yw!'

Os bu anesmwythyd rhyngddynt am ennyd wedi iddo ddweud hynny, ni pharodd yn hir. Chwarddodd y ddau eu ffordd drwyddi. Doedd Danny ddim wedi bwriadu i'r frawddeg swnio mor sarhaus ag y gwnaethai, ond penderfynodd mai peidio â thynnu sylw pellach ati fyddai orau. Nid ynganodd air o ymddiheuriad.

'A dweud y gwir, ma'r rheswm pam alwes i'n lot mwy ymarferol na rhoi *row* ichi am ddim. Y Parch. Idris Owen.'

'Beth amdano fe?'

Eglurwyd iddo fod y creadur wedi ei amddifadu o'i gopi o *Megin Bro Fawnog*. Canai'r enw gloch ym meddwl Danny yn syth, a gwyddai mai ym Mro Dawel y trigai. Gallai hyd yn oed roi wyneb i'r enw. Ond am union rif ei fyngalo, roedd hi'n nos arno – fel y bu'n nos arno neithiwr hefyd, mae'n amlwg.

'Es i mas heb y rhestr, chi'n gweld.' Cafodd ei hun yn gorfod egluro iddi, fel gwas bach yn rhoi cyfrif i'w feistres am ryw amryfusedd. 'Na hidiwch! Ma' sawl copi sbâr ar ôl 'da fi yn y rwm ffrynt. Fe af i draw'r prynhawn 'ma ac estyn 'i gopi iddo fe'n bersonol yn ei law . . .'

'Wnewch chi ddim o shwt beth, wir,' mynnodd hithau.

'Rwy'n credu 'i bod hi'n well i fi fynd ag e, symoch chi? Sa i'n credu y dylech chi ddangos 'ych wyneb ym Mro Dawel am beth amser . . .'

'Twt lol! Mi fyddan nhw i gyd mas yn 'y nghroesawu i â breichie agored, fenyw. Y ffars 'na nithwr yw'r peth mwya cyffrous ddigwyddodd ym Mro Dawel ers blynydde! Yr unig bryd ma'r stad 'na'n dod yn fyw fel arfer yw pan fydd angladd yn codi o 'na.'

'*Steady* nawr, Danny! Chi'n dechre rhyfygu.'

'Wel! Allwch chi ddim dod rownd fan hyn i'n annog i i fynd mas a gwneud mwy yn y gymdogeth a gweud wrtha i am beidio â mynd ar gyfyl fy nghyd-bentrefwyr ar yr un gwynt nawr, allwch chi?'

'Ma'n wir fod angen pobol fel chi ar yr ardal 'ma,' traethodd hi ag awdurdod. 'A licsen i se pobol yn ca'l cyfle i ddod i'ch nabod chi'n well, ma' 'na'n wir . . . y chi go iawn, hynny yw. 'Yn ofan mowr i yw y byddwch chi wedi mudo'n ôl sha Caerdydd 'na cyn gadel eich marc. Chi'n iawn, sbo. Sa i'n gyson bob amser. A falle nad wy bob amser yn rhesymegol, ond fe ddweda i hyn wrthoch chi am ddim – mi fydda i wastad yn treial bod yn ddidwyll.'

'O! Chi wastad yn ddidwyll, reit i wala!' Eisteddai gyferbyn â hi, a thasgodd ei eiriau'n finiog eirias i fyw ei llygaid. Roedd wedi llefaru â'r fath ddwyster annisgwyl, gallai weld iddo godi peth braw arni. Ymdrechodd i wadu ei wir deimladau'n syth, gan droi'r angerdd fu yn ei lygaid yn ddim namyn gwên chwareus.

'Chi'n hoff o ryfygu. Fi wedi deall 'ny o'r dechre,' dywedodd hithau wrtho wedyn, wrth iddi ganiatáu i'r wên feirioli ei hofnau.

'Pan fyddwn ni'n peidio rhyfygu, mi fyddwn ni'n peidio â bod,' ebe Danny. Parhaodd y didwylledd yn ei lais, ond diflannodd pob perygl y gallai'r dwyster ennyn braw. 'Fel yr ychydig Gymry Cymrâg naturiol sy'n dal ar ôl yn y lle 'ma erbyn hyn, dim ond un rhyfyg mawr yw bywyde pobol fel chi a fi, Mary Lloyd. Symoch chi'n cytuno? Dim ond am genhedleth neu ddwy arall ar y mwya y gallwn ni barhau i fod yn rym o fewn y broydd hyn. Dewch nawr! Nid rhyfygu ydw i wrth ddweud 'i bod hi wedi canu ar yr iaith Gymrâg.'

Osgôdd hithau edrych i'w gyfeiriad, fel y gwnâi bob amser pan fyddai e'n crybwyll Cymreictod. Am eiliad, ni ddaeth dim o'i chyfeiriad ond un ochenaid hyglyw.

'Ar ddiwedd y dydd, mi fydd 'na gloch yn canu i ddynodi diwedd einioes pawb a phopeth, Danny bach. Sdim modd gwadu 'ny.'

Roedd terfyn i bob rownd. A deuai diwedd ar bob gornest. *Mi a ymdrechais ymdrech deg* . . . Cofiodd Danny'n sydyn am y boi blonegog hwnnw a welsai ar y teledu fore echdoe yn paratoi ar gyfer ei arwriaeth fawr elusennol. Tybed beth ddaeth ohono? Gresynodd nad oedd erioed wedi cymryd fawr o ddiléit mewn bocsio. Gormod o gachgi. Doedd e erioed wedi bod yn nofiwr hyderus, chwaith. Ofn dŵr.

Yna torrodd Mary Lloyd ar draws ei feddyliau drachefn gyda'r ôl-nodyn ansicr, 'Ond sa i'n siwr odw i'n cytuno â chi, cofiwch.'

'Rhaid i'r ddou ohonon ni gario 'mla'n i ryfygu yn ein gwahanol ffyrdd, 'te,' ymatebodd yntau'n dawel.

*

Ar un o'i ymweliadau blaenorol, roedd Martin wedi gofyn iddo ymhle fyddai orau ganddo farw – 'Yn y lladd-dy agosaf, yn yr hosbis agosaf neu gartre fan hyn yn dy wely dy hunan?'

Ar y pryd, roedd wedi ei weld yn gwestiwn amhosibl, er i'r ateb ymddangos yn un amlwg. Yr hyn a gofiai Danny gliriaf o'r drafodaeth absẃrd a ddilynodd oedd y ffaith na allai'r naill na'r llall ohonynt ddweud gydag unrhyw sicrwydd ymhle'n union yr oedd y lladd-dy na'r hosbis agosaf. Roedd gan Martin frith gof o un yn Llanybydder flynyddoedd yn ôl, tra tueddai Danny at Aberteifi.

Byddai Mary wedi gwybod yn bendant ble roedd y ddau. Petai e wedi gofyn iddi, fe fyddai wedi cael ateb ar ei ben ganddi heddiw.

'Pethe dinesig yw hosbisys,' oedd y casgliad y daethai Martin iddo ar y pryd. 'Ond cefn gwlad yw cartref cynhenid lladd-dai.'

Ac eto, falle ddim . . . Heddiw, roedd hi'n eglur i Danny fod haeriad Martin wedi bod yn un cwbl afresymol. Câi anifeiliaid eu lladd yn y ddinas, ac roedd angen gofal ar rai mewn cystudd yn y wlad fel yn y dref. Daeth tristwch llethol drosto wrth gofio lle mor gyfyng oedd y 'filltir sgwâr'. Yn bendant, nid yr ateb amlwg oedd yr ateb gorau bob amser.

'Fe es inne bant, cofiwch,' roedd Mary Lloyd wedi mynd yn ei blaen, fel petai hi am ei atgoffa nad er mwyn cael marw mor ddi-boen â phosibl yn unig yr oedd pobl yn gorfod mynd o'u cynefin. Âi miloedd bant o'u broydd i gael eu haddysgu hefyd. Weithiau, rhaid oedd mynd bant er mwyn cael dod yn ôl. Pa mor hurt oedd hynny?

'Do'dd dim byd yn anghyffredin am hynny yn ein cyfnod ni,' roedd yntau wedi ymateb braidd yn llywaeth. 'Dyna beth o'dd pawb yn ysu i'w wneud ar y pryd, yntefe? Cael gadel cartre am goleg a phenrhyddid ac yn y bla'n.'

'Es i ddim pellach na Chaerfyrddin, cofiwch,' aeth rhagddi, fel petai'n gwneud yn fach o'i chyraeddiadau. 'Sa i'n credu 'mod i erio'd wedi chwennych penrhyddid. A dweud y gwir, rwy'n ame a fydden i wedi gwbod ystyr y gair ddeugen mlynedd yn ôl.'

'Mae'n anodd 'da fi gredu 'ny,' ceisiodd Danny ei chysuro. 'Ond es inne ddim pellach nag Aberystwyth, chwaith.'

'O leia ro'dd mynd i'r Drindod yn golygu rhywbeth pan es i yno,' ychwanegodd hithau gyda balchder.

'Digon gwir,' gorfodwyd Danny i gytuno. 'Ond ma'n ddrwg 'da fi glywed nad oeddech chi wedi dyheu am gael cyrraedd 'co.'

'Wel! Dyna'r gwir. Man a man ichi 'nghredu i ddim.'

'Wy'n gallu cofio ysu i fynd bant o gartre am hydoedd cyn i'r diwrnod mowr gyrradd.'

'Fel arall ro'n i. O'n i'n ffaelu aros am y diwrnod pan gawn i ddod 'nôl – er 'mod i prin mas o 'nghynefin.'

Cadarnhaodd hynny gasgliad arall y daeth iddo am Mary Lloyd. Fe wyddai hon yn reddfol ei bod hi'n perthyn yno yn ei gorllewin gwlyb. Yn raddol, dros y misoedd diwethaf, daethai Danny Thomas i ddeall nad felly roedd hi yn ei achos e. Dyna'r gwahaniaeth mawr rhyngddynt. Llanbedr Fawnog? Nant Castell? Caerfyrddin? Yn y bôn, doedd dim ots ymhle y câi hi ei hun o fewn ei milltir sgwâr. Fe wyddai'n ddigwestiwn ei bod hi'n perthyn – roedd yno fangre a fodolai'n unswydd ar ei chyfer. Ar ei chyfer hi a'i thebyg. Ond doedd neb yn cadw cornel o'r un cwtsh yn gynnes ar ei gyfer ef yn y rhan hon o'r byd.

Ers iddo symud i Ardwyn, ni fu ganddo fawr mwy na pherchnogaeth ysbryd dros ddim. Dim mwy na braich o niwl i'w chodi am wregys ei dreftadaeth. Pa dreftadaeth? Pwy ffyc oedd e'n meddwl oedd e? Dod i'r fro wantan hon nad oedd wedi golygu dim iddo cynt a disgwyl croeso, wir!

Ar ryw olwg, bu ei amser yno hyd yn hyn yn arswydus. Yn siom. Ac yn anad dim, yn ddisylwedd. Roedd e wedi ei gondemnio i fod 'wastad ar y tu fas'. (Ciw cân. Atgof arall o'r archif. Mwy o artaith.) Y Pab Marian a'i hesgymunodd, barnodd. Hi a'i brad oedd wedi agor y drws ar y dadrithiad. Hi oedd yr un â gwaed ar ei dwylo, ond eto y fe oedd yr un a gafodd ei ddiarddel gan yr etifeddiaeth yr oedd yn argyhoeddedig fod ganddo hawl arni. Hen dric creulon. Jiawl o hen dric Cymreig! (Am ba hyd y gallai barhau i daflu'r bai am bopeth ar ysgwyddau Marian, tybed?)

'Ma'n flin 'da fi na nethoch chi joio'ch bywyd fel myfyriwr, Mary fach.'

'O! Fe wnes i joio reit i wala,' roedd hi wedi ymateb, mewn rhyw ffordd ffwrdd-â-hi braidd. 'Ond o'n i wedi dechre caru 'da Bernard cyn mynd o gatre, chi'n gweld, ac o'dd e fan hyn, ddeg milltir a mwy i lawr yr hewl . . . Fe gyfyngodd hynny braidd ar y "joio" oedd 'da fi hawl iddo.'

Y tristwch, fel y gwelai Danny hi, oedd nad oedd yr hyn yr oedd gan ddyn hawl iddo bob amser yn gyfystyr â'r hyn oedd orau ar ei gyfer. Doedd ef ddim bob amser wedi dilyn llwybrau yr oedd ganddo hawl i'w dilyn a doedd e'n sicr ddim wedi gwneud y dewisiadau mwya buddiol er ei les ei hun.

O ran Mary Lloyd, fe fu'n driw iddi hi ei hun. Yma roedd hi am fod. Yma y dewisodd hi fod. Yma roedd hi wedi gallu gwneud y cyfraniad gorau. Os nad oedd hithau'n gwbl fodlon, o leiaf fe allai hi fod yn anfodlon â chydwybod lân.

'Ond ethoch chi 'mla'n i ddysgu. Wy'n cofio chi'n gweud wrtha i.'

'Am beder blynedd. Do. Tan gas Seimon 'i eni.'

'Wel, 'na chi!'

'Go brin fod hynny'n yrfa. Nid fel gesoch chi.'

Gyda hynny, roedd Mary Lloyd wedi gwenu, mewn modd a ddaeth â chadernid rhyfedd i'w phryd a'i gwedd – esgyrn ei hwyneb yn llachar a'i llygaid yn gweryru. Roedd Danny wedi sylwi o'r blaen fod ganddi'r gallu i wenu fel petai gwên yn darian.

'Beth ddoth o'r gri am y Fro Gymrâg a "Thua'r Gorllewin"? 'Na beth licsen i wbod.'

'Fe gas hi 'i boddi gan ruo'r holl BMWs 'na o'dd yn mynd ffwl pelt i'r cyfeiriad arall,' daeth ei hateb brathog.

Dangosodd Danny fwy o ras nag a ddeuai i'w ran fel arfer, gan dderbyn bod y doethineb hwnnw'n drech na dim byd slic y gallai e ddweud yn ôl wrthi. A hithau'n fore go arbennig yn ei hanes, bodlonodd ar adael i Mary Lloyd gael y gair olaf. A goddiweddwyd y ddau gan fudandod.

*

Heddiw, roedd hi wedi yfed pob diferyn o'i choffi. Gallai Danny edrych i grombil y mẁg, a oedd wedi ei adael ger y lle tân, a gweld düwch amlwg y gwaelod gwag. Nid y ffaith ei bod hi wedi mynd oedd sail y dychryn a gydiodd ynddo, ond yn hytrach y gofid na fyddai hi byth yn dychwelyd drachefn.

Cododd y syniad yn ei ben taw hwn oedd y diwrnod y byddai'n gwneud popeth am y tro olaf . . . os nad yr olaf dro. Hen deimlad od, barddonllyd braidd. Ond doedd hynny ddim yn ddigon i'w daflu oddi ar ei echel yn llwyr chwaith. Oni chafodd ddeuddydd i ymbaratoi? (Efallai mai dyna pam fod ganddo fwy o ras i'w rannu nag arfer heddiw.) Cysurodd ei hun â'r dybiaeth ei fod e'n barod amdani – waeth beth fyddai'r 'hi' a oedd ymhlyg yn yr ymadrodd amwys hwnnw. Rhyw ergyd nad oedd enw arni, fe dybiai. Rhyw ddibyn diddiben.

Oedd e mewn difri calon newydd ganu'n iach yn derfynol i Mary Lloyd? Doedd dim gwadu nad oedd e wedi ei thywys at ddrws ffrynt Ardwyn rai munudau ynghynt, fel y gwnaethai sawl gwaith o'r blaen. Ond go brin fod hynny'n arwydd o ddim byd mwy na'i hebrwng at ffin ei deyrnas fechan ef. Hynny a dim mwy, siawns. Fe'i gwelai eto, wnâi e ddim? Rhyw fore a oedd eto i ddod? Yn ei byd bach hi y tro nesaf, efallai? Neu ym mydysawd rhywun arall?

Tynnodd Danny wep. Gwyddai'n reddfol nad oedd am ddal pen rheswm am y mater. Hyd yn oed yn ei habsenoldeb, roedd ganddi'r gallu i'w gael i gadw'i geg ar gau, pan fyddai wedi bod yn fwy na pharod i droi trafodaeth yn ddadl ffyrnig gyda rhywrai eraill . . . neu hyd yn oed gydag ef ei hun.

Cododd y mŵg y bu'n yfed ohono o'r aelwyd, yn ogystal ag un Mary, gan nodi bod peth coffi oer wedi ei adael yn ei waelod. Aeth â'r ddau trwodd i'r gegin fach i'w golchi gyda'r holl fân lestri eraill a oedd yn prysur ymgasglu yno – pob un yn aros ei dro i fynd drwy'r dŵr. (Hiraethai beunydd am y peiriant golchi llestri fyddai ganddyn nhw gynt yn eu cartref yng Nghaerdydd.) Ai dyma'r tro olaf iddo gyflawni'r ddefod hon, pendronodd.

Crap llwyr! Roedd golchi llestri'n orchwyl ry ddiflas o gyffredin i arwyddo diwedd y byd. Petai llestri budron heddiw – neu hyd yn oed rai ddoe ac echdoe – ddim yn cael eu golchi tan yfory, 'fydde hi ddim yn ddiwedd y byd', ys dywedai rhywun o'i orffennol.

'*Paid â phoeni. Dyw hi ddim yn ddiwedd y byd!*' Cofiai'r mantra. Ond yn dod o enau pwy, tybed? Gallai glywed y geiriau heb adnabod y llais. Marian, efallai? Ei fam? Ie, ei fam, mae'n rhaid. Un o ffyrdd ei fam o dawelu'r dyfroedd. Nid Marian. Byth. Roedd rota dyletswyddau'r teulu wedi bod yn sacrosanct i honno. Pawb â'i orchwyl. Pawb i wneud ei ran. Dyna fu cyfrinach *happy families* i'w gyn-wraig. Onid oedd ganddi ugain mlynedd o 'chwarae'i rhan' y tu cefn iddi? Chwarae teg iddi. Actores dda.

Nawr, ei dro ef oedd hi i fynd i'r afael â'r llestri budron, mae'n ymddangos. A'r dillad budron hefyd, tase hi'n dod i hynny. Roedd y rheini'n dal dan draed.

Bu'n argyhoeddedig erioed fod ganddo hawl i fod ym mhle bynnag yr ydoedd. Bod ganddo hawl i berthyn. Hawl i fod yno. Daliodd ei dir. Cadwodd y ffydd. Wel! Go brin y gallai honni hynny. Ond credai i sicrwydd mai ef oedd piau rhai pethau. Roedden nhw'n eiddo iddo. Er gwell neu er gwaeth. Yn glaf ac yn iach. Yn lân ac yn frwnt.

Os oedd ganddo ffydd, ffydd y pedlwr creiriau oedd honno, dywedodd wrtho'i hun, gan ymhyfrydu yn y ddelwedd a greodd. Roedd *relics* saint yr oesau yn ei feddiant – yn sych a brau ac erbyn heddiw'n gwbl ddi-werth. Fel menyw a gyflawnodd ei gwyrthiau er ei fwyn yn ei dydd, ond nad oedd yno iddo mwyach. Cofiodd o'r newydd nad oedd y balchder a berthynai i fod yn berchen ar ddim hanner cystal â'r blas a ddeuai o'i feddiannu.

*

Roedd hi wedi bod mor hawdd dod o hyd i ryw rhwydd yn y Gymru wledig, prin y gallai Danny gredu ei lwc. Pan brynodd e'r tŷ, doedd dim disgwyl iddo wybod y byddai rhywun fel Hannah ar gael mor gyfleus, lathenni'n unig i lawr y lôn. Petai hi yno o ganlyniad i ryw grant gan y llywodraeth, neu bolisi tai blaengar gan y cyngor, neu arbrawf cymdeithasol esoterig a oedd ar droed gan brifysgol, byddai'r arwerthwyr tai wedi gallu ei chynnwys fel adnodd i helpu i werthu'r lle.

Ond nid ar gownt yr un o'r rhesymau hynny y denwyd Hannah i gyffiniau Nant Castell. Cyfuniad o ragluniaeth a chyfalafiaeth ronc oedd i gyfrif am y ffaith fod rhyw egnïol, lled ddiogel, i'w gael mor handi, reit ar garreg ei ddrws.

Strategaeth economaidd pâr ifanc cysurus eu byd a ddewisodd fuddsoddi eu cynilion mewn ail gartref yn y wlad oedd yr elfen 'gyfalafol', tra bo natur nwydwyllt y wraig yn fater o ragluniaeth bur. Cyfuniad perffaith. Lwc mul, ddywedai rhai. Ac yn yr achos hwn, roedd Danny'n hapus iawn i fod yn ful.

Dyna lle'r oedd e'n cael ei farchogaeth yn frwdfrydig gefn dydd golau. Cluniau esmwyth ei gymdoges oddeutu ei lwynau. Ei ddwylo'n mwytho'r bronnau bach meddal hynny a feddai. Ochneidiau ei boddhad yn llenwi'r llofft. A'i gwallt lliw copr sgleiniog yn goglais ei wyneb wrth iddi blygu drosto.

Doedd dim o hyn yn wir, wrth gwrs. Doedd hi ddim o fewn ei afael. Doedd y gwely ddim yn gwegian dan eu pwysau. Doedd ei geilliau ddim ar fin cael eu gwacáu am yr eildro'r bore hwnnw.

Rhith o sioe oedd hon. Bwydo'i flys canol oed â gwamalrwydd roedd e. Difyrru ei hun â ffantasi garlamus. Un a ddaeth o nunlle. Cyfuniad o angen angerddol i fwrw'i had drachefn a dwyn jymp annisgwyl i gof. Whare teg! Pa ddrwg oedd 'na mewn cymysgu atgof a dyhead? Wedi'r cwbl, fe wyddai pob Cymro twymgalon mai hiraeth oedd coctel hyna'r ddynoliaeth – yr hen, hen ffefryn a haeddai gael ei ddwyn ar gof.

Marian oedd prif ffynhonnell ei brofiad rhywiol. Doedd dim gwadu hynny. Hi, yn anad neb, oedd wedi llenwi'r stordy ar hyd y blynyddoedd – er nad hyhi yn unig, teg nodi. Doedd y rhyw rhyngddynt ddim wedi bod yn bleserus bob amser – ddim o bell ffordd – ond o leiaf fe fu ganddyn nhw yr hyn a elwid, braidd yn chwerthinllyd yn nhŷb Danny, yn 'fywyd rhywiol'. Bu'n bwysig. Nid yn gwbl angenrheidiol, fel roedd cael dŵr glân yn gwbl anhepgorol er mwyn byw, ond yn lled agos at hynny.

Yn ystod blynyddoedd olaf eu priodas, pan fyddai cyfnodau di-ryw meithion rhyngddynt, byddai Danny bob amser yn teimlo'n annigonol, yn anghyflawn, rywsut, fel petai wedi ei ddatgysylltu nid yn unig oddi wrth Marian, ond gweddill ei deulu hefyd, heb sôn am weddill y ddynoliaeth. Ai'r angen am gyswllt fu'r cyffro mwya iddo wedi'r cwbl, nid cariad? Daeth i amau nad oedd e erioed wedi dangos ei gariad tuag at neb drwy gael rhyw gyda nhw.

Yr angen i feddiannu oedd wedi ei arwain. Gallai weld

hynny nawr. Ei awydd truenus i berthyn. Dyna pam y cafodd hi mor hawdd i lamu o gyd-rannu 'bywyd rhywiol' ag un bartneres hirdymor i gyflawni pob math o gampau rhywiol gyda phwy bynnag oedd ar gael. A dyna sut y camodd yr Hannah handi i'r adwy mor annisgwyl – ei moesau mor gyfleus â'r gyflythreniaeth.

Doedd gan chwantau dyn ffyc ôl i'w wneud â chariad, tybiodd. Hunan-dwyll trychinebus fu'r cyfan, fel yr oedd amser nawr yn ei ddatgelu iddo ag arddeliad. Roedd wedi cymryd cymaint yn ganiataol gyda Marian. A hynny dros gyfnod mor hir. Clamp o gamgymeriad o'r dechrau fu ymddiried dim iddi. Y gwir oedd mai dim ond mater o gymuno oedd cnuch. Cnawd wrth gnawd. Y moliant a'r rhyddhad. Os oedd i'r cyfan farddoniaeth, yna awen dalcen slip oedd hi, nid cynghanedd yr un pencerdd. Cân werin oedd pob cyplu, nid cywydd.

Hannah oedd yr olaf i rannu ei nwyd. Yr olaf hyd byth efallai. Yr ychwanegiad diweddaraf i gyrraedd y storfa brofiad yn ei ben, ta beth. Hi fu'r cymorth hawdd ei gael yn y gymuned. Yr ysgub agosaf at ddrws yr ydlan. Nid hiraethu roedd e. Yn sicr, nid am Hannah. Ond nid am Marian chwaith. Nac am ddim a fu.

Roedd ei orffennol wedi chwarae rhan allweddol yn y cnewian a fu ar gorneli ei enaid, ond prin fod hiraeth wedi chwarae rhan o gwbl yng nghreu'r bustl a gronnodd o'i fewn dros y misoedd diwethaf. Er bod ei ymdeimlad o golled, yng ngeiriau'r hen gân, yn 'fawr', yn 'greulon' ac wedi 'torri'i galon', nid ... *repeat* NID ... hiraeth mohono. (Ciw egwyl gerddorol arall? Gobeithio ddim. Roedd ei ben yn troi.)

Edrych yn ôl wnâi Danny, nid hiraethu. Roedd gwahaniaeth

pendant rhwng y ddau. Mae'n wir y byddai'n dwyn ei rieni i gof o bryd i'w gilydd ond gan amlaf, nid i ymdrybaeddu'n sentimental y byddai'n syrffio rhwydwaith y cof. Gwnâi ei gofio i gyd mewn ysbryd rhyfeddol o ddidostur. Prif ddyhead Danny wrth gofio oedd cael dod o hyd i resymau teilwng dros ddial arno'i hun. Chwilio am gyfiawnder oedd e, nid ceisio cysur.

*

'Dad!'

'Rhiannon?'

O'i gofnodi felly, mae'r cyfarfyddiad cyntaf a fu rhwng Danny a'i ferch ers dros wyth mis yn swnio'n ystrydebol o siwgwraidd ac yn fymryn o *pastiche* – fel petai'n sgit ar Stanley a Livingstone yn Affrica, neu Bette Davis a Paul Henreid yn y ffilm honno. Ond mewn gwirionedd, roedd mwy o flas y pridd ar yr olygfa na hynny.

Doedd hi ddim yn olygfa yr oedd Danny wedi paratoi ar ei chyfer. Roedd sawl rheswm am hynny. Er ei fod yn ddyn a allai bwyso a mesur yn drwyadl a dwys ystyried popeth hyd syrffed yn aml, ar brydiau eraill yr oedd hefyd yn gallu bod yn sobor o ddifeddwl.

Ni ddaeth i'w feddwl y byddai ei ferch yn gyrru trwy Nant Castell ar ei ffordd i'w chyfweliad yn Aberystwyth. Hyd yn oed petai wedi meddwl hynny a sylweddoli y gallai hi alw – neu y gallai ef fod wedi ei gwahodd i alw – byddai wedi cynllunio ar gyfer y diwrnod anghywir. Bore echdoe pan ddarllenodd ei neges, cymerodd yn ganiataol mai newydd gael ei hanfon oedd hi a bod ei ferch yn cyfeirio at yr hyn a oedd nawr yn drannoeth fel diwrnod y cyfweliad. Y gwir oedd iddi anfon ei neges yn hwyr y noson cynt, a felly heddiw oedd y diwrnod mawr.

Roedd hi'n Ddiwrnod Mawr – fe wyddai Danny hynny eisoes. Fe ddylai fod wedi bod yn fwy ystyrlon. Diwrnod y Gwneud Popeth am y Tro Olaf oedd hi arno wedi'r cwbl. Erbyn hyn, roedd hynny wedi ei sefydlu'n gadarn yn ei feddwl. Nawr bod Rhiannon yno, yn y cnawd, doedd dim amheuaeth. Dwysaodd ei dristwch. Ond rhaid oedd gwisgo gwên a bod yn llawen neu ni ddeuai hi byth i alw arno eto. Os oedd 'eto' yn bod.

Heddiw oedd y gelyn mawr. Dyna'r gwirionedd y dylai ganolbwyntio arno'n ddyddiol, dywedodd wrtho'i hun. A'r 'heddiw' yr oedd yn byw ynddo'r awr hon yn fwy na'r un. Rheswm arall dros beidio â thyrchu drwy'r holl atgofion a gariai gydag ef am ryw a rhieni a'r Farian hesb, annheyrngar. Doedd y gorffennol yn ddim namyn un rhagymadrodd hir. Yno y gorweddai gwraidd y drwg, doedd e'n amau dim, ond heddiw oedd yr uffern go iawn. Heddiw dyn oedd fwyaf tebyg o fod yn farwol iddo, nid ei ddoe.

Hanner awr yn ôl, roedd y glaw wedi peidio o'r diwedd – tua'r un adeg ag yr oedd yntau wedi dechrau 'laru ar din-droi'n ddiryddhad yn ôl a blaen rhwng bro ei ffantasïau a phorn y sgrin. Troes ei gefn ar y cyfrifiadur, gan ei adael heb ei ddiffodd yn llwyr gan iddo gymryd yn hirach nag arfer i ddod ato'i hun y bore hwnnw.

A hithau'n hindda, roedd wedi hel ei draed i'r ardd am awyr iach. (Byddai Mary Lloyd wedi cymeradwyo hynny, o leiaf.) Gwyddai fod pecynnau o hadau, a brynodd pan symudodd yno, yn dal i orwedd yn segur ar silff yn y sièd a chododd y syniad yn ei ben mai heddiw oedd y diwrnod delfrydol ar gyfer eu plannu.

Ar ôl yr holl law, byddai unrhyw arddwr gwerth ei halen wedi dweud wrtho fod y ddaear yn rhy wlyb i'w derbyn yn ei chyflwr presennol. Ond gyda rhesymeg yr hunanladdol, darbwyllo'i hun o ymarferoldeb ei fwriad wnaeth Danny. Tybed beth oedd i gyfrif am y syndrom honno a oedd yn gyffredin ymysg rhai a oedd ar fin gwneud amdanynt eu hunain i fynd allan a phrynu rhywbeth a fyddai, maes o law, yn tystio'n groes i'w gwir fwriadau. Byddai rhai'n prynu dillad newydd, drud, na chaen nhw byth mo'r cyfle i'w gwisgo, tra bo eraill yn codi tocynnau dwyffordd ar gyfer siwrneiau nad oedden nhw'n bwriadu dychwelyd ohonynt. Wyddai Danny mo'r ateb i'r dirgelwch hwnnw, ond gallai weld y swyn a berthynai i blannu hadau na fyddai ef yno i'w gweld yn tyfu.

Beth oedd y gair am ffenomenon o'r fath, holodd ei hun? Gwastraff, efallai? (Fyddai Mary Lloyd yn bendant ddim wedi cymeradwyo hynny.)

Gwallgofrwydd? Ie, fe wnâi hynny'r tro. Os taw hwn oedd y diwrnod pan y byddai'n Gwneud Popeth am y Tro Olaf Un, siawns nad oedd ganddo hawl i fynd braidd yn wallgo heddiw.

Gyrrwyd ef i'r ardd gan rywbeth arall a'i haflonyddodd hefyd. Byth ers iddo ddarllen e-bost Tom Penn Jones rai oriau ynghynt, roedd yr her a allai fod ymhlyg mewn dewis dychwelyd i Gaerdydd wedi araf lithro'n ôl a blaen yng nghefn ei feddwl. Nid oedd hyd yn oed cwmni Mary Lloyd – a oedd wedi aros yn hirach nag arfer – wedi llwyddo i dynnu ei sylw'n llwyr oddi ar y neges e-bost honno. Byddai wedi hoffi petai hi wedi gwneud iddo anghofio amdani, ond nid felly y bu. Er dwyster eu trafod a'r amser a laddodd wedyn yn gwamalu'n gocwyllt â'r cyfrifiadur, roedd y cynnig a gawsai'n dal i chwarae ar ei feddwl. Pwy feddyliai y byddai hi mor hawdd i ddyn bendilio rhwng Gwenallt a phorn?

Gwedd arall ar wallgofrwydd oedd hyd yn oed meddwl am dderbyn y cynnig, dadleuodd â'i hun. Roedd yn wahoddiad nad oedd ganddo hawl iddo. Ddim ac yntau tan ddedfryd na wyddai beth ydoedd eto.

Unwaith y penderfynodd gladdu ei feddyliau yn chwys y plannu, dychwelodd dan do ar frys i newid i hen ddillad a gwisgo'i sgidiau trymion. Ar y ffordd allan yn ei ôl, cododd allwedd clo'r sièd oddi ar ei bachyn yn y gegin ac aeth ar ei union i nôl yr hadau a phâl.

Suddodd ei draed i'r pridd yr eiliad y camodd oddi ar y llwybr. Gwthiodd swch ei raw i'r tir gan ddefnyddio nerth pob gewyn. Deuparth gwaith ei ddechrau, medden nhw. Ond doedd dim yn tycio. Er iddo fwrw iddi'n llawn bwriadau da, sylweddolodd yn ddigon buan fod angen troi'r pridd cyn mentro plannu dim. Hawdd iawn fu iddo sefyll wrth sinc y gegin yn syllu allan fel llo. Stori arall oedd hi i fynd i'r afael go iawn â maint y dasg. Gorweddai pydredd a diflastod fel amdo dros ei diriogaeth, gan ddirmygu pob gobaith o weld tymor newydd yn y tir.

Ond dim ond y llygaid ddywedai hynny wrtho. I'w ffroenau, codai arogleuon ffres, yn llawn addewid am ddyfod glesni newydd nad oedd eto'n ddigon dewr i flaguro.

Roedd Mary Lloyd wedi ei sicrhau erioed fod yno bridd da o dan ei draed. Rhostir llwm oedd o'u cwmpas. ('Wedi'r cwbwl, corsydd nid carneddau gewch chi yng Ngheredigion.'). Ond os cofiai'n iawn, bu ganddi eglurhad daearegol astrus am bresenoldeb cynifer o faetholion yn eu cwmwd arbennig nhw.

Doedd dim o fanyldeb ei thraethu wedi aros yn ei gof, ond roedd yn barod i fachu ar y gobaith ei bod hi'n gwybod ei phethau.

Yr hyn a'i synnodd fwyaf oedd ei fod yn medru edrych ymhellach na'i drwyn wedi'r cwbl. Efallai mai dyna pam bod heddiw'n Ddiwrnod Mawr? Wrth balu, roedd wedi dechrau amgyffred y cysyniad o 'yfory'. Ond yr hyn na allai fod gant y cant yn siwr ohono o hyd oedd a fyddai ef yno i fod yn rhan ohono ai peidio.

O nunlle, dechreuodd mân bryfetach y prynhawn ddawnsio'n bryfoclyd o amgylch ei wyneb, wedi eu deffro gan y dilyw diweddar. Doedd fiw iddo anadlu drwy'i geg neu fe lyncai gymuned gyfan ohonynt yn fyw. Â llewys ei siwmper siabi, sychodd y chwys oddi ar ei dalcen, gan deimlo mor benysgafn fel yr ofnai ei fod ar fin llewygu.

Cymerodd hoe, er mai dim ond megis dechrau roedd e. Poerodd i'r pridd a gallai glywed ei galon yn gyrru ar garlam. Dechreuodd pob ymdeimlad o berthyn lithro o'i afael. Roedd ei synhwyrau'n torri'n rhydd a gwyddai mai dyma'n gwmws sut yr oedd wedi dychmygu'r hyn fyddai'n digwydd iddo pan fyddai angau'n agosáu. Ac yna, ymyrrodd llais i'w arbed ag un gair: 'Dad!'

Roedd y llais yn gyfarwydd ac yn ddieithr iddo yr un pryd a'r enw'n un nas defnyddiwyd i'w gyfarch ers sbel.

Cododd ei ben. Cymerodd eiliad neu ddwy i leoli tarddiad y llais. Daeth yn ymwybodol fod ei galon yn araf ymdawelu ar ôl llafur caled y palu.

Draw ar y llwybr a arweiniai heibio'r talcen ac at y drws cefn, safai gwraig ifanc yn codi llaw arno. Galwodd ar ei thad fwy nag unwaith, a chyda'r llaw nad oedd yn ei chwifio, dyna lle'r oedd hi'n sgubo'i gwallt tywyll, tonnog oddi ar ei thalcen. Nododd Danny ei bod yn gwneud hynny â'r un osgo'n union ag y defnyddiai ei mam.

'Rhiannon?' gwaeddodd yn ôl i'w chyfeiriad.

Gwyddai'r ateb, wrth gwrs. Ond nid oedd y ffaith iddo alw'i henw ar ffurf cwestiwn yn gwbl annisgwyl o dan yr amgylchiadau.

Hyd yn oed pan ddaw pethau da i ran dyn, mae hi bron yn anochel fod pethau eraill yn gallu dod i'w canlyn yn aml iawn. Yn annisgwyl ar brydiau. Ac weithiau'n ddigroeso. Yr hyn a ddaeth i ganlyn Rhiannon y prynhawn arbennig hwn oedd Jâms.

*

Sodrodd Danny ei bâl yn y pridd gludiog cyn cymryd camau breision yn ôl at y llwybr a gwneud ei ffordd atynt. Rhwbiai ei ddwylo yn ei ddillad wrth gerdded fel petai am iddyn nhw gredu ei fod yn arddwr o ymroddiad.

Gwisgai wên a oedd yn ddigon llydan i gyfleu llawenydd ond heb fod mor ffals â chuddio'i sioc.

'Wel! 'Ma beth yw sypreis!' addefodd yn onest wrth ddynesu at y ddau.

Cynigiai presenoldeb y dyn arall ryw esgus tila dros yr anesmwythyd amlwg rhwng y tad a'i ferch. A'u cyfarchion lletchwith wedi eu cyfnewid, rhuthrodd Rhiannon i gyflwyno Jâms i'w thad. Estynnodd hwnnw law dde lân i gyfeiriad y dieithryn a chafodd ei gwasgu ganddo â grym nad oedd Danny wedi ei ddisgwyl gan un a edrychai mor eiddil.

Gwyddai'n reddfol nad 'ffrind' oedd e, ond cariad. Roedd

hwn wedi cael ei ferch, doedd ganddo ddim amheuaeth am hynny. Teimlai'n wrthnysig o allu meddwl peth o'r fath mor sydyn a chyda'r fath argyhoeddiad. Ond doedd dim gwadu cywirdeb ei reddf. Oedd hynny'n beth naturiol i dad ei ddirnad? Wyddai e ddim.

Mewn oes o'r blaen, byddai hi wedi ei gyflwyno iddo fel ei 'sboner'. Ond *boyfriend* oedd y gair a ddefnyddiodd Rhiannon. Waeth beth oedd y gair, roedd y berthynas yn amlwg.

Ymddangosai'n dipyn hŷn na Rhiannon, saith neu wyth mlynedd yn hŷn na hi, efallai. Roedd ei wallt yn anffasiynol o hir a thybiai Danny ei fod yn gwisgo'r sbectol a wisgai am ei bod hi'n gwneud iddo edrych fymryn yn fwy deallus nag ydoedd mewn gwirionedd. Delwedd 'dadol' y boi oedd wedi ei denu ato, mae'n rhaid, tybiodd – am fod ei thad go iawn yn gymaint o frych.

Y demtasiwn oedd bwrw iddi i'w bwyso a'i fesur yn rhy fanwl yno o flaen ei llygaid. Llwyddodd i ymatal, a throes ei lygaid yn ôl at Rhiannon ei hun, gan ailorseddu gwên. Ond aeth ei sylw hithau'n syth at yr ardd i osgoi ei drem.

'Mae hi *yn* ardd fawr, on'd yw hi?' dywedodd, gan brin gelu'r ffaith mai siarad er mwyn siarad oedd hi. 'Mae Martin wedi bod yn dweud bod rili angen iti ddechre gweithio arni.'

'Ody fe, wir?' ebe Danny'n ôl. 'Y tro nesa siaradi di ag e, cofia ddweud wrtho mai yn yr ardd wnest ti 'nal i. Mi ddyle hynny gau 'i ben e am sbel.'

'Fe dria i gofio,' atebodd hithau, cyn sylweddoli'n syth iddi ymateb yn rhy lythrennol i sylw ffwrdd-â-hi ei thad. Cnôdd ei gwefus yn ysgafn gan roi rhyw chwerthiniad bach amhriodol.

'Doeddan ni ddim yn gwybod ble'n union oedd y tŷ, oeddan ni?' gwthiodd Jâms ei drwyn i'r sgwrs.

'Na,' ategodd Rhiannon. 'Ond fe stopion ni yn Nant Castell i ofyn y ffordd.'

'O'dd 'na rywun ambythdu'r lle? Sneb byth mas ar ben 'rhewl o 'mhrofiad i,' dywedodd Danny.

'Ti'n iawn. Do'dd neb i'w weld,' sicrhaodd Rhiannon ef. 'Fe a'th Jâms i'r siop i ofyn, yndofe?'

'Hy! Ti *yn* foi sy'n lico sialens mae'n amlwg! Prin fod honna'n gwbod ym mha wlad mae hi'n byw nawr, heb sôn am nabod neb sy'n byw ergyd carreg i ffwrdd.'

'Mae'n dod o dramor rywle,' cytunodd Jâms. 'Ond fe wyddai hi'n iawn pwy oedd Dr Danny Thomas.'

Daeth Danny i'r casgliad sydyn nad oedd e'n mynd i hoffi'r dyn – *boyfriend* Rhiannon ai peidio. Heb os, fe fyddai wedi dannod cael neb yn sefyll yno rhyngddo a Rhiannon y foment honno, ond roedd ganddo syniad nad hynny'n unig oedd wrth wraidd ei egin gelyniaeth. Roedd hyn yn fwy personol. Pwy oedd e'n meddwl oedd e i ddefnyddio'i deitl fel 'na? Dr Danny Thomas, wir! Mor ffuantus. Ac yn ei ŵydd. Serch hynny, ni chollodd ei ben. Os oedd am ddal gafael ar y cyfle hwn i gymodi â'i ferch, rhaid oedd cyfaddawdu. Rhoes lwyfan pellach i'r wên a fu ar ei wyneb wrth groesi'r ardd.

'Wel! Wy'n gegrwth! Fydd yr hen sguthan byth yn dangos 'i bod hi'n 'y nghofio i o un tro i'r llall.'

'*Fame at last*, Dad!' ychwanegodd Rhiannon.

'O Korea mae'n dod,' manylodd Danny.

'Pa un?' gofynnodd Jâms fel petai ganddo wir ddiddordeb gwybod. 'De 'ta Gogledd?'

'Hen gwestiwn twp ac un uffernol o Gymreig, os ga i ddweud, Jâms,' poerodd Danny ei ateb yn ddirmygus i'w gyfeiriad. 'Pa ots yw 'ny i neb ond hi a'i gŵr?'

'Digon gwir, mae'n debyg,' cydsyniodd y dyn yn bwyllog. 'Dim ond holi ddaru mi!'

'Ond boed hynny fel y bo, diolch byth 'i bod hi'n fwy siarp ac wrth 'i phethe nag mae hi'n ymddangos,' ceisiodd Danny wneud yn fach o'i nodyn sarrug eiliad ynghynt. 'Neu fel arall, fyddet ti ddim yma nawr, Rhiannon. A wir iti, dw i'n falch sobor dy fod ti wedi penderfynu galw.'

'Syniad Jâms oedd e,' atebodd hithau'n syth i dynnu gwynt o'r swigen.

'Ia, digon gwir,' ategodd hwnnw'n falch. 'Fi ddeudodd y dylen ni wneud ymdrech i alw, gan ein bod ni'n gyrru heibio, fel petai.'

'Sdim ots 'da ti bo' ni wedi galw fel hyn, yn ddirybudd?'

'Jiw, na! Sdim ots 'da fi o gwbl!' rhuthrodd Danny i'w sicrhau. 'Am ryw reswm, wnes i gymryd yn 'y mhen falle mai fory o't ti'n ôl a 'mlaen i Aber. Ma' heddi'n well diwrnod o lawer. Sdim dal beth fydde ar y gweill 'da fi fory . . .'

*

Y peth cyntaf a wnaeth wrth gamu drwy ddrws y gegin oedd cynnau'r golau. Er bod y glaw wedi peidio a'r naws yn llai gorthrymus, roedd y dydd yn dal yn drymaidd a llwydaidd ar y naw.

Lediodd y ffordd, gan estyn cic at ddilledyn brwnt a oedd wedi llwyddo i ddianc o'r domen. A'r golau ynghynn, roedd yr annibendod yn anos ei anwybyddu, a phrysurodd Danny i dywys y ddau tua'r gegin fyw. Gallai glywed Rhiannon y tu cefn iddo'n sibrwd, 'Posh cwcyr!' wrth basio drwy'r gegin fach.

Aeth draw at y tân nwy i'w gynnau, gan annog y ddau i eistedd. Holodd hynt a helynt y cyfweliad yr un pryd.

'O, ti'n gwbod, Dad. Fi'n credu ifi dynnu trwyddi'n weddol.'

Aeth yn ei blaen i ymhelaethu tipyn, gyda'i thad yn porthi a Jâms yn rhoi ei big i mewn o bryd i'w gilydd i'w hatgoffa o ambell bwynt perthnasol roedden nhw'n amlwg wedi ei drafod eisoes yn y car cyn cyrraedd.

Ymdeimlai Danny â'r dieithrwch yn yr ystafell. Nid oedd yn llethol, ond roedd yn bod.

Câi rywbeth chwithig iawn am estyn croeso i'w ferch ei hun i'w gartref fel petai hi'n unrhyw westai arall a oedd wedi digwydd taro heibio. Yn ystod y misoedd ar ôl i Marian adael ac yntau'n dal i fyw yng Nghaerdydd, roedd Rhiannon wedi bod yn ôl ac ymlaen yn aml, ond ymweld â'i chartref roedd hi bryd hynny – y tŷ lle cafodd ei magu. Fu dim angen gwneud ymdrech i'w chroesawu. Doedd dim angen iddo ef fod yno, hyd yn oed. Roedd ganddi hi a'i brawd eu hallweddi eu hunain a'r hawl i fynd a dod yn ôl eu mympwy. Pan oedden nhw yno, roedden nhw gartref.

Nawr, roedd disgwyl iddo wneud popeth. Ei gartref ef oedd hwn. Nid eu cartref nhw.

'Reit! Ro i'r tegell i ferwi nawr. Paned o de?'

'Mi fasa hynny'n dderbyniol iawn. Diolch,' atebodd Jâms.

'Ti'n siwr fod e ddim trafferth iti, Dad?' holodd Rhiannon yn llywaeth.

'Iysu! Wrth gwrs dyw e ddim trafferth,' mynnodd Danny.

'Wna i ddod i helpu ti, 'te,' rhuthrodd i godi, er mai newydd eistedd oedd hi.

'Eistedd fan 'na, ferch. Neu os o's raid iti sefyll ar dy dra'd, cer i edrych ar yr olygfa,' atebodd Danny'n ddiamynedd.

'Rhwydd hynt iti fynd i edrych rownd y tŷ hefyd, os ti moyn. Y tro cynta iti fod 'ma. Ewch am sgowt.'

Roedd pawb am gynnig help llaw iddo heddiw, meddyliodd wrth fynd i hel paned. Anarferol. Oedd e hefyd yn arwyddocaol? Ai llaw rhagluniaeth oedd yn estyn allan i'w arbed rhag gwneud dim o'r gorchwylion beunyddiol hynny roedd e wedi rhag-weld y byddai'n eu cyflawni wrth Wneud Popeth Am y Tro Olaf?

'Fi'n gweld be ti'n feddwl am yr olygfa,' daeth llais Rhiannon i darfu arno. '*Really impressive,* on'd yw hi?'

"Na beth ma' pawb sy'n galw'n 'i weud wrtha i,' gwaeddodd Danny'n ôl. 'Y drafferth yw, pan ti'n byw 'da unrhyw beth o ddydd i ddydd, ti'n tueddu i'w gymryd e'n ganiataol.'

Cododd ei lygaid yn reddfol tua'r ffenestr, gan wneud ei orau i anwybyddu'r ardd a chanolbwyntio ar y darlun ehangach. Yn y pellter, roedd enfys egwan yn brwydro i wneud ei marc.

Am unwaith, gallai weld popeth a oedd i'w weld o flaen ei lygaid yn yr un ffordd yn union ag y gwelai Rhiannon nhw.

*

Dychmygai Danny y byddai Marian yn gacwn wyllt pe gwyddai eu bod nhw yno'n ei thrafod hi a'i sefyllfa yng nghanol y prynhawn – ei merch, ei 'hymwelydd' a'r adyn o gyn-ŵr a oedd wedi ei halogi gan frad. Trindod na fyddai hi byth wedi disgwyl ei gweld o dan yr un to. Neu tybed a oedd profiad bellach wedi ehangu rhychwant ei disgwyliadau? Crachen lle bu clwy, efallai?

Sut bynnag oedd hi arni, yn wyneb y sgwrs roedd y tri ar ei

chanol, ni allai lai na theimlo tosturi drosti. Nid oedd gwaed bob amser yn ceulo cyn gyflymed ag y dylai.

'Mae'n cael amser ofnadw o galed,' aeth Rhiannon yn ei blaen. 'Rili casáu'r lle.'

'Wel! Ma' 'na i'w ddisgwyl, on'd yw e? Dyw hi ddim 'na i enjoio'i hunan.'

'I rywun fatha hi, mae o'n brofiad arbennig o anodd dygymod ag o, wyddoch chi,' doethinebodd Jâms. 'Chafodd carchardai mo'u cynllunio ar gyfer y dosbarth canol.'

Tybed ar ba sawl cwrs y'i gyrrwyd i'w alluogi i ddod i'r casgliad hwnnw, holodd Danny ei hun.

Y gwir oedd mai'n annisgwyl iawn y baglodd y sgwrs ar draws Marian. Wrth weithio paned yn y gegin a thwrio drwy'r cypyrddau am rywbeth tebyg i fisgïen, bwriad Danny oedd holi amdani'n ddiweddarach – fel y gwnâi bob tro y siaradai â naill ai Rhiannon neu ei brawd ar y ffôn. Am nawr, y flaenoriaeth oedd mwynhau'r moethusrwydd o gael cwmni ei ferch wyneb yn wyneb. Byddai ei chael iddo'i hun, heb bresenoldeb Jâms, wedi bod yn fwy byth o foethusrwydd, mae'n wir – ond mater arall oedd hynny. Ymddangosai Rhiannon yn wyliadwrus ohono o hyd, fe ofnai, ond hyd yn hyn bu'r siarad yn gwrtais a phwyllog ac roedd am fachu ar y cyfle i glywed peth o'i hanes. Ar yr un pryd, roedd yn barod i gymryd cysur o'r unig rinwedd a berthynai i Jâms hyd y gwelai – roedd ei bresenoldeb yn brawf pendant fod Rhiannon yn bwrw ymlaen â'i bywyd ei hun, o'r diwedd, yn hytrach na bod popeth yn tindroi o gwmpas yr hyn a ddigwyddodd i'w mam.

'A shwt gwrddoch chi'ch dou 'te?' digwyddodd ofyn wrth gario hambwrdd drwodd i'r ystafell.

'Mae Jâms yn ymwelydd carchar,' daeth yr ateb, gan ladd y gobaith y bu Danny'n ei goleddu eiliadau ynghynt. Petai ei mam ddim yn y carchar, fyddai hi ddim wedi cwrdd â Jâms.

'Wel! Ma' 'da chi lot yn gyffredin 'te,' fu sylw diemosiwn Danny.

'Gwaith gwirfoddol ydy o,' torrodd Jâms ar draws. 'Mae 'na brinder affwysol o Gymry Cymraeg yn gwneud y gwaith, ond ychydig iawn o alw sydd 'na yng Nghaerdydd, a deud y gwir.'

'Mi alla i gredu!'

'Does 'na ddim byd yn dy stopio di rhag mynd i weld Mam,' ebe Rhiannon yn annisgwyl, a'i llais yn swnio'n fwy trist na chyhuddgar. 'Fe allet ti ymweld.'

'Yn anffodus, mae dwy ffaith amlwg yn gwneud hynny'n amhosib, Rhiannnon,' roedd ei thad wedi troi ati'n bwyllog. 'Ma' dy fam wedi'i gwneud hi'n gwbwl eglur nad yw hi am 'y ngweld i. A dw inne ddim yn rhy siwr 'mod i am 'i gweld hithe chwaith. Dau reswm da dros beidio cysylltu â'n gilydd . . . am nawr, ta beth.'

Plygu ei phen wnaeth Rhiannon o glywed hynny. Gallai Danny weld Jâms yn anesmwytho at flaen y gadair freichiau lle'r eisteddai, mewn osgo a awgrymai ei fod ar fin codi a mynd draw at ei gariad i'w chysuro. Ond aros lle'r oedd e wnaeth e yn y diwedd. Doeth, barnodd Danny.

'Ddweda i un peth wrthot ti, serch 'ny,' aeth yn ei flaen yn dawel. 'Rwy'n falch dros ben dy fod ti a Rhys yn mynd i'w gweld hi mor rheolaidd. Ma' hynny'n gysur gwirioneddol ifi. Fel 'na ddyle hi fod.'

Ar ôl gosod yr hambwrdd yn ddiogel ar y bwrdd ger y cyfrifiadur, dosbarthwyd y mygiau a derbyniodd Jâms a

Rhiannon eu diodydd, gan eu rhoi o'u dwylo drachefn cyn gynted â phosibl am eu bod mor boeth.

'Eniwê, mi fydd Mam allan cyn bo hir . . . Dyna'r si ar y *grapevine*.'

'Mowredd! Fydd hi? Mor glou â 'na?'

'Nid dim ond y cyfnod ers y ddedfryd sy'n cyfri,' manylodd Jâms. 'Gwrthodwyd mechnïaeth iddi ac fe fuodd hi yn y ddalfa am tua blwyddyn cyn i'r achos ddod i'r llys, os cofiwch chi. Wedi'r cwbl, mi gafodd ei harestio a'i chyhuddo o fewn oriau i'r drosedd.'

'Ac y'n ni i gyd yn gwbod i bwy ma'r diolch am hynny, on'd y'n ni, Dad?' ychwanegodd Rhiannon, â min mwy maleisus i'w llais.

'Fedrwn ni ddim bod yn siwr o ddim byd eto,' aeth Jâms yn ei flaen heb roi cyfle iddo ymateb. 'Fiw inni godi gormod ar ein gobeithion. Mi welish i be fedar siom 'i wneud i deuluoedd lawer gwaith o'r blaen.'

'Wel! Ddaw hi ddim mas o'r clinc fory nesa, fi'n deall 'ny,' cytunodd Rhiannon. 'Ond *model prisoner Category One* – dyna maen nhw wedi'i ddweud.'

A hithau'n faban, roedd Marian wedi dod yn drydydd mewn cystadleuaeth Babi Bodlon mewn Ffair Haf rywdro. Bu'n ail am Goron Eisteddfod yr Urdd unwaith. A châi ei hystyried ymysg goreuon ei blwyddyn yn y brifysgol. Gydol ei hoes, bu'n go agos i'r brig ar sawl achlysur. O'r diwedd, roedd hi wedi cael ei choroni'n ben. Yng nghyd-destun ei hamgylchiadau presennol, edrychai'n debyg mai hi oedd y ddelfryd.

'Mae 'na asesiadau seiciatryddol a rhyw rigmarôl felly i fynd trwyddyn nhw eto,' ymhelaethodd Jâms. Roedd wedi cymryd yr awenau erbyn hyn, ac yn traethu ag awdurdod, er nad yn drahaus. 'Y Bwrdd Profiannaeth fydd â'r gair olaf un, wrth gwrs. Ond yn y bôn, mae Rhiannon yn iawn. Mae lle i fod yn obeithiol y caiff hi symud ymlaen efo'i bywyd cyn bo hir. Pedwar neu bum mis arall ella . . .'

'Ma' hynny'n argoeli'n dda,' ochneidiodd Danny, gan wneud ei orau i guddio'i syndod. Gallai deimlo'i galon yn suddo wrth iddo ddweud y geiriau, cyn ffieiddio'i hun am fod mor gibddall.

*

Tri pheth hynod y mae'n bwysig eu nodi am bresenoldeb Marian ym mhen Danny:

YN GYNTAF, roedd hi'n fud yno. Er cymaint fu ganddi i'w ddweud drwy'r holl flynyddoedd y bu hi'n bresenoldeb cig a gwaed yn ei fywyd, dim ond eicon gweledol oedd hi iddo erbyn hyn. Dim ond wyneb, mwy neu lai. Bob ben bore a phryd bynnag arall y meddyliai amdani, y cyfan a welai oedd ei phryd a'i gwedd. Doedd hi byth yn llefaru. Ni chlywai ei llais.

YN AIL, ni fyddai byth yn ei dychmygu yng nghyd-destun ei hamgylchiadau presennol. Doedd e byth yn ei gael ei hun yn dychmygu tybed beth oedd hi'n ei wneud yr union eiliad honno, neu ar unrhyw adeg neilltuol o'r dydd. Deallai fod ei byd yn un o gelloedd, sŵn, sgriws a slags, ond doedd dim o'r bywyd hwnnw'n dod i'w chanlyn pan fyddai'n ymddangos yn ei ben.

YN DRYDYDD, nid oedd erioed wedi rhag-weld dyfod dydd pan fyddai ei thraed yn rhydd eto. Iddo ef, roedd hi wedi ei thynghedu i fod yn dragwyddol o dan glo. Wrth reswm, fe wyddai'n wahanol yng ngwaelodion pell ei ymennydd. Ond yno yn ei grebwyll beunyddiol, wrth fyw o ddydd i ddydd, roedd hi'n gaeth am byth.

*

'Un o'r ystyriaethau penna cyn y caiff hi ei rhyddhau,' aeth Jâms yn ei flaen, 'fydd darbwyllo'r pwerau sydd ohoni y bydd ganddi rwla cymwys i fyw. Maen nhw'n *keen* iawn ar hynny mewn achosion fel hyn.'

'Felly dwi'n casglu,' cytunodd Danny'n awtomatig. Roedd wedi gweld digon o ffilmiau a dramâu teledu i gredu'r dyn. Amgylchiadau sefydlog, mor bell â phosibl oddi wrth y bobl a'r sefyllfaoedd a arweiniodd y carcharor i droseddu yn y lle cyntaf, oedd eu hangen. Dyna'r drefn. Y drwg yn achos Marian oedd ei bod hi wedi byw am dros ddeugain mlynedd mewn 'amgylchiadau sefydlog' o'r fath ac mai hi ei hun a ddewisodd gachu yn ei nyth yn y lle cyntaf.

Welai Danny ddim y byddai Rhys byth yn ddigon o ddyn i gymryd cyfrifoldeb dros ei fam – rhy chwit-chwat, ac roedd ei waith yn mynd ag e ar hyd a lled y wlad. Go brin y byddai Marian ei hun am fynd at ei rhieni – oni bai ei bod hi'n wir argyfwng arni. Roedd hynny'n gadael Rhiannon.

'Mae'n un o'r pethe dw i wedi gorfod meddwl amdano,' eglurodd. Gwerthfawrogai ei thad fod ôl meddwl ar y dweud. 'Os gaf i gynnig y job 'ma, mi fydd hi'n dipyn o benbleth beth i'w wneud am y gore.'

'Paid ti meiddio troi'r swydd 'ma i lawr os cei di 'i chynnig hi,' dywedodd wrthi'n gadarn. 'Fydde dy fam byth mor hunanol â dishgwl iti neud shwt aberth. Ti'n 'y nghlywed i?'

'Mae'n hawdd i ti weud 'na, Dad, pan wyt ti'n amlwg mas o'r pictsiwr. Sneb yn disgwyl aberth 'da ti, o's e?'

'Ddyle neb ddishgwl aberth oddi wrthot tithe, chwaith,' meddai Danny'n ôl ati. 'Ma' 'da ti dy fywyd dy hun i'w fyw, Rhiannon. Ac ar ben 'ny, mi fydde hi'n casáu byw yn Aber. Mae hi wedi casáu set Aber erioed.'

'*Exactly*! Dw i ddim yn gweld Mam yn cerdded ar hyd y prom yn gwisgo tag electronig am ei phigwrn, wyt ti? Dyna pam y bydden i'n ystyried troi'r job lawr. Os yw'r ffaith 'mod i'n mynd i symud i Aber yn golygu gwneud niwed i achos Mam, fe wna i.'

Roedd hi'n braf cael cip ar yr hen Rhiannon – merch ei thad. Er iddi fynd drwy gyfnod tawedog a swrth yn ei harddegau, roedd hi'n gecrus a diflewyn-ar-dafod wrth natur. Dim ond ers Y Noson Pan Aeth Popeth yn Ffradach yr aeth pethau'n ben set go iawn ar yr hen Rhiannon.

O ran ei threfniadau byw, rhannai dŷ gyda dwy arall ar hyn o bryd. Heb swydd, pa obaith oedd ganddi o allu fforddio lle iddi ei hun, ymresymodd Danny. Welai e ddim y byddai cynnal y *status quo* yn fawr o fudd i Marian, chwaith. O'r hyn a gasglai, doedd dim lle yn y tŷ lle trigai Rhiannon ar gyfer neb arall. A ph'run bynnag, go brin y byddai'r ddwy arall am rannu llety gyda *jailbird*. Yn anad dim, credai fod gan ei ferch hawl i'w bywyd ei hun.

'Mi fydd yr awdurdoda'n dod i gysylltiad â phawb perthnasol maes o law,' tynnodd Jâms gawg arall o ffynnon ei brofiad.

'Ma'n nhw wedi gwneud yn barod,' meddai Rhiannon.

'Do fe, wir?' ebe Danny'n ddifeddwl. 'Ti wedi clywed oddi wrthyn nhw eisoes?'

'O, do! *So,* dyna ni, Dad! Os nag wyt ti wedi clywed dim hyd yn hyn, ti'n amlwg ddim yn y lŵp. Ti'n gwmws lle ti'n licio bod bob amser – *off the hook*!'

*

Nid oedd wedi gweld ei ferch yn edrych fel yr edrychai heddiw erioed o'r blaen. Dim ond nawr, a hithau wedi gadael, y gallai bwyso a mesur y gwirionedd hwnnw'n llawn.

Ar ryw olwg, roedd hi wedi ymddangos yn anniddig yn ei gwmni wrth eistedd yno'n sgwrsio. Bu'n hallt ei thafod hefyd ambell dro. Ond gwawriodd arno'n araf mai ei gwisg yn anad dim a greodd y lletchwithdod mwyaf. (Oedd delwedd yn ystyriaeth bwysicach i fenyw nag oedd hi i ddyn? Doedd e ddim yn siwr.)

Doedd hi ddim yn rhyfedd ei bod hi'n edrych yn wahanol iddo. Welodd e erioed mohoni mewn dim a ymdebygai i siwt o'r blaen. Deallodd mai gofynion cyfweliad fu'r flaenoriaeth iddi'r bore hwnnw; rhoi cyfrif da ohoni ei hun er mwyn ceisio bachu swydd, a'r sgert a'r siaced wedi eu dewis i greu delwedd hyderus o wraig ifanc abl, ar ben ei phethau. Roedd hi'n ddelwedd anghyfarwydd nad oedd e wedi ei gweld o'r blaen. Un a fu hefyd yn anghyfarwydd iddi hithau wrth wisgo'r bore hwnnw, tybiodd. Rhaid bod ymdeimlad o ddieithrwch wedi bod yn un o hanfodion heddiw iddi, nad oedd a wnelo ddim oll â gweld ei thad unwaith eto. Eilbeth iddi fu galw yn Ardwyn. Fe ddylai yntau fod wedi dirnad hynny ynghynt.

Ond roedd elfennau eraill wedi chwarae eu rhan hefyd. Amser, er enghraifft. Ei gwallt fymryn yn hirach nag y cofiai Danny ef. Ei hwyneb fymryn yn llai parod i fod yn onest, efallai. Roedd Rhiannon wedi gorfod dechrau ymgynefino â rhai o gyfrinachau goroesi. A dysgu byw.

Trwy ymddangos yn fwy o oedolyn, roedd hi wedi bod yn fwy agos ato rywsut. Dechreuodd Danny drysori'r orig a gawsai heddiw'r prynhawn fel un fregus, braidd yn hardd – gwahanol iawn i'r troeon diwethaf y bu i'r ddau gwrdd, pan oedd popeth wedi troi'n anaeddfed o sur a salw.

Pan oedd hi a'r dyn wedi dechrau edrych ar eu garddyrnau a sôn am adael, rhuthrodd Danny i ddweud bod croeso iddyn nhw aros am swper.

'Mae'n siwr y gallwn ni ddod o hyd i rywbeth yn yr hen gegin 'na,' fu ei gynnig joclyd. 'Neu munud neu ddwy fydda i'n pigo draw i'w siop hi, Miss De Korea, i weld allwn ni ddod o hyd i rywbeth deche. 'Sen i'n gwbod bo' chi'n galw, fe fydden i wedi gofalu bod mwy yn y tŷ.'

'Sori, ni wedi planio mynd am *Chinese* heno,' fu ateb Rhiannon gan swnio fel petai'n wir flin ei siomi. 'Tro nesa, falle. Dw i'n gallu gweld do't ti ddim rili'n disgwyl ni heddi. Ddylwn i fod wedi bod yn fwy *explicit* yn yr *e-mail*.'

'Happy Gathering!' cyfrannodd Jâms. Bu'n rhaid i Danny feddwl am foment cyn cofio'i fod yn enw ar dŷ bwyta Chineaidd adnabyddus yng Nghaerdydd.

'Neis iawn. Joiwch!'

Maes o law, hebryngodd nhw at y drws a diolchodd yn ddidwyll i'w ferch am alw.

Dihangodd hithau am ei char. Roedd hi'n bwrw glaw drachefn.

'Gawn ni air yn fuan,' gwaeddodd ei thad i'w chyfeiriad. 'Edrych di ar dy ôl dy hunan. A gofala dithe edrych ar 'i hôl hi,' ychwanegodd, gan bwyntio bys at y dyn.

'Mi wna i, siwr,' gwaeddodd yntau'n ôl arno'n hyderus. 'Ond mae gynnon ni fwy o le i boeni ydach chi'n edrych ar eich ôl eich hun na sy gynnoch chi i boeni amdanan ni.'

Y diawl digywilydd! Dyna'r math o ymateb y byddai ef ei hun wedi ei roi i rieni Marian ddeng mlynedd ar hugain yn ôl, meddyliodd. Rhaid oedd cyfaddef nad oedd y Gog cegog yn gwbl ddi-glem, wedi'r cwbl. Roedd gobaith y gallai ffurfio rhyw berthynas â'r dyn yn y dyfodol petai'n dod yn fater o raid.

Diflannu i'r car heb ymateb wnaeth Rhiannon. Ddim am sarnu ei siwt, mae'n rhaid.

Cyn camu i sedd y gyrrwr, roedd Jâms wedi gwneud mwy o sioe ohoni, gan gymryd ei amser i'w wneud ei hun yn gysurus a chodi llaw. Gwryw'r rhywogaeth yn ysgwyd ei blu, meddyliodd Danny. Cafodd wên olaf ganddo cyn i ben y boi ddiflannu o dan do'r car.

Gwenodd yntau'n ôl.

Yn wahanol i ymadawiad Ollie Pandy a'i gi neithiwr a Mary Lloyd rai oriau ynghynt, y tro hwn arhosodd Danny allan ar y rhiniog yn gwlychu am ennyd, er mwyn cael codi llaw ar y ddau tan iddyn nhw fynd o'r golwg rownd y tro.

*

Doedd wybod am ba hyd y bu'n gorwedd yno'n cysgu'n sownd. Dyna oedd i'w gael am yfed hyd berfeddion, codi'n hwyr, peidio bwyta'n iawn ac ymdopi ag ymweliadau annisgwyl.

Cafodd ei hun hanner ffordd ar hyd y soffa, un droed ar lawr a'r goes arall yn ymestyn ar draws y sedd. Roedd y plât a ddaliai'r frechdan a wnaeth iddo'i hun ar ôl ymadawiad Rhiannon wedi llithro i'r llawr, ynghyd â'r briwsion. Ond wedi peth ymbalfalu, darganfu declyn llaw'r teledu'n cuddio rhwng dau glustog.

Deallodd yn sydyn beth oedd wedi ei ddihuno – sŵn 'plop' y post yn cael ei ollwng trwy'r blwch llythyron. Rhegodd yn uchel, er nad oedd neb i'w glywed. Pa awr o'r dydd oedd hon i bostmon fod wrth ei waith? (Drwy'r ffenestr, gallai weld bod y gwyll eisoes wedi gafael.) Nid ef oedd yr unig un â'i fywyd wyneb i waered. Roedd y byd i gyd wedi dod i'w ganlyn.

Dwy eitem oedd yn ei ddisgwyl ar lawr y cyntedd pan gafodd chwilfrydedd y gorau arno. Llond amlen liwgar o gynigion i'w demtio i archebu gwin o'r Almaen oedd y naill a llythyr braidd yn fygythiol oedd y llall. Nid oedd wedi defnyddio un o'i gardiau credyd ers tri mis, mae'n debyg, ac oni ddefnyddiai'r cyfryw gerdyn i brynu rhywbeth o fewn y mis nesaf, byddai'n cael ei gymryd oddi arno.

Cyfalafiaeth wedi mynd yn rhemp, diawliodd. Byd gwallgo oedd hwn oedd yn annog dyn i fynd i ddyled. Gwell byw'n ddarbodus fel y gwnaethai ei dad ar hyd ei oes, meddyliodd. Roedd e'n rhamantu braidd. Ond doedd e'n bendant ddim yn hiraethu. Châi hynny byth mo'i ganiatáu.

Rhaid iddo gofio defnyddio'r blydi cerdyn 'na rywbryd o fewn y dyddiau nesaf, siarsiodd ei hun. Er mai prin oedd ei ddefnydd ohono, doedd e ddim am ei golli. Yna, dechreuodd ddwrdio Martin. Petai hwnnw wedi dod â dogn o 'bowdwr gwyn' gydag e ddoe, fe fyddai'r cerdyn bondigrybwyll wedi cael ei roi ar waith, ystyriodd – er nad mewn ffordd a fyddai'n debyg o gadw'r banc yn ddiddig, o bosib. Doedd yr Ysbryd Glân ddim yr hyn a arferai fod, yn ôl y sôn . . .

Ac yna sobrodd drachefn. Roedd e'n arthio ac yn bygwth newid y byd. Pam? Pam gwneud cynlluniau? Pam poeni am ddarn o blastig nad oedd yn golygu dim tan iddo gael ei ddefnyddio? Pa iws dychmygu dyfodol os nad oedd fory'n bod?

Nid oedd i wybod nad y storm a broffwydwyd ar y teledu awr yn ôl oedd y storm a oedd o fewn dim i dorri trosto. Nid oedd i wybod ychwaith nad y darfod y bu'n byw o dan ei gysgod ers dyddiau oedd y darfod a oedd ar fin dod i'w ran.

*

Prin y gallai drafferthu i roi'r siaced ganfas amdano. Roedd hi'n drom ac anystywallt, ond gwyddai y byddai ei hangen arno. Âi e ddim i gerdded hebddi. Er nad oedd y glaw a ailddechreuodd ddiwedd y prynhawn wedi para'n hir, roedd hi'n bygwth tywydd mawr a gwyddai y gallai fod yn wlyb diferol cyn cyrraedd Rose Villa, heb sôn am groesi'r caeau.

Y drafferth oedd nad oedd ganddo 'fynedd codi ei fraich yn ddeche er mwyn ei rhoi drwy'r llewys. Rhoes ddau gynnig arni eisoes a methu'n druenus y ddau dro – am fod y llewys wedi ymdroelli rywsut yng nghefn y dilledyn pan roes ef i hongian yn frysiog ar ôl ei egwyl yn yr ardd.

Cafodd ei demtio i roi'r ffidl yn y to a pheidio â mynd am dro o gwbl. Mor hawdd fyddai pwdu a chwato yn ei gysuron cartref. Ond onid oedd y tŷ'n boethach nag arfer heno? Yn fwy clostroffobig? Yr ystafelloedd bychain yn dal yn orlawn o olion yr holl ymwelwyr fu yno drwy'r dydd? Doedd fiw iddo aros yn llonydd neu fe gâi ei fygu ganddynt. Os oedd e'n gwneud popeth am y tro olaf, gwyddai'n bendant nad oedd ganddo ddewis ond ildio i'w fwriadau gwreiddiol.

Dim ond diogi allai ei atal. Ac roedd diogi wedi ei atal rhag cyflawni cymaint yn barod. Teimlai'n grac ag ef ei hun wrth amau mai diogi mewn gwirionedd oedd gwreiddyn pob anfodlonrwydd.

> Jogi, jogi, gad fi godi –
> Cymer awr neu ddwy yfory.

Ymhyfrydai Danny fod ganddo rigwm ar gyfer pob achlysur.

Diogi oedd yn gyfrifol am y ffaith nad oedd y dillad budron byth wedi eu llwytho i'r peiriant golchi. Diogi oedd i gyfrif am y pâl oedd yn y pridd allan yn yr ardd o hyd. Diogi oedd y rheswm bod drws y sièd yn dal heb ei gloi . . . Doedd fiw iddo ddechrau casglu'r dystiolaeth ynghyd, a dweud y gwir. Roedd hi'n rhestr ddiddiwedd.

Oedd diogi'n esgus llai anrhydeddus na llwfrdra? Roedd yn llai o straen, yn sicr. O'i hanfod, ni chynhyrchai chwys a phrin oedd yr ymdeimlad o euogrwydd a ddeuai yn ei sgil.

Er mawr gywilydd iddo, nid oedd wedi gwneud cymaint â darllen llyfr ers misoedd. Pan ddychwelai ymhen yr awr, addawodd iddo'i hun y byddai'n pigo cyfrol o'r pentwr oedd yn disgwyl amdano. Yna, fe dywalltai ddiod iddo'i hun (un fechan) ac fe eisteddai o flaen tân nwy y gegin gefn a'i draed lan ar y soffa hyd yr oriau mân.

Ysgydwodd y siaced yn egnïol, cystal â phetai'n rhoi shiglad iddo'i hun. Yna, rhoes gynnig arall ar ei gwisgo. Y trydydd.

Buddugoliaeth!

Gwên.

Pan ddaethai i'r tŷ ganol y prynhawn i newid i'w 'ddillad garddio', roedd wedi gadael ei facyn poced, ei ffôn symudol, ei arian mân ac allwedd drws y ffrynt blith draphlith ar fwrdd bach y cyntedd. Pan sylwodd arnynt yn sydyn, 'sgubodd nhw'n un cowdel anniben i boced ddofn ei siaced. Yna, pwyllodd a rhoes ei law i mewn drachefn i bysgota am yr allwedd. Tynnodd hi allan a'i rhoi ar ei phen ei hun yn barchus ym mhoced chwith ei drowsus. Gwnaeth yn siwr ei bod hi yno'n ddiogel drwy fyseddu ei siâp drwy'r defnydd.

Wrth fynd allan, ei fwriad yn amlwg oedd dod adre'n ôl drachefn.

*

Echdoe, am y tro cyntaf, fe gerddodd at ei Gapel Gwag mewn tywyllwch. Heno, mae hi hyd yn oed yn hwyrach arno'n cychwyn ar ei daith. Ac mae drycin ar y ffordd.

Wrth geisio gwneud cyfiawnder â dwyster y düwch sy'n ei gofleidio pan gama gyntaf trwy ddrws Ardwyn, rhaid iddo hepgor y geiriau barddonol arferol am yr adeg hon o'r dydd. Yr 'hwyrddydd'. Neu'r 'diwedydd'. Wnân nhw mo'r tro o gwbl. Noson salw o arw yw hon. Yn ddu fel du bitsh. Dyna'r gwir amdani.

Ar lawer cyfri, mae hi'n noson hardd.

Ni fydd Danny byth eto'n cyrchu'r fan y mae'n ei gyrchu heno mor hwyr â hyn. Yn wir, ar ôl heno, dim ond ar ddau achlysur arall y bydd yn gadael Ardwyn i gerdded y llwybr y mae ar fin ei gymryd. Y tro cyntaf, bydd yn gorfod wynebu'r ffaith mai rhith oedd rhin y fangre o'r dechrau a bod yr hyn a ganfu yno unwaith wedi ei sarnu y tu hwnt i bob adferiad.

Ar yr ail achlysur, drws clo fydd yn ei ddisgwyl, ac arwydd 'Ar Werth' wedi ei glymu at ffrâm y glwyd. Dyna pryd y daw i ddeall yn derfynol bod hyd yn oed y llefydd sydd o'r pwys mwyaf dirdynnol i ddyn bob amser yn eiddo i rywun arall. Os yw o frics a mortar, mae'n anorfod mai rheolau materoldeb sydd ar waith – ac yn ôl y rheini, mae pris ar bopeth.

Wrth frwydro yn ei flaen drwy'r 'tywy' mowr' sy'n cyniwair o'i gwmpas, bu ei awydd i ail-fyw'r prynhawn yn glogyn i guddio'i ofidiau. Chwibanai'r coed ar ei ddeheulaw, ond prin y sylwodd. Roedd wedi ei feddiannu gan yr hyn a fu rhyngddo ef a'i ferch – naws eu sgwrsio, yr hyn a ddywedwyd a'r modd y dywedwyd ef.

Cyrhaeddodd y fan lle deuai'r capel i'r golwg heb yn wybod iddo, bron. Oedodd ac ymbalfalodd ym mhocedi dyfnion y siaced. Dim menig . . . eto! Serch hynny, pan ddaeth at y wal, aeth drosti'n sionc a llwyddodd i arbed ei hun rhag unrhyw loes drwy sgrialu dros y domen gerrig gyda gofal.

Neidiodd y cam olaf i'r ddaear yn egnïol, gan deimlo'n heini unwaith eto – yn onest, rywsut. Braidd yn ewfforig. Bron yn ifanc. Heno, roedd yr elfennau'n rhy gignoeth i gyfrinachau ffynnu.

Ond byr fu'r fuddugoliaeth honno dros ei ffawd ac anweddodd ei hyder drachefn, yn un â naws y nos. Dim ond ffyrnigrwydd y gwynt oedd wedi llwyddo i'w lenwi ag awch am ennyd, cyn dianc eto am na chafodd cwlwm ei glymu yng ngheg y swigen. Wrth iddo gamu'n nes at y drws, dechreuodd y düwch gydio ynddo drachefn. Gwangalonnodd. Yn sydyn, nid oedd lleisiau'r prynhawn hyd yn oed yn atgof iddo. Ni chlywai ddim ond udo gwynt a churiad calon.

Gyda chledr ei law noeth, gwthiodd y drws yn ôl yn araf.

Teimlai iddo agor fymryn yn haws na'r arfer, ond ni ddehonglodd hynny fel rhybudd o ddim. Dringodd y ddwy ris yn araf ond yna gorfodwyd ef i sefyll yn stond. Daliwyd ei sylw'n syth gan y ffenestr doredig. Â gweddill y gwydr a fu'n hongian yn ei ffrâm wedi disgyn ohoni, hyrddiai'r gwynt drwyddi'n ddilyffethair. Brwydrodd i gadw'i gydbwysedd, nid yn gymaint oherwydd grym y storm ond am fod yr aflonyddwch dieithr wedi ei ddal yn ddiarwybod.

Rhewodd yn ei unfan am funud dda – er nad oedd dim yn dda amdani. Culhaodd ei lygaid mewn ymdrech i dreiddio i fol yr adeilad. Gallai ddirnad yr olygfa o'i flaen am ei bod hi'n gyfarwydd iddo, ond mater o gof oedd hynny, nid golygon. Dim ond ffurfiau gwrthrychau a welai mewn gwirionedd, nid eu sylwedd.

Yna synhwyrodd y presenoldeb. Presenoldeb peth byw. Gwyddai nad dim byd marw oedd ar gerdded yno. Bron na fyddai wedi ymdopi'n well pe bai wedi gweld cannwyll corff yn hofran tuag ato neu deimlo ias rhyw ellyll yn camu drwy ei gnawd wrth geisio dianc drwy'r drws agored y tu cefn iddo. Ond roedd y byw bob amser yn fwy anwadal na'r marw ac o'r herwydd yn fwy peryglus yn ei olwg.

Llamodd pa bynnag rymoedd a berthynai i'r hen le amdano'n fud wrth i'w synhwyrau ddadebru'n raddol. Doedd dim troi'n ôl. Derbyniai ei fod ar drugaredd ei Gapel Gwag. Doedd dim amdani nawr ond addasu i'r anorfod a gobeithio'r gorau. Daliodd ei dir, yn gaeth rhwng nychtod a thangnefedd.

Yn araf bach y mentrodd ymhellach i ddyfnder y fagddu, am fod y parlys a'i meddiannodd mor gyndyn i ollwng ei afael arno. Wrth gymryd cam petrusgar yn ei flaen, dechreuodd glywed sŵn yn dod o'r dde iddo, fel siffrwd plant aflonydd yn y corau cefn yn ystod oedfa. Daeth i'w unfan drachefn, gan geisio'i ddarbwyllo'i hun mai dim ond ofn cynhenid dyn o'r pair cysgodion oedd ar waith – fel petai greddf yn mynnu ei fod yn codi braw arno ef ei hun.

Ond ofer gwadu. Roedd ing affwysol rhyw greadur ar ei gythlwng wedi gafael ynddo. Llenwyd ei ffroenau gan aroglau anghyfarwydd nad oedd modd i'r gwynt eu cario ymaith er cyn gryfed ydoedd. Aeth ei lwnc yn grimp ac yn ei gylla clywai newyn newydd yn crefu am gael ei ddiwallu, fel cynrhon yn crafangu i lawr trwy ei drwyn ac yn gwneud eu ffordd yn ddidrugaredd at graidd ei fod. I'w fwyta'n fyw.

Prin y gallai weld dim byd ag unrhyw bendantrwydd o hyd, ond gwyddai nad dychmygu roedd e wrth i'r siâp a synhwyrai lusgo tuag ato. O'r diwedd, amlygodd y creadur ei hun iddo, gan ddod i'w ŵydd yn llechwraidd, fel y bydd plentyn drwg yn ei ddatgelu ei hun trwy roi'i ben rownd cornel. Â'i gôt yn naturiol ddu, doedd dim gobaith y gallai Danny ddirnad mwy amdano na'r amlwg, sef ei fod yn fusgrell, yn oer ac yn siabi.

'Watt!'

Sibrydodd Danny'r enw, ond nid enynnodd unrhyw ymateb o du'r anifail. Y tebyg oedd iddo adnabod ei wynt ef ers neithiwr, gan fentro'n nes ato i'w wynto'n well cyn troi a diflannu drachefn ar hyd y llwybr cul rhwng y corau o ble y daethai. Doedd e ddim yn gi a gyfarthai, mae'n ymddangos. Nid oedd wedi cyfarth neithiwr. Nid oedd yn cyfarth heno. Y tebygolrwydd oedd na fyddai'n cyfarth yn nhragwyddoldeb. Rhaid ei fod naill ai'n rhy bwdr a byddar neu'n rhy ddryslyd o amddifad i drafferthu.

Cymerodd Danny gam arall at ganol llawr y capel. Allan o brif lif y gwynt, dechreuodd ei ffroenau fagu min mwy mileinig. Sawr y pydredd oedd yr ergyd olaf i'w daro.

Ei Gapel Gwag ef oedd hwn, cynddeiriogodd. Ei delerau ef ddylai gario'r dydd. Nid ar gyfer hyn y cafodd y gyngysegrfa oroesi yn y cilcyn hwn o dir. Nid dyma pam yr oedd e'n mynychu'r lle. Nid i hyn y daeth e yma heno.

Ymdeimlodd â'r oerfel o'r newydd ac yna gwelodd y gwn.

*

Am ba hyd yn union y bu'r dyn yn gorwedd yno'n farw, doedd wybod.

Adnabu Danny'r dryll am yr hyn ydoedd bron yn syth. Cloffodd am hanner eiliad, mae'n wir, gan dybio efallai mai pastwn oedd yno â'i ben yn dangos uwchben cefn y côr. Rhywbeth a adawyd ar ôl gan drempyn yn ceisio lloches, efallai? Neu blant drwg oedd wedi torri i mewn i halogi'r lle? Ond na, nid dyna'r gwirionedd a'i hwynebai heno. Gwyddai hynny'n burion bellach.

Hon oedd yr awr pan gâi weled wyneb yn wyneb. Heb na drych na dameg. Gallai ddirnad y gwirionedd yn ddiedifar. I hyn y'i tynghedwyd. Yr oedd rhai gwirioneddau mewn bywyd yr oedd yn rhaid i ddyn eu derbyn yn ddiamheuaeth. A baril gwn oedd yno'n pipo i'w gyfeiriad dros ben y côr, heb os nac oni bai.

Galwodd ar berchennog y ci a'r gwn yn uchel, wrth ei enw.

Hen beth twp i'w wneud – galw enw dyn marw fel petai'n disgwyl ateb. Dywedodd wrtho'i hun am beidio â bod mor blydi hurt. Ond ni allai ddifaru galw enw'r dyn ychwaith, ac ni ddaeth arlliw o siom i'w ran o ganfod mai distawrwydd a'i dilynodd.

Oedd e wedi disgwyl ateb? 'Na' oedd yr ateb rhesymegol, wrth gwrs, ond wyddai e ddim i sicrwydd. Dyfalai iddo faglu ar draws trychineb nad oedd deall arni – ond nid oedd ei record am ddyfalu'n gywir yn un dda.

Y gwirionedd a ddeallai Danny gliriaf yn ystod y munudau hynny oedd fod hyn yn ddiwedd. Deallodd hynny â'r fath eglurdeb nes cael ei ddarbwyllo nad oedd hi'n rhy hwyr i'w ddeallusrwydd gael y gorau ar ei ddrychiolaethau wedi'r cwbl. Dychwelodd gobaith.

Nid dyma'r datguddiad yr oedd wedi ei rag-weld ar gyfer heno, ond yn sydyn roedd yn barod i'w argyhoeddi ei hun o'r newydd. Os oedd hyn yn ddiwedd, gallai fentro'i enaid fod yma ddechreuad hefyd. Roedd hynny'n anorfod. Un drefn yn dod i ben ei rhawd ac un arall yn dod i fod. Felly roedd y rhod yn troi. Felly y bu hi erioed.

Roedd wedi galw'r dyn wrth ei enw. Ni chafodd ateb. A dyna ddiwedd arni. Doedd dim disgwyl mwy o brawf o gyffredinedd y digwyddiad na hynny.

Diflastod fyddai prif fyrdwn y profiad hwn iddo o hyn ymlaen. Ymarferoldeb gorfod ymdopi â diwedd cyfnod . . . diwedd bywyd dyn. Y claddu. A'r orfodaeth i gau pen y mwdwl, ys dywedai'r hen air. Gwneud dyletswydd – a dim mwy. Diflastod y terfyn ydoedd. Diflastod y ddisgyblaeth a wnâi i ddyn dderbyn y drefn . . . yr anorfod. Yn anad dim, y diflastod o wybod nad oedd rhagluniaeth wedi bwriadu iddo fod yn rhan o'r un wyrth wedi'r cyfan. Dim ond yn dyst i drychineb rhywun arall.

Doedd gwyrthiau ddim yn bod. Nid i Danny Thomas a'i

siort, ta beth. A bodlonodd ar sylweddoli na fyddai byth eto'n gweld Ollie Pandy yn brasgamu dros ffriddoedd Bro Fawnog, gan efelychu sgweiar un funud ac yn edrych 'run ffunud â photsiar y nesaf.

*

Ysai am gael tystio i'r anfadwaith drosto'i hun ac yn anorfod ni chymerodd yn hir i chwilfrydedd gael y gorau arno. Llathen neu ddwy yn unig oedd rhyngddo a'r côr lle'r oedd yn darogan darganfod ci yn llechu yng nghysgod meistr marw.

Cymerodd y cam neu ddau angenrheidiol. Ni chafodd ei siomi.

Dyna lle'r oedd Watt, yn syllu i'w wyneb mewn anneall fel petai'n ei ddwrdio: *'Pam gymerodd hi mor hir iti ddod draw i weld lle ro'n i? Nagyw 'nagre i'n ddigon i ddweud wrthot ti bod rhywbeth mowr o'i le?'* Roedd hi'n wir fod llygaid y creadur yn gwingo gan unigedd a'i weflau'n waed. Oedd yr hen fwngrel wedi selio'i ffawd ei hun? A fyddai'n rhaid ei ddifa nawr am iddo gael blas ar waed? Credai Danny'n bur sicr mai dyna a ddigwyddai iddo petai'n gi defaid. Ond nid oedd yn ddigon o 'fachan y wlad' i wybod yr atebion i'w holl gwestiynau.

Efallai mai syched a orfododd y ci i larpio'r unig hylif a fu ar gael iddo ers oriau. Neu a oedd e wedi ceisio llyo'i feistr yn ôl yn fyw?

Gorweddai hwnnw ymhlyg yn ei ddwbl, a'i ben yn hongian tua'r llawr. Trwy drugaredd, nid oedd ei wyneb i'w weld. Roedd ei goesau ynghyd ac wedi eu plygu oddi tano ar bren y sedd, fel petai ar ei bengliniau pan gyflawnwyd y weithred.

Roedd y saethwr sgwarnogod wedi saethu sgwarnog mwya'i yrfa.

Diflannodd y blas cyfog a gododd i lwnc Danny wrth iddo droedio tuag at y corff, a dechreuodd deimlo atgasedd tuag at y dyn yn lle hynny. Roedd yn dannod iddo. O blith pawb y daethai ar eu traws ers iddo symud i'r fro, fe allai fod wedi dyfalu mai Ollie Pandy fyddai'r un mwyaf tebygol o wybod am Gapel Cae Bach, a hynny am ei fod yn grwydryn mor ddiflino. Ond ni fyddai byth wedi dyfalu bod y lle'n golygu dim iddo.

Pam dewis dod yma o bobman i wneud hyn? Pam dod i'w Gapel Gwag ef? Pam ddim Carmel? (Ergyd carreg o'r Pandy oedd hwnnw.) Neu un o'r myrdd gapeli gwag eraill oedd yn britho'r wlad? Duw a ŵyr, fe fu ganddo ddigon o ddewis. Ond na, roedd yr hen fabi wedi dewis dod yma i wneud amdano'i hun.

Cafodd rywbeth yma na chafodd yn unman arall, mae'n rhaid. Ai dod i gadw oed wnaeth e, tybed? Ynteu ailgerdded hen lwybrau? Pa mor aml fyddai e'n bwrw draw? Beth oedd arwyddocâd y lle iddo? Oedd e wedi arfer dod yma gyda'i fam pan oedd e'n grwt? Neu'n whare cwato slawer dydd? Ai dyma lle cafodd e 'i ffag gyntaf? Ei ffwc gyntaf, efallai? Roedd pawb yn cofio honno, medden nhw. Ai yno, ar styllen galed y côr lle'r oedd ei gorff bellach wedi hen fferru, y profodd angerdd yn cyrraedd ei benllanw am y tro cyntaf un? Ei dro cyntaf a'i dro olaf, y creadur.

Aeth cryndod drwy Danny a phwyllodd yn sydyn, gan iddo ofni bod ei feddyliau ar fin tramgwyddo ar yr olygfa. Enciliodd o olwg y sbloet.

*

O sefyll yn y gornel gyferbyn, wrth droed y pulpud, doedd dim argoel o'r gyflafan. Oddi yno, ni allai weld cymaint â phen baril y gwn trwy'r düwch na chlywed yr un ci'n nadu ei alar uwchlaw'r corwynt a hyrddiai dros y to.

Nid ef oedd yr unig un wedi'r cwbl. Honno oedd yr ergyd greulonaf ohonynt i gyd. At hynny y dychwelai bob cynnig. Nid ei Gapel Gwag ef oedd hwn o gwbl. Sut alle fe fod mor hurt â thybio mai y fe, Danny Thomas, o bawb, fyddai'r unig enaid byw ar wyneb daear a wyddai am fodolaeth y lle?

Corddai'r sylweddoliad yn ei gylla gwag a phoerodd ar lawr er mwyn gwaredu'r blas o'i geg. Doedd dim gwahaniaeth bellach. Draw acw roedd gweddillion dyn yn wastraff gwasgaredig. Go brin fod mymryn o boer o enau neb yn mynd i dynnu dim oddi ar sancteiddrwydd y lle. Nid bod arlliw o'r cysegredig wedi perthyn i'r gyfrinach a gadwyd yma, p'run bynnag, hen gapel ai peidio. Nid duwdod oedd wedi gwneud y lle'n ddeniadol iddo. Nid dyna'i gyfrinach. Cyfrinach yr adeilad hwn oedd y ffaith mai cyfrinach ydoedd – ac yn fwy na hynny, mai ef oedd piau'r gyfrinach honno.

Roedd wedi bod mor ffôl â rhoi ei ffydd yn hynny.

Y drwg oedd fod cadw cyfrinach wastad yn wefr. Ai'r wefr oedd wedi ei ddallu i'r gwirionedd? Ai dyna pam y bu e mor barod i lyncu'r hunan-dwyll? Sawl un arall ddeuai yma'n achlysurol dros y blynyddoedd ar drywyddau tebyg? I smoco? Neu garu? Neu gymuno â'u canol llonydd nhw eu hunain? Pob un wedi meddwi ar ei gyfrinach fach bitw ei hun. Pawb yn ceisio'i ddehongliad ei hun o dangnefedd. A neb yn ei gael.

Ond roedd y twyll ar ben. Gwnaeth anfadwaith Ollie Pandy'n siwr o hynny. Fan hyn, heno, oedd diwedd y daith.

*

Dringodd dros y creigiau drachefn yn y gobaith o gael signal. (Ni chafodd unrhyw drafferth o'r fath y tro diwethaf y penderfynodd alw'r heddlu ynghanol y nos. Galwad slei ar ffôn y gegin gymerodd hi bryd hynny ac roedden nhw yno i'w chasglu whap.)

Bu'n rhaid iddo gerdded i ben ucha'r cae, a phan lwyddodd i gael gafael ar y gwasanaethau brys o'r diwedd, ni allai ddweud dim byd amgenach wrthynt na bod dyn a chanddo'r cyfenw Oliphant yn farw mewn capel anghysbell ger pentref bach Nant Castell. (Yn dawel bach, diawliai ei hun am beidio â mynnu enw cyntaf Ollie gan Mary Lloyd pan gafodd y cyfle.)

Wrth edrych i lawr i'w gyfeiriad, rhyfeddodd o'r newydd at yr adeilad y gallai prin ei weld yn swatio yn y pellter. Mor ddi-nod yr edrychai ar ryw ystyr. Ac eto'n dwt a thlws. O'i fewn, o'r golwg ac yn anweledig i lygaid noeth y nos, roedd corff dyn, ci ffwndrus ac ysbryd a oedd yn rhy dwp i ddod o hyd i'r drws. Gwag oedd ei Gapel Gwag o hyd. A gwyddai Danny ar ei galon mai gwag a fyddai byth.

*

Ei di i Landybïe heb ddweud Ie?

– Af.

Ar hyd y ffordd neu dros y ceie?

– Dros y ceie.

O! Dros y ceie, ife?

– Ffyc off! Ti ddim yn dishgwl ifi syrthio i'r fagl mor glou â 'na, wyt ti?

Difyrrwch plant! Mae'n gwneud popeth all e, gan gynnwys brasgamu fel cawr, er mwyn maeddu'r elfennau. Mae'r corwynt sy'n rhuo o'i gwmpas yn wrthwynebydd cryf.

Does gan Danny ddim bwriad yn y byd mynd i Landybïe heno – ond mae e'n cerdded ar draws y caeau, a'r pos yn troi a throsi'n hurt yn ei ben. Cyrraedd adre yw ei nod yn awr, ar ôl sefyllian yn y cae digysgod, yn aros ac aros am y rhan orau o awr, tan i'r heddlu ddweud wrtho yn y diwedd am droi sha thre. Dy'n nhw ddim yn gallu dweud faint o amser gymerith hi iddyn nhw ddod o hyd i'r union fan mae Danny wedi gwneud ei orau glas i'w cyfeirio ati. (Pan oedd e'n sefyll yno ym mhen pella'r cae, bron â sythu a bron â chael ei lorio gan y gwynt, fe allent weld lleoliad Ardwyn ar fap eu cyfrifiadur yn ddidrafferth, medden nhw, ond nid y capel. Oedd posib ei fod yn gapel na chafodd erioed ei gofnodi ar fap?)

Nawr, mae'r elfen o ryddhad sy'n llifo drwy ei wythiennau fel adenalin yn ei gynhesu a'i helpu i gynnal ei gyflymdra. Dyma'r Danny'n sy'n ffyddiog iddo gael y gorau ar y pos.

I wrthgyferbynnu â'r ddelwedd honno, rhaid nodi hefyd ei fod yn gynddeiriog, ar chwâl ac yn dawel iawn ei feddwl – oll yn yr un gwynt. Dyma'r Danny dadrithiedig. Mae'n llawn dryswch – ond nid yw'n ddigyfeiriad. Mae'n simsan – ond gall gamu'n wyllt ar ddwy goes gadarn. Os oes niwl delweddol o'i gwmpas ar y daith hon, yna peryglon natur a'r tywydd anystywallt sy'n ei greu. Mewn gwirionedd, does dim niwl, ond mae Danny'n argyhoeddedig petai yna niwl go iawn yn ei amgylchynu y byddai'n clirio wrth iddo gerdded trwyddo.

Y gwir amdani yw, dyw e ddim mwyach am fyw yn ei fyd llosgachol, lle mae'r diriaethol a'r delweddol yn chwarae mig â'i gilydd yn barhaus fel hyn. Pam ddylai'r hyn sy'n mynd ymlaen yn ei ben a'r hyn sy'n mynd ymlaen o'i gwmpas adlewyrchu ei gilydd?

Dylai delweddau gadw at eu tiriogaeth eu hunain – mewn cerddi a ffuglen a llefydd neis-neis cyffelyb, lle câi pobl fel ef fynd i bori a gwneud bywoliaeth deg o'u dadansoddi.

Pe deuai'n rhydd o holl hualau rhith, roedd 'na siawns go dda y câi barhau â'i fywyd yn y byd go iawn.

Hon yw'r storm ddiriaethol/ddelweddol olaf mae e'n bwriadu brwydro'i ffordd drwyddi. Wrth ffurfio'r datganiad hwnnw yn ei ben, synhwyra y byddai ei eiriau'n swnio'n dda petaen nhw byth yn cael eu hyngan ar goedd. Ond am nawr, gŵyr fod eu sain, fel eu sylwedd, yn cael ei falu'n rhacs gan ddannedd yr union dymestl y mae'n ceisio'i dilorni.

*

Gydol yr hanner awr a gymerodd hi iddo frwydro drwy'r tywyllwch, mae Danny wedi bod yn dyheu am olau trydan. O gyrraedd gartref, ei weithred gyntaf yw cynnau golau'r cyntedd. Mae grym hwnnw mor ddidrugaredd o ddinistriol wrth ddelio â'r nos nes y gall lawenhau yn ei lewyrch. Heno, mae Danny'n dathlu buddugoliaeth.

Lan llofft, mae'n rhuthro i newid ei ddillad allanol am rai mwy diddos. Er iddo wisgo'n addas ar gyfer yr hin cyn mynd allan ar ei bererindod, ar ôl loetran cyhyd, mae'r tamprwydd a'r oerfel wedi gadael eu hôl. Cawod fyddai'n dda, ond mae'n darbwyllo ei hun mai gwell fyddai peidio. Dyw e ddim am i'r heddlu gyrraedd a'i gael yn borcyn, fel petai e wrthi'n ceisio dinistrio rhyw dystiolaeth nad yw'n bod. Bastards drwgdybus y'n nhw ar y gore!

Ac yntau ar drywydd y cysuron y carai fynd i'r afael â nhw, mae'n tybio y gallai wneud cyfiawnder â hanner potel o wisgi hefyd. Mae e'n haeddu diferyn i dawelu'r nerfau ar ôl noson fel hon, ymresyma. Ond unwaith eto, gŵyr mai gwell ymwrthod.

Mae'n aros ac yn aros drachefn, ac erbyn i'r glas ganu'r gloch mae'n dechrau pendwmpian yn swrth o flaen ei dân. Chwarter i un y bore! Pan wêl faint o'r gloch yw hi, caiff ei frathu drachefn gan yr ofergoel a'i trawodd ddwy noson ynghynt. Ond erbyn hyn, nid yw Danny am adael i ddim gael y gorau arno.

Saif dau wrth y drws. Dyw Danny ddim yn grintachlyd ei groeso, er nad yw'n cuddio'i rwystredigaeth pan honna'r naill a'r llall na fedrant siarad Cymraeg. Rhaid i Danny droi i'r iaith fain a thrwy lwc, dyw hynny'n amharu dim ar eirwirdeb ei dystiolaeth.

Gall roi ateb gonest i bopeth a ofynnir iddo, fwy neu lai.

Oedd, roedd e'n gwybod am fodolaeth y capel. *Dw i'n hoffi mynd am dro. Dyna un o 'mhlesere penna ers dychwelyd yma i fyw. Fe ddes i ar draws yr hen gapel yn gynnar.*

Oedd, roedd e'n gwybod pwy oedd yr ymadawedig. *Dim ond rhyw deirgwaith fues i yn ei gwmni erioed. Alwes i yn y Pandy i drio gwerthu copi o'r* Fegin *iddo unwaith. Fe ddangosodd e'r ffordd hawsa o gerdded i'r Stag's Head ifi rywdro arall. A ddoe, fe es i ag e a'i gi at y fet. Yna nithwr, fe*

*ddes ar ei draws drachefn wrth gerdded adre a'i wahodd e i
mewn am ddrinc.*

Oedd, roedd yn gyd-ddigwyddiad od mai fe ddaeth o hyd
i'r corff a hynny bron union bedair awr ar hugain ers y tro
diwethaf i'r ddau fod yng nghwmni ei gilydd. (Y tro diwethaf.
Y tro olaf. Mae'r ddau yn un yn Saesneg.)

Na, doedd dim byd anarferol yn ei ymddygiad. *Na, nethon
ni ddim cwmpo mas na dim byd fel 'na. Do'dd e ddim yn un i
ddweud digon i neb allu cwmpo mas ag e. Di-ddweud iawn.*

Na, wnaeth e ddim cyffwrdd â dim o fewn yr adeilad. *Wnes
i ddim cymaint ag estyn llaw i drial cysuro'r ci.* Tra oedd yn
aros i'r heddlu gyrraedd, cawsai Danny gyfle i ddyfalu pa fath
o gwestiynau roedden nhw'n debygol o'u gofyn iddo, a dyna
pryd y sylweddolodd gyntaf nad oedd wedi gwneud yr hyn a
fyddai wedi dod mor naturiol i lawer. Ond gallai fynd ar ei lw
na chynigiodd yr un ystum o gysur i'r creadur ac na
chyffyrddodd â dim byd arall ychwaith. Ni fyddai olion ei
fysedd yn unman ar wahân i ddrws y capel. Ar noson
anystywallt fel heno, byddai oerfel gerwin pren, metel, ci neu
gorff ar flaenau ei fysedd noeth wedi ei serio ar ei gof.

Na, wrth gwrs nad oedd e wedi trefnu cwrdd ag Ollie
Pandy liw nos. *Pam yn y byd fydden i'n gwneud shwt beth?
Mewn hen gapel anghysbell o bobman?*

Y ddau awgrym a ddaw o du'r plismyn yw i'r ddau ddyn
drefnu cwrdd i brynu a gwerthu cyffuriau neu i gael rhyw
gyda'i gilydd. Mae'r naill gymhelliad fel y llall yn fwy cyffredin
nag y byddai llawer o bobl yn ei feddwl, medden nhw.
Ychwanega un ohonynt yn enigmataidd fod cymhellion eraill
yn bosibl hefyd. Ond dyw Danny ddim yn dilyn y trywydd
hwnnw.

Chwerthin yn uchel yw ei unig ymateb. Rhaid ei fod yn gwneud hynny yn y modd a glustnodir fel 'ymateb dyn sy'n dweud y gwir' yn llawlyfr yr heddlu, oherwydd daw'n amlwg yn syth fod y ddau wedi eu darbwyllo'n llwyr ei fod yn dweud y gwir. Mae'n swyddogol. Does gan Danny Thomas ddim i'w guddio.

Gan addo y bydd rhywun yn galw yn y bore i gymryd datganiad ysgrifenedig ganddo, maen nhw dweud ei bod hi'n bryd iddyn nhw ei throi hi a'i adael mewn heddwch.

'Mi fyddwch chi wedi ymlâdd ac yn barod am eich gwely,' dywed un o'r ddau wrtho'n gyfeillgar.

'Mae wedi bod yn noson drist ac erchyll,' cytuna Danny gyda gwên ddyngarol. (Petaen nhw'n siarad Cymraeg â'i gilydd byddai wedi dweud iddi fod yn 'noson a hanner', ond dyw cyfieithu ddim yr un peth â throsi ac mae Danny'n gofalu cymhwyso'i eirfa wrth lefaru.) 'Efallai y cymra i wisgi bach i dawelu'r nerfau cyn clwydo.'

'Wel! Fe wnewn ni eich gadael chi iddi,' yw eu geiriau olaf.

Nawr ei fod ar ei ben ei hun drachefn, gall roi rhwydd hynt i'r botel. Ond er bod ganddo'r rhyddid o'r diwedd i fynd i'r afael â hi faint a fynno, dogn cymedrol iawn sydd yn ei wydryn. Chaiff y botel mo'i hagor eilwaith, ac mae Danny'n bodloni ar eistedd ar y soffa'n edrych arni ar y bwrdd o'i flaen wrth synfyfyrio.

*

Ŵyr e ddim a yw hi'n dri o'r gloch y bore eto ai peidio. Neu a yw'r awr honno bellach wedi hen fynd heibio? Er ei fod yn teimlo'n bur fodlon, dyw e ddim yn berffaith siwr a yw'r heno hon wedi gorffen ag e'n llwyr.

Pan ddaw'r dydd y bydd hi'n 3a.m. arno go iawn, fydd e ddim callach. Ond am heno, wrth lusgo'i hun lan stâr, all hynny mo'i flino. Herio pob hunllef fesul un ac un sydd orau, tybia. Am nawr, mae'n ddigon iddo wybod mai ef fu'n fuddugoliaethus y tro hwn.

Ar y landin, cymhwysa ychydig ar leoliad y gwresogydd paraffîn a lefel y tymheredd a ddaw ohono ar gyfer y bore. Mae'n edrych ymlaen at ddihuno mewn llofft glyd. Nid yw mwyach yn meddwl ei fod e'n mynd i farw yn ystod y nos.

Yfory, bydd diwrnod arall yn ei ddisgwyl. Ond nid yw'n gwbl rydd ei ysbryd, chwaith. Clafychir ei feddyliau gan elfen gref o dristwch. Gŵyr o'r gorau nad yw wedi ennill yr hawl i ymdrybaeddu yn ei fuddugoliaeth. Does dim i'w ddathlu. Rywle yng nghefn ei feddwl, llecha'r gofid fod rhywun arall wedi gorfod colli'r dydd er mwyn iddo ef gael y gorau ar ei nos.

Cyn camu i'w wâl, sy'n hen aros amdano, mae'n estyn ei law i lawr rhwng cefn y gwely a'r wal er mwyn rhoi ei fys ar y switsh sy'n diffodd y cyflenwad trydan. Dyna'r cyfan sydd ei angen. Ar amrantiad, mae'r cloc wedi cau ei ben. Gwêl fod rhesymeg yn drech na rhifolion. Fod y pos wedi ei ddatrys. A'r gyfrinach wedi ei datgelu. O'r diwedd, mae Danny'n deall. O fath . . .

Wrth swatio rhwng y cynfasau sydd eisoes yn drwm dan wynt ei chwys a'i wewyr, all e wneud dim mwy na dyfalu pa reithfarn gaiff ei chofnodi maes o law ar Ollie Pandy. Yr un amlwg, siwr o fod, mae'n tybio. Mae'r ffeithiau mor syml. Ond mae'r gwirionedd mor gymhleth. Synhwyra na fydd neb mewn awdurdod yn ddigon hirben i ddeall bod y truan wedi cael ei ddifa am iddo gerdded yn ddiarwybod ar draws ffawd rhyw ffoadur arall.

Yn ffodus, nid yw'r pangfeydd sy'n taro Danny yn y munudau hyn yn mynd i fennu dim ar y cwsg sydd ar ddyfod i'w ran. Cyn pen dim, bydd e'n cysgu fel twrch, a'i chwyrnu'n toddi'n dyner i'r nos, yn gyfeiliant teilwng i ruo'r gwynt oddi allan.

A'r diwrnod canlynol (heb ei enwi),
â'r stori yn ei blaen . . .

Chwytha'r storm ei phlwc wrth i'r oriau fynd rhagddynt,
ond ni ddaw Danny'n ymwybodol o'r llechi a chwythir
oddi ar do Ardwyn am beth amser i ddod.

Eir ag ef i orsaf yr heddlu i'w holi'n dwll am ddigwyddiadau'r
noson cynt. Nid yw yno'n hir. Mae rhywbeth anorfod am y
ffordd y mae pawb yn barod i'w gredu. Ymhen pedair awr,
mae gartref drachefn. Penderfyna adael y golch tan rywbryd
eto ac yn lle hynny, mae'n rhoi'i fryd ar dreulio'r noson yn
gwneud galwadau ffôn ac anfon negeseuon.

Anghofia'n llwyr am ymddangosiad ei nai ar y rhaglen
deledu ceiniog a dimai y bu arni. Ymhen diwrnod neu ddau,
bydd yn rhaid iddo oddef gwrando ar Selena yn mynegi ei siom.

Ond mae'r hyn a gyfyd ei wrychyn fwyaf yn ystod y dydd
yn digwydd ben bore. Gorfodir ef i gerdded i'r siop ac yn ôl
cyn iddo hyd yn oed gael ei frecwast, gan fod y llaeth a
brynodd yno ddeuddydd ynghynt eisoes wedi troi.

*

Yn oriau mân y bore, cymerir Watt o ochr ei feistr am y tro
olaf. Ci amddifad yw bellach, a chludir ef drwy'r gwynt a'r
glaw i bownd pwrpasol yn Aberteifi.

Nid yw'n dioddef unrhyw greulondeb, ond go brin y gallai neb honni iddo dderbyn gofal cariadus yno ychwaith. O leiaf caiff ddŵr glân a bwyd – dau beth y bu hebddynt ers bron i bedair awr ar hugain.

Ar ôl diwrnod cyfan o ymholi yn Nant Castell a'r cyffiniau, ofer yw'r ymdrechion i ddod o hyd i'r un enaid byw sy'n barod i arddel perthynas trwy waed â'i berchennog. Tasg anodd i'r heddlu yw dod o hyd i neb sy'n barod i gydnabod eu bod nhw hyd yn oed wedi adnabod y dyn yn dda.

Gyda'r pownd dan bwysau gwaith aruthrol ac yn brin o le, cymerir y penderfyniad i ddifa'r ast. Does neb yn colli deigryn. Ceir dagrau yn llygaid Watt ei hun, mae'n wir, ond ei natur nerfus yw tarddiad y rheini, nid ofnadwyaeth angau.

Tua diwedd y prynhawn, daw Mandy, un o'r gwirfoddol-wyr, i'w gasglu o'i gawell. Cyfyd calon yr hen gi am fod y ferch bymtheg oed yn gwynto'n dda iddo ac mae'n synhwyro'n reddfol ei bod hi'n rhywun a allai gymryd ato o dan yr amgylchiadau cywir. Caiff ei gario ganddi yn ei chôl ac mae yntau'n cwtsho'n fodlon rhwng ei breichiau a'i bronnau ifanc, gan gymryd cysur o'r cynhesrwydd.

Hyd yn oed pan mae hi'n ei roi i lawr drachefn, ar slaben oer ac antiseptig, nid yw'n cyffroi o gwbl – dim ond rhyw riddfan yn dawel a chodi ei ben i gael gwell golwg ar y byd disglair, glanwedd mae hi newydd ei gario iddo.

Does dim angerdd yn ei dristwch wrth iddo dderbyn bod un drefn wedi dod i ben a bod un newydd ar fin dod i'w ran. Yn wir, mae'n cymryd arno wedd obeithiol, gan fywiogi trwyddo – ei lygaid yn dechrau gloywi a'i weflau'n symud fel petai ar fin parablu, neu gyfarth, hyd yn oed. Prin ei fod e'n teimlo'r pigiad. Wrth ddod i ben ei rawd, mae Watt yn bendant yn disgwyl pethau gwell i ddod.

Petai ganddo alluoedd llafar, y tebyg yw y byddai ar ganol brawddeg wrth i'w fywyd ddod i ben – ond wrth gwrs, byddai honno'n frawddeg nad oedd e byth yn mynd i'w . . .

*

Gan fod Bernard ar ganol jobyn sy'n mynd ag ef ychydig y tu hwnt i'w ddalgylch arferol, mae MARY LLOYD ar ei thraed yn gynt na'r arfer i baratoi ei frecwast.

Rhydd hyn fwy na digon o amser iddi gyrraedd cartref Gillian fymryn cyn chwarter i naw i gasglu Gethin a Sara, eu hwyrion, er mwyn eu cludo i'r ysgol mewn da bryd. Yna, â'n ôl i'w chartref ei hun gyda'r bwriad o wneud awr neu ddwy o'r hyn mae hi'n dal i gyfeirio ato fel 'gwaith tŷ'.

Tynnir hi oddi wrth ei gorchwylion gan dair galwad ffôn, ond ni chrybwyllir tynged Ollie Pandy gan yr un o'r tri sy'n galw, am y rheswm syml nad yw'r wybodaeth yn hysbys i neb yn yr ardal eto.

Fe fydd hi'n dri o'r gloch y prynhawn erbyn i Mary Lloyd glywed y newyddion. Mewn tŷ mawr crand a saif ar fin y ffordd i Gaerfyrddin fydd hynny. Cyfarfod pwyllgor rhyw achos da neu'i gilydd sy'n cael ei gynnal yno, a Chymraes lân loyw yw ei gwesteiwraig. Yn ogystal â bod yn elusengar ac yn berchennog ar dŷ nobl na wnaed unrhyw niwed iddo gan eithafion y nos, mae'r wraig hon hefyd yn fodryb i un o'r plismyn a alwodd ar Danny yn yr oriau mân. Dyna sut mae hi 'yn y *know*'.

Ar y dechrau, fel tipyn o glecs lleol y torrir y newyddion i'r criw sydd wedi ymgynnull, ond gogwydda lleisiau'r lleill at dristwch pan ddaw'n amlwg bod Mary Lloyd yn barod i arddel rhyw adnabyddiaeth o'r ymadawedig. Serch hynny, buan iawn y llwydda hithau i gael y gorau ar ei theimladau a thry ei meddyliau at Danny'n syth. Daw'r sgwrs a gafodd hi ac yntau ddoe yn ôl fel bollt i bigo'i chydwybod. Fu hi'n rhy faleisus wrth ladd ar Ollie Pandy? Os yw'n edifar ganddi, ni chaiff ei chyd-bwyllgorwyr weld yr un arlliw o hynny.

Yn ei phen, mae burum ei hieuenctid yn bwrw ei sawr yn gymysg â blawd y goffadwriaeth barchus, ganol oed a leisir ar goedd yn y parlwr ffrynt. Gwell bwyta bara'r cofio rywbryd eto, tybia, pan fydd hi ar ei phen ei hun.

*

Diwrnod tawel iawn yw hi ar OLLIE PANDY. Ni chlyw ddim. Ni wêl ddim. Nid yw'n symud yr un gewyn . . . nid o'i ben a'i bastwn ei hun, ta beth.

Treulia'r rhan fwyaf o'r dydd ar wastad ei gefn, tra mae eraill yn cael eu cadw'n brysur yn dilyn y gweithdrefnau priodol ar gyfer:

– llenwi ffurflenni
– gwneud ymholiadau
– trefnu awtopsi
a llawer mwy . . .
. . . oll yn ei enw ef.

Erbyn diwedd y prynhawn, ar ôl sefydlu nad yw wedi gadael ewyllys ac nad oes ganddo unrhyw berthnasau byw hyd y gwyddys, penoda'r awdurdodau gwmni o gyfreithwyr yn Llambed i weinyddu diddymiad ei ystad.

Trwy gonsensws, mae hi eisoes yn edrych yn debyg mai ym mynwent eglwys Llanbedr Fawnog y caiff ei gladdu – gyda'i fam a'i dad. Ar foment wan, awgryma rhywun y byddai'n syniad neis claddu'r ci gyda'i feistr. Ond cleddir yr awgrym hwnnw'n ddiymdroi. Does neb sy'n rhan o'r drafodaeth am gymryd cyfrifoldeb dros yr hunllef fiwrocrataidd honno. Haws beio rheolau iechyd a diogelwch a symud 'mlaen.

*

Dyw HANNAH ddim yn meddwl am Ollie Pandy unwaith trwy gydol y dydd. Fydd hi ddim yn meddwl amdano'r diwrnod canlynol, na'r diwrnod a ddaw i ddilyn hwnnw, na'r un wedi hynny chwaith. Ar wahân i'r oriau prin dreuliodd hi yn ei gwmni, teg dweud nad yw hi erioed wedi meddwl amdano. Dyna'r fu'r gwirionedd hyd yma – a does dim yn mynd i newid.

Difyrrwch sydd wedi digwydd ac wedi darfod iddi yw Ollie Pandy.

Pan yrrodd heibio Ardwyn ben bore ddoe ar ddechrau ei thaith adre o 'Castle Brook', roedd Danny'n dal ym mro cwsg, heb eto gael ei ddeffro gan alwad Mary Lloyd.

Yng nghist ei char, cludai'r cynfasau y cysgodd ac y cnuchodd arnynt yn ystod ei harhosiad. Erbyn hyn, maen nhw wedi bod trwy ei pheiriant golchi, ac mae unrhyw olion o'r ymadawedig wedi eu golchi a'u perarogli i ebargofiant, fel y dyn ei hun.

Ei phrif orchwyl heddiw yw mynychu cyfarfod a drefnodd hi a Kyle gyda'u cyfrifydd. Pan ddônt ohono ddiwedd y bore, mae'n edrych yn bur debyg y caiff Rose Villa ei roi ar werth. Profodd gorllewin Cymru'n siom iddynt, gwaetha'r modd, ond dyw'r sefyllfa ddim yn argyfyngus. Mae'n drueni, ond dyw hi ddim yn ddiwedd y byd. Fe ddaw digon o gyfleoedd eto i odro'r farchnad dai – yn rhywle arall y tro nesaf, tybiant. Cysura'r tri eu hunain trwy fynd am ginio braf.

Ddaw'r heddlu byth i guro ar ei drws fel rhan o'u hymdrechion i ddod o hyd i ryw eglurhad am y drychineb. Fe'i harbedwyd rhag hynny gan Danny, am nad yw'n credu bod a wnelo'r hyn a fu rhwng yr ymadawedig a hithau ddim oll â'r farwolaeth. (Cadwodd ei stori'n syml a hepgorodd y manylyn hwnnw.)

Fydd hi byth yn diolch iddo am ei gymwynas, am na ddaw hi byth i wybod.

*

Does dim amau didwylledd y syndod yn llais MARTIN, ond mae ei ffrind wedi ei ffonio ar amser sobor o anghyfleus gan ei fod yn y car y tu fas i fflat Cassie yn disgwyl amdani. Os yw Danny wedi disgwyl clonc a'r hamdden i fanylu, rhaid ei siomi.

Bu'n eistedd yno ers pum munud a mwy. Dim ond pigo i nôl ei chôt oedd hi, meddai hi. Mae e wedi bwcio bwrdd mewn tŷ bwyta a dyw e ddim am fod yn hwyr. Ble yffach all hi fod? Mae'n edrych ar ei oriawr am y degfed tro, cyn rhoi'r teclyn yn ôl wrth ei glust.

'Wel! O'dd e'n fachan od, rhaid cyfadde,' yw'r unig sylw ddaw o'i ben i gysuro'i hen gyfaill.

Ben arall y ffôn, mae Danny'n argyhoeddedig fod pawb yng Nghaerdydd yn mynd allan i fwyta drwy'r amser y dyddiau hyn – dyw e ddim yn cofio bod hynny wedi bod yn rhan mor rheolaidd â hynny o'i fywyd pan oedd e gyda Marian.

O'r diwedd, daw Cassie trwy ddrws y bloc o fflatiau a daw gwên dros wyneb Martin. Mae'n rhuthro i ddiffodd y ffôn fel y gall fynd allan i agor drws y car iddi.

'Clyw! Gorffod mynd. Gewn ni air ymhen diwrnod neu ddou.' Ei eiriau olaf iddo yw: 'A wy'n falch iti allu cysgu fel babi ar ôl neud shwt ddarganfyddiad erchyll . . .'

*

Teipia RHIANNON neges i'w brawd:

Rh
Newydd glywed wrth Aberystwyth – fi ddim wedi cael y job. Fi'n reit falch, rili!

Wedi galw ar Dad ar y ffordd nol ddoe. Ty yn rili depressing. Dad yn OK. Dal yn prat. Ond mae Jams wir yn meddwl y galle fe ddal i fod yn help ifi gyda pethe rwy eisiau gwneud.

Hwyl am nawr, bruv
Rh

Clicia'r botwm i'w hanfon. Yna mae neges newydd oddi wrth ei thad yn dal ei sylw'n syth. Prif fyrdwn ei lith yw gadael iddi wybod y fersiwn o ddrama neithiwr y mae am ei rhannu â hi.

Ar ôl dod 'nol o swyddfa'r heddlu fe fues i'n lladd fy hun mas yn yr ardd eto ddiwedd y prynhawn. Ond mae'r adar yn bla, ar ol yr hadau drwy'r amser. Storm fawr neithiwr wedi aflonyddu pawb, os ti'n gofyn i fi! Cofia ddweud wrth Martin mor ddiwyd ydw i pan gei di gyfle. Rwy'n mynd i'w ffonio fe nesaf gyda'r newyddion. Dim ond gobeithio y tyfith rhywbeth ar ol fy holl lafur caled, ddyweda i!

Gyda llaw, ches i ddim cyfle i son ddoe, ond rwy wedi cael cynnig peth gwaith lawr yng Nghaerdydd ymhen rhyw fis neu ddau – dysgu ar gwrs yn y coleg! Dyw e ddim yn ddelfrydol, ond rwy wedi penderfynu derbyn ta beth. Felly, gobeithio gweld mwy arnat ti a Rhys yn y dyfodol agos.

Â yn ei flaen i ddweud nad yw'n debyg o'i gweld hi na'i brawd am wythnos neu ddwy o leiaf. Rhaid iddo aros lle mae e am y tro, am ei fod wedi addo helpu trefnu angladd rhywun nad oedd yn gyfarwydd iawn ag ef.

DIWEDD